悄吟文丛

古耜 主编

从异乡到异乡

高安侠 著

中国言实出版社

图书在版编目（CIP）数据

从异乡到异乡 / 高安侠著 . -- 北京：中国言实出
版社 , 2017.6
（悄吟文丛 / 古耜主编）
ISBN 978-7-5171-2414-6

Ⅰ . ①从… Ⅱ . ①高… Ⅲ . ①随笔—作品集—中国—
当代 Ⅳ . ① I267.1

中国版本图书馆 CIP 数据核字（2017）第 147745 号

出 版 人：王昕朋
总 监 制：朱艳华
责任编辑：郭江妮
文字编辑：阳　晨
封面设计：张凯琳
责任印制：佟贵兆

出版发行　**中国言实出版社**
　　地　址：北京市朝阳区北苑路 180 号加利大厦 5 号楼 105 室
　　邮　编：100101
　　编辑部：北京市海淀区北太平庄路甲 1 号
　　邮　编：100088
　　电　话：64924853（总编室）　64924716（发行部）
　　网　址：www.zgyscbs.cn
　　E-mail：zgyscbs@263.net
经　　销　新华书店
印　　刷　北京温林源印刷有限公司
版　　次　2017 年 8 月第 1 版　　2017 年 8 月第 1 次印刷
规　　格　787 毫米 ×1092 毫米　　1/32　 10.75 印张
字　　数　205 千字
定　　价　59.00 元　　ISBN 978-7-5171-2414-6

东风吹水绿参差

古耜

以"五四"新文化运动为起点的中国现代散文，已经走过近百年的风雨历程。时至今日，隔着历史与岁月的烟尘，我们该怎样描述和评价现代散文的行进轨迹与艺术成就？也许还可以换一种问法：如果现代散文仍然可以新中国成立为时间界标，划作"现代"和"当代"两个阶段，那么，它在哪个阶段成就更高，影响更大？

在散文的"现代"阶段，屹立着伟大而不朽的鲁迅，仅仅因为先生的存在，我们便很难说当代散文在整体上已经超越了现代散文。但是，如果我们把观察的视野缩小或收窄，单就现代散文中的女性写作立论，那么，断定"当代"阶段的女性散文，是异军突起，后来居上，便算不上狂妄。这里有两方面的依据坚实而有力：

第一，新中国成立后的六十多年间，尤其是进入新时期以来，大陆文坛先后出现了若干位笔下纵横多个文学门类，但均擅长散文写作，且不断有这方面名篇佳作问世的女作家，如杨绛、宗璞、张洁、铁凝、王安忆、张抗抗、迟子建等。她们散文作品所达到的艺术水准，并不逊色于现代女性散文的佼佼者。况且冰心、丁玲等著名现代女作家在步入当代之后，依旧有足以传世的散文发表，这亦有效地增添了当代女性散文创作的高度和重量。

第二，借助时代变革和历史前行的巨大动力，从新时期到新世纪，女性散文写作呈现出繁花迷眼、生机勃勃的宏观态势：几代女作家从不同的主体条件出发，捧出各具特色、各见优长的散文作品，立体周遍地烛照历史与现实，生活与生命；才华横溢的青年女作家不断涌现，其创意盎然的作品，显示了强劲的生命力与可持续性；女作家的性别意识空前觉醒，也空前成熟，其散文主旨既强调女性的自尊与自强，也呼唤两性的和谐与互补；不同手法、不同风格的女性散文各美其美，魏紫姚黄，各擅胜场……于是，在如今的社会和文学生活中，女性散文构成了一道绚丽多彩而又舒展自由的艺术风景线。这显然是孕育并成长于重压和动荡年代，因而不得不执着于妇女解放和民族生存的"现代"女性散文所无法比拟与想象的。

在二十一世纪历史和时间的刻度上，女性散文创作取得了丰硕成果和扎实进步，但也同整个中国文学一样，面临着前所未有的挑战与考验：与后工业社会结伴而来的后现代主义思潮斑驳杂芜，利弊互见。它带给女性散文的，可能是观念的去蔽，题材的拓展，也可能是理想的放逐，审美的矮化，而更多的可能，则是创作的困惑、迷惘，顾此失彼或无所适从……惟其如此，面对五光十色的后现代语境，女性散文家要实现有价值的创作，就必须头脑清醒，坐标明确，进而辩证取舍，扬弃前行。也正是在这一意义上，有一批女作家值得关注——她们出生于二十世纪六七十年代之交，进入新世纪后开始展露才华，并逐渐成为女性散文创作的中坚力量。对于她们来说，现代和后现代主义自然不是陌生或无益之物，但青春韶华所经历的激情澎湃的现实主义和人文主义大潮，早已先入为主，成为一种挥之不去的精神底色。这决定了她们的散文创作，尽管一向以开放和"拿来"的姿态，努力借鉴和吸取多方面的文学滋养，但其锁定的重心和主旨，却始终是对人的生存关切和心灵呵护，可谓鼎新却不弃守正。显然，这是一条积极健康、勃发向上的艺术路径。正是沿着这一路向，习习、王芸、苏沧桑、安然、杨海蒂、张鸿、沙爽、项丽敏、高安侠、刘梅花等十位女作家，不约而同地走到了一起，她们以彼此呼应而又各自不同的创作实绩，展示了当下女性散文的应有之意和应然之道。

习习来自西北名城兰州。她的散文写城市历史，也写家庭命运；写生活感知，也写生命体验；近期的一些篇章还流露出让思想伴情韵以行的特征。而无论写什么，作家都坚持以善良悲悯的情怀和舒缓沉静的笔调，去发掘和体味人间的真诚、亮丽和温暖，同时烛照生活的暗角和打量人性的幽微。因此，习习的散文是收敛的，又是充实的；是含蓄的，又是执着的；是朴素本色的，又是包含着大美至情的。

足迹涉及湖北和南昌的王芸，左手写小说，右手写散文。在她的散文世界里，有对荆楚大地历史褶皱的独特转述，也有对女作家张爱玲文学和生命历程的细致盘点，当然更多的还是对此生此在，世间万象的传神勾勒与灵动描摹。而在所有这些书写中，最堪称流光溢彩、卓尔不群的，是作家以思想为引领，在语言丛林里所进行的探索和实验，它赋予作品一种颖异超拔的陌生化效果，令人咀嚼再三，余味绵绵。

或许是西子湖畔钟灵毓秀，苏沧桑拥有很高的艺术天赋和丰沛的创作才情。从她笔下流出的散文轻盈而敏锐，秀丽而坚实，温婉而凝重，每见"复调"的魅力。尤其难能可贵的是，她的散文远离女性写作常见的庸常与琐碎，而代之以立足时代高度的对自然和精神生态的双重透析与深入剖解，传递出思想的风采。若干近作更是以生花妙笔，热情讲述普通人亦爱亦痛的梦想与追求，极具现实感和启示性。

在井冈山下成长起来的安然，一向把文学写作视为精神居所和尘世天堂。从这样的生命坐标出发，她喜欢让心灵穿行于入世和出世之间，既入乎其内，捕捉蓬勃生机；又出乎其外，领略无限高致，从而走近人生的艺术化和审美化。她的散文善于将独特的思辨融入美妙的场景，虚实相间，形神互补，时而禅意淡淡，时而书香悠悠，由此构成一个灵动、丰腴、安宁、隽永的艺术世界，为身处喧嚣扰攘的现代人送上一份清凉与滋养。

供职京城的杨海蒂，创作涉及小说、报告文学、影视文学等多种样式，其中散文是她的最爱和主打，因而也更见其精神与才情。海蒂的散文题材开阔，门类多样，而每种题材和门类的作品，都具有自己的特色：她写人物，善于捕捉典型细节，寥寥几笔，能使对象呼之欲出；她写风物，每见开阔大气，但泼墨之余又不失精致；至于她的知性和议论文字，不仅目光初致，而且妙趣横生。所有这些，托举出一个立体多面的杨海蒂。

驻足羊城的张鸿，既是文学编辑，又是散文作家。其整体创作风格可谓亦秀亦豪。之所以言秀，是鉴于作家的一枝纤笔，足以激活一批风华绝代而又特立独行的异国女性，尽显她们的绰约风姿与奇异柔情；而之所以说豪，则是因为作家的笔墨一旦回到现实，便总喜欢指向远方，于是，边防战士的壮举、边疆老人的传奇，以及奇异山水，绝地风情，纷至沓来。这种集柔润和刚健于一身的写作，庶几接近伍尔夫所说的文学上的"雌雄互补"？

穿行于辽宁和天津之间的沙爽，先写诗歌后写散文，这使得其散文含有明显的诗性。如意象的提炼，想象的飞腾，修辞的奇异，以及象征、隐喻的使用等，这样的散文自有一种空灵跨踔之美。当然，诗性的散文依旧是散文，在沙爽笔下，流动的思绪，含蓄的针砭，委婉的嘲讽，以及经过变形处理的经验叙事，毕竟是布局谋篇的常规手段，它们赋予沙爽的散文深度和张力，使其别有一种意趣与风韵。

项丽敏的散文写作同她长期以来的临湖而居密不可分——黄山脚下恬静灵秀的太平湖，给了她美的陶冶与享受，同时也培育了她对大自然的敬畏与热爱，进而驱使她以平等谦逊的态度和安详温润的文字，去描绘那湖光山色，春野花开，去倾听那人声犬吠，万物生息。所有这些，看似只是美景的摄取，但它出现于物欲拥塞的消费时代，则不啻一片繁茂葳蕤的精神绿洲，令人心驰神往。当然，丽敏也知道，文学需要丰富，需要拓展，人与自然的关系只是文学的无数话题之一，为此，她开始写光阴里的器物，山乡间的美食，还有读书心得，读碟感悟……这预示着丽敏的散文正由单纯走向丰富。

　　高安侠是延安和石油的女儿。她的散文明显植根于这片土地和这个行业，但却不曾滞留或局限于对表层事物和琐细现象的简单描摹；而是坚持以知识女性的睿智目光，回眸生命历程，审视个人经验，打量周边生活，品味历史风景，就中探寻普遍的人性奥秘和人生价值，努力拓展作品的认知空间。同时，作家文心活跃，笔墨恣肆，时而柔情似水，时而气势如虹，更为其散文世界平添一番神采。

　　偏居乌鞘岭下天祝小城的刘梅花，是一位灵秀而坚韧的女子。她人生的道路并不顺遂，但文学却给了她极大的眷顾。短短数年间，她凭着天赋和勤奋，发表和出版了大量散文作品，成为广有影响的女作家。梅花写西域历史、乡土记忆和个人经历，均能独辟蹊径、别具只眼，让老话题生出新意味。晚近一个时期，她将生命体悟、草木形态、中药知识，以及吸收了方言和古语的表达融为一体，形成一种承载了"草木禅心"的新颖叙事，从而充分显示了其从容不迫的艺术创新能力。

　　总之，十位女性散文家在关爱人生的大背景、大向度之下，以各具性灵、各展斑斓的创作，连接起一幅摇曳多姿、美不胜收的艺术长卷。现在，这幅长卷在中国言实出版社的鼎力支持下，冠以"悄吟文丛"的标识，同广大读者见面了。此时此刻，作为文丛的主编，我除了向十位女作家表示由衷祝贺，向出版社的领导和同志们表示诚挚感谢之外，还想请大家共赏宋人张栻的诗句："便觉眼前生意满，东风吹水绿参差。"——这是我选编"悄吟文丛"的总体感受，或者说是我对当下女性散文创作的一种形象描绘。

（作者系著名文学评论家、作家）

烟火气中的睿智与悲悯

——《从异乡到异乡》

曹谷溪

一

"眼力，能看见什么、能看得多细，并且可以用文字把这种眼力传达出来。"这是英国文学评论家詹姆斯·伍德在《小说机杼》里对《绘画原理》作者约翰·罗斯金的评价。

高安侠说：证明我存在于这个世界上的，只能是我写的书。这是对的，文学本身就是在社会共有的经验里，作者对个体生命痕迹的记录。由此，我在她的《从异乡到异乡》里看到了"烟火气"。说明一下，这里的"烟火气"并不是仅指柴米油盐，更是人在世界的真实处境和状态，是一种我们每个人心里有，口里无的东西，无以名状却到处弥漫。

"从异乡到异乡"，取自萧红的一段话。我们共知，萧红在短短一生中的颠沛流离中不断发现故乡，看到一个远离的但更加真实的故乡，所以才会有《呼兰河传》《生死场》。"故乡"是个伤感的词，每个人都有故乡，但是故乡与我们之间有着永恒的距离，永远无法抵达。从这个意义上说，每个人都是异乡人，故乡对谁来说都是永远回不去的，或者故乡本来就是用来怀念的，在怀念中逼近故乡的内核和体态，看到它对人的灵魂的塑造——我们之所以是这样而不是那样。

高安侠的童年是在草原上度过的。祁连山下的塔拉草原是亚洲最大的草原。有藏族、回族、裕固族、蒙古族等少数民族和来自全国各地的汉族杂居。她吃过藏族大妈用酥油茶拌和的糌粑；喝过回族老爹泡着枸杞的盖碗茶；蒙古包里的小火炉，曾使她的笑脸鲜花般绽开在隆冬的雪原……

如果说草原给了她包容一切的大度与自由的灵魂，那么，祁连山脉则给了她刚直的秉性和顽强的毅力。以后，她告别草原，又在黄土高原安身立命。当我和高安侠交谈时，她说，一个人的经历，不论好坏成败，不论忧伤还是欢乐，都是一种应该珍惜的生命体验。正因为有那么多真切的生命体验，才有了属于自己的对人生社会的真切感悟。

二

有时候我们对自己都很难真实，我们的记忆和遗忘总是有所选择，所谓正心诚意也可以理解为散文创作的密钥。不过高安侠就是带着这种能力，去洞察人心。每一个作家都有自己的文学情结和心灵世界，阐释自己对这个世界的看法，在她大量作品中均呈现出对人心幽微世界的奋力开掘，在《大雨倾盆而至》《原谅》中，我们发现了平素容易被忽略被遗忘的心灵世界的细节，然而，这些细节因真实有力，因直指人心而令我们反思，在我们自以为是的判断中，是否也有不经意的粗暴和自认聪明的糊涂？真诚不仅是一种可贵的品格，更是一种写作的姿态，正心诚意地面对读者，没有回避那些令我们不愉悦的，甚至伤心的事，这需要一种真正的勇敢。

她在《懦弱》中写道："懦弱就像山岩上顽强扎根的野草，牢牢占据了我的心灵，在以后的日子里，每当遇见困难，懦弱似一个隐身在黑暗中的幽灵，一有机会便现身。"

这就是作者对散文创作所谓的真实理解——本质真实而不是表象真实。文学的真实指的是反映生活本质的真实，而不是表面的真实，哪怕其文本戴着荒诞的面具。《懦弱》其实是在真实地阐明自己与自己的妥协与和解，卑微与强大之间的转换。把自己的性格缺陷"懦弱"记录下来，并展示于人面前，不也是一种勇气吗？

高安侠的这本散文集视野相当开阔，从东北写到江南，从宋代大儒张载写到身边的采油女工，在地域和时代（她选择表达的原初场景）的多重中，她的"故乡"在自身分裂，继而自身弥合，这是她的人生经历过屡屡搬迁的缘故吧。那么，她的灵魂（思维与情绪）何尝不是也在颠沛流离之中呢。也许正是这样，她的散文写作就像是一次次智性的行走——发现和建构了一个完整的文学现实。

以《将进酒》为例，李白的《将进酒》讲饮酒，而她的《将进酒》讲酿酒。如若细叙酿酒，能有许多文本故事。但，高安侠蕴藏在文中的思考，是精神。

"举木勺舀入，感觉酒液似乎有种张力，抗拒侵入，须加点力气在手臂上。木勺潜入酒海深处，涟漪骤起，恰似大水走秋风。"

这是一种心灵的姿势，给我们传递出汉语的气息和灵性。

在这里她不忘追问生的源，命的往，并且给出答案："酒不是粮食。粮食也不是酒。二者之间有一道天堑，然而，粮食确实是酒的前世，或者说酒是粮食的今生。"作者继而巧妙地以种子、一顿饭这两个意象提供了它承载的意义。还如："我忽然一下子明白，古代祭祀天地、封禅大典，今天婚丧嫁娶、接风洗尘为什么要饮酒。"

三

高安侠有关精神的叙述，有时在不动声色的暗示，创造出"战栗"效果，《父亲的战争》就是这么一篇。退休邮递员"给联合国和国家主席写信，呼吁世界和平"，从这不可思议的诉求开始，带出中印边境自卫反击战的一个小片段，非常简略的片段。这里写战争不是目的，其意是中国军人的风骨：

"八十岁生日那天，点燃生日蛋糕上的蜡烛，孙子要爷爷闭着眼睛许个愿。末了，又好奇地问爷爷许了个什么愿，父亲忽然有些赧然，看看四周的家人，小声地说，想去西藏祭奠一下老班长。"

喜欢讲车轱辘话的退休邮递员这"小声地说"，说出了生命内在的忧愁和忧患，有惊鸿啸歌令天地颤抖的力量。

悲悯情怀是高安侠的创作中一以贯之的另一大特点，在她的大量作品中写到死亡，他者的死亡就是我们的死亡，每一个貌似无关的人其实都与我们紧紧相连，正因为悲悯情怀而使看似无关的人们彼此有了关联，世界之所以温暖也许便是凭借人与人的这种关联。

是的，散文应该有丰富的样貌，斑斓的色彩。所谓参差多态，乃是幸福本源。健康的散文创作不应该拒绝多样化的尝试。她是一个来自石油行业的写作者，行业身份使她的创作有了另一种方式和风格，具有浓郁的行业特点，这使得她的创作取材更加广泛，文本别具一格，而在阅读这些文字的时候，让我们看到了一种我们所不熟悉的工业世界，看到了那个世界的人生与命运，坎坷和欢乐。

高安侠写过的人，写过的事，尤其像她所在的石油行业，随着时间的推移，技术的进步也许会改变，甚至会消失，她的作品也许会成为"记忆的守望"，如同活化石。这也是她观察世界、认知社会，进行散文"意义化写作"的文本尝试。

最后，我用一句话来结束这篇序言，"时间是个健谈者，它对我们解释一切，你不需要在它发言前先提出问题。"

2017 年 4 月 30 日

目　录

第三辑　大雨倾盆而至

第五辑　将进酒

第一辑

丝绸之路上的故乡

　　远方，总让人产生一股莫名的思念和心悸。仿佛远方藏着梦想，藏着希望。

丝绸之路上的故乡

"啊，丝绸之路上的故乡，举世闻名的敦煌飞天。"

语文老师举着一页稿纸，一边大声朗诵他的新诗，一边绕着教室里的大火炉踱步，笨重的翻毛皮鞋发出沉重的声响。

"吭"一声，同桌英香笑开了，头埋在胳膊底下，浑身打颤，压抑不住地笑，早自习课上大家念课文，一屋子的学生瞌睡还没有完全醒过来，嗡嗡嗡的声音盖不住老师一个人的大嗓门。

年轻的语文老师狠狠剜她一眼，头发一甩，大步跨上讲台，讲台的砖头砌边早就被踢破了，狗牙似的参差不齐，他没踩实，一个趔趄差点绊倒。

"哗"这下子全教室的人都笑开了，一锅开水沸腾了似的。后排一个调皮鬼小声叫："刘吉林，刘吉林。"

老师的脸红了，青春痘颗颗发亮、发红，"我就叫刘吉林，咋啦？你们尽管叫！"清晨一缕阳光从窗子里照进来，刚好照在他气鼓鼓的脸上，上唇毛茸茸的软髭分外显眼。

叫大人名字，是小孩子们吵架的法宝，两人吵架，只要一个首先叫起对手父母的名字，对手马上眼泪汪汪，落荒而逃。所以，父母的名字绝对是最高机密，谁也不能告诉。

叫老师名字也是大不敬，可是语文老师刚从大学校门出来，顶多是个大孩子，又那么喜欢给学生朗诵他的诗歌，一点儿也不像上学期那个老师，瓶底厚的黑框眼镜，戴个袖套，满脸恨铁不成钢的样子，大家自然都不喜欢他。

我们说不上喜欢还是不喜欢语文老师，说喜欢吧，没有好话，说不喜欢吧，课间十分钟就爱谈论他，全都是嘲笑和挖苦。好在谁也没有去告状。

"走路活像过来一队骆驼。"英香最爱讲语文老师。课间十分钟，大家都从迷糊中清醒过来，围着红彤彤的火炉子，一边烤火吃干粮，一边谈笑，大部分主题就是笑话他，笑他脸上此起彼伏的青春痘，笑他朗诵诗歌的陶醉神情，笑他绊了一跤，露出了里面的新袜子——花边女式袜子。有人说起他的漂亮女友，又笑他见了女友一二一跑步前进。最爱笑的英香突然不说话了，转身离开。

英香是河南人，父亲是地主，从周口店老家逃荒到河西走廊，而母亲却是本地蒙古族人。我们这里就是这样，什么地方的人都有，南腔北调，各地风俗。英香长着一张扁圆脸，薄眉单眼，一看就是蒙古族。她爱读书，知道敦煌飞天，说是全世界仅此一处，兰州歌舞团的《丝路花雨》马上就要到我们县里巡演。那个反弹琵琶的舞蹈可美啦，一定要看看。

那天，《丝路花雨》的演出真是盛况空前，剧场里挤满了人，没有座位的都挤在后头。英香拉着我挤在后面拐角，这个角度刚好能看见舞台，但人又不多。侧脸一看，语文老师也在后面挤着，伸着长长的脖子看。我刚给英香指，她示意我不要吱声，原来她早就看见了，我们在拐角能看见他，而他看不见我们。

舞台上一片辉煌灿烂，我们从没有看见过那么华丽的服装，那么好看的人，身着喇叭裤的英娘舞姿婀娜，完全不同于《红色娘子军》那种刚硬的舞蹈，袒胸露腹的波斯女郎，那么妙曼妩媚，既不同于生活中浑身烟火气息的母亲们，也不同于教科书里不食人间烟火的女英雄。如梦如幻的舞台，尤其是那一段优美的"反弹琵琶"完全征服了观众。平时剧场里不管演什么都能听到口哨声，说笑声，可是那一次，整个静悄悄的，走动的人都没有，连最爱捣乱的长头发何三也没有作怪。大家被美慑服了。英香悄悄说，过两天语文老师准要写诗啦。

果然，他写下了开头的那首诗。

学校的操场旁边是个高高的魁星楼，年久失修只留下一个土台子。英香和我常常去魁星楼上背课文，英香看书多知道的也多，说咱们这个县在秦朝就设立了，专门对付匈奴人的，汉朝常常和匈奴人打仗，苏武牧羊的历史宗卷到现在还在县博物馆珍藏着。见我一脸懵懂，又说她家霍城就有匈奴人的石像，当年霍去病在塔拉草原和匈奴人打了一仗，打败了匈奴。人们就把他安营扎寨的地方取名霍城。

"你的头发也是卷卷的，是匈奴人的后代吧？"英香用审视的眼光看着我的头发，我被无端划入了少数民族，很不高兴，英香赶紧安慰我，说要把《钢铁是怎样炼成的》借给我看，我不要看，那时候流行的革命小说我通通不喜欢，我们就开始聊班上的事。

夏天，坐在高高的台子上，凉凉的风吹过来，道旁钻天白杨的树梢摇摇晃晃的，仿佛在窃窃私语。低头可以俯瞰整个校园，教师办公室的那一排平房最东头的是语文老师的。远远地看见班上的张芳进去了，她学习不好长得好，上海人爱讲究，一天换一身衣服。老师常常叫她去办公室谈心。她从办公室出来跟挨了冻的小苹果似的，一副落难公主的楚楚可怜样。男友长头发何三自然有义务为她排忧解难，她发了火，踢了他一脚，叫他走开。英香默默地看着从老师办公室里出来的张芳，一言不发。

那时，我总觉得老师和我们不是一个世界的，偶尔他要是说出一句让我深有同感的话，便大为惊讶。有一次我正走路，忽然听见有人叫我的名字，扭头一看，语文老师蹲在一个胡同门口吃饭，手里居然端着一只碟子。我们那里不能用碟子盛饭，会被人认为"浅"。他蹲在那里，手里举着一根大葱，津津有味的样子真像我们的邻居山东人老王。爸爸就不大看得起老王，说他说话一口大葱味，要是哪天想不开跳了黑河，只要老婆娃娃拿根大葱吆喝他回家吃饭，他就准能回心转意。

老王家里孩子多拖累大，经常嚷嚷着不想活了，要跳河。

语文老师手里的大葱让他从高高的云端降到了人间，原来，他也吃饭，也吃大葱。和普通人一样。

课堂上，语文老师还是经常朗诵他的新诗，张芳不好意思老是睡大觉，只呆呆地看着老师，迷迷瞪瞪的样子。

英香总说张芳是个空心大萝卜，老师的心操到了磨刀石上了。我傻乎乎点头，不知道什么意思，我是一个好的聆听者。她鼻子里笑一声，说张芳将来准考不上大学。

考大学是一个遥远的梦，要走出塔拉草原才能实现的梦。不过张芳就要走出塔拉草原了，她老家在上海，母亲已经为她联系好了下学期的学校。

每天放学我和张芳一同回家，爬上高高的大坡，走过何克陵园，里面荒草横生、悄无人迹。何克是个外国人，怎么埋在河西走廊了？我不知道，也没兴趣。后来，离家多年才知道，何克是个英国人，牛津大学毕业，为了帮助抗战的中国人，和另一位新西兰人路易艾黎一起在河西走廊创办工合组织，帮助工业落后的中国培养产业工人。不幸的是他才30岁就去世了，埋在了异乡。

我们感兴趣的是陵园门口的冰棍摊，两分钱一支绿豆冰棍，一人一支，边走边吃，吃完了刚好到了发塔寺。大太阳明晃晃地挂在天空，那时候的时间真多，多得用不完。每天放学后都要游荡一阵子。我们便脱了鞋，坐在弱水河边。

弱水是一条小河，本地人叫它黑河，因为深，远观水面黑幽幽的，所以得名。这条河的上游是祁连山的冰川。到了夏天，终年白雪皑皑的祁连山上，冰雪融水顺着河谷淙淙流下，一路蜿蜒滋养着塔拉草原的众多生灵。

发塔寺早已经坍塌得不成样子，塔底是堆堆累累的废墟，传说塔底埋着古代印度阿育王的头发。阿育王我不陌生，《张骞出使西域》这本书快被我翻烂了，里面提过这个印度的大王。据说他统一了印度之后，深感杀人太多，立誓赎罪。于是将头发分为十七份送往世界各地，埋地造塔。弱水河边便有了一座发塔寺。

我们坐在弱水河边，看黑幽幽的河水缓慢地流淌，白白的太阳映着发塔寺，黑黑的影子落在地上，慢慢拉长，变细，祁连山钢蓝色的烟雾弥漫过来，近处的沙枣树散发出甜香。一队骆驼走过来，悠长的驼铃声，渐走渐远，赶脚的人唱着凄怆的"花儿"淹没在沙枣树的烟岚里。

"走哩，走哩，走远了

眼泪把花儿的心淹了……"

张芳拿出一支口红，桃红色，荧光闪亮异常鲜艳，先给自己涂了一个红嘴唇，又给我涂，我们相互看看"咯咯"笑，觉得自己成了美人。

"我才不考大学呢，早早工作就能擦口红了。"张芳的衣服一天一换，可是学校不让擦口红，也只好忍着。擦了口红就像暗地里做了一件很得意又不能为外人道的事情，模仿着电影《胭脂》里面那个胭脂姑娘的动作，食指轻轻按在下唇，让嘴角上翘。临水而照，看不真切，臆想着水中的美人。

举着桃红的嘴巴回家，自然迎来了不少惊异的目光。我每天必经清真寺，附近的穆斯林下午要做礼拜，男人清一色白帽子，女人清一色黑头巾，穆斯林女子惊奇地盯住我看。我好像被蚊子叮了一口，微微的刺痛，可是很有快感，我做不了更叛逆的事情，涂个红嘴巴也算小小地反抗一下。

红嘴巴让我挨了一顿骂，妈妈看见了，一声断喝：吃了死娃娃肉！我就想不通，那么好看，怎么到妈妈嘴里就成了恐怖的死娃娃肉？我的妈妈来自黄河岸边，张芳的妈妈是喝黄浦江水的，审美观完全不同。

张芳顺利地回到了上海，听说在纺织厂做了女工。这样她就可以每天涂着桃红色口红，漂漂亮亮地上班，会有更多的男孩子冲她吹口哨。再也不担心被满脸凶相的教导主任抓住严厉地批评，写检查，作检讨，还要深挖思想意识深处的问题。

英香的运气就没有那么好，离开故乡多年才听说，爱看书的英香却未婚先孕，连学也没上完，更不要说考大学了。教导主任多次要她交代那个人是谁，她不说，校方只好开除了事。命运对她苛刻了一点，离开学校，没有文凭，她只好干零活为生，后来结婚离婚几番折腾，现任丈夫是个农民，看管得紧，连手机也不让用，她几乎与外界隔绝。如果不是命运的捉弄，现在，也许是她在写"丝绸之路上的故乡"。

我们的语文老师终于成了一个诗人，有一年，我在一家杂志上看到了他的名字和诗作，没错，一定是他，诗里写不尽的丝绸之路……

而我，这个多年患着思乡病的人整天和黑黑的石油打交道，故乡总是不期然地在梦里出现，那钢蓝色的祁连山，那不能浮起一片羽毛的弱水，那发塔寺周围烟岚弥漫的沙枣树，连同那些人，反复在梦里出现，仿佛从未离开……

延水最长的地方

一

延长县很小，延河在大地上划出的一个弧，小城也就自然而然地长成半块弯弯的月亮。

我们的英语老师在课堂上讲 city 和 town 的区别，他一边拿粉笔在黑板上吱吱嘎嘎地写，一边说："比如，延长县顶多能称为 town。"

同学们嘴里"唏——唏——"表示不认同。

英语老师转过身来，看看大家，用沾满粉笔灰的手指擦擦鼻尖说："延长县就是个小地方嘛，点上一支烟，延长城里绕三圈。北京那样的城市才能称为 city。"

北京有多大？那时的我们谁也不知道。

我们的英语老师是北京知青，喜欢动不动吹嘘北京，什么事情都喜欢拉扯上北京。比方说学校举行冬季环城越野赛，他会说：还好，小小的延长县跑一圈还能撑住，要是在北京环城一圈跑下来非累死不可！北京究竟有多大？大家一片茫然。直到 20 年后脚踩到北京的地面，我才知道北京真的大。可是，当时对于我来说延长县已经算是个大地方了。

我第一次到延长县已经是个高中生了，有一次，周末到街上逛，觉得一切都新鲜无比，就连天上的太阳也比乡村的大，比乡村的亮。街头的电影院那么大，在我的心里简直能用"巍峨"这个词来形容了。巨幅海报上有个年轻女子，头上扎一朵红绸，那么漂亮、洋气，我仰头看着她们，心里充满了绝望的羡慕，和我有着天壤之别啊！可是转头一想那只不过是海报呀，当不得真的，世界上哪里有那么漂亮的人呢？回转身看见一个骑自行车的女子，"叮铃"一声轻捷而过，发鬓的绸花像蝴蝶翩然闪过，跟电影海报上简直不差什么。低头看看自己土里土气的装束，越发自惭形秽。青石板的大街上遇见两个人见面打招呼。我的心里大为异样，天啦，这么大的一个地方，居然还能有熟人见面！当然这种惊讶只能藏在心里不能被人察觉，否则要惹人家笑话的。

二

延长人说话很好听，绵软、轻快。有这么一种说法，志丹人说话爆米花，子长人说话像吵架，延长人说话把歌唱，宜川人说话念古经。陕北大多数人说话过于刚硬，大街上两个人交谈就像在吵架，唯独延长人是个异数，尤其是黄河岸边的古渡甸。如果到村子里，老槐树下一群妇女在拉话，你听，女人说话温柔、委婉，用词彬彬有礼，比唱歌还要好听。当地土话中夹杂很多古语，比如推磨叫"推碾"，开水叫"煎水"，一群人在一起商量个事情，要"酝酿"一下。也许你会感到诧异：这样一个地老天荒的所在，怎么不识字的妇女说话还带着几分文雅呢？其实，在延长地域属黄河岸边一带文化发达，过去还出过几个举人秀才，在江南，也许一个村子里出个读书人不算什么，但是，在教育落后的黄河岸边就算是大事了。人一有了文化礼数自然就多，礼数包含着对秩序的安排，人在安排好的秩序中生活，虽然有束缚感，但是也有归属感。

一到过年，村子里所有的人都要给本家长辈拜年。主人家早早就起来，打扫院子，院心铺几块蛇皮袋，准备好糖瓜碟子待客，手里有余力的预备几张毛票，用来打发娃娃。远远听见拜年的人来了，脚步声杂沓而来，慌得老头儿老婆儿赶紧出门迎接。领头的人进门呐喊一声拜年喽，立时黑压压跪下一大片，大人恭恭敬敬，连磕三个头，小孩子就没那么正相了，也许这严肃的场合有些古怪，立时"哧哧哧"、"嘿嘿嘿"开始偷着笑，这笑声有传染力，一会儿响成一片。大人也不计较，一年到头大人受苦娃娃也跟着煎熬，吃都吃不饱，过年了还不娇惯一下，主人把糖瓜碟子递过来，娃娃们先看看大人的眼色，叫拿呢，立刻抓一把塞进裤兜里，几个小伙伴相互跟着追追打打，跟着大人往下一家拜年。

三

俗话说"米脂的婆姨绥德的汉，三延的姑娘没人看"。米脂的婆姨掐了陕北女子的尖儿，这三延，延安、延长、延川一带的女子就是垫底的陪衬了，可别以为三延的女子真的没人看，实际上延长的女子也很俊。

在延长街道拐角的药材铺子，有一个抓中药的女孩子，天知道她怎么有那么白的皮肤、那么黑的头发，药材铺子只是一个又小又窄的门脸，进去深幽幽、黑洞洞，转头一看见那个抓药的女子立刻感觉屋子里亮堂了起来。一件廉价的确良绿衬衣显得她的皮肤晶莹洁白几乎耀目。一双毛茸茸的眼睛，深邃而有神，瞳仁黑得认真，黑得一丝不苟，小县城里的年轻男子喜欢到药材铺子买药，有用没用一包一包的，女孩子也不怎么和人家说笑，动作娴熟利落地拿戥子称药，再一份一份地分开倒在包药的麻纸上，偶尔撮一点匀一匀，然后，手脚麻利地一包一扎，那个买药的男子正愣神，药已然妥妥当当地放在眼前，女子并不言传，转身拿起另外一张单子抓药。

陕北自古多民族混居，尤其黄河岸边一带的人带有匈奴、鲜卑血统，轮廓鲜明，高鼻深目，皮肤又细又白。我有一个同学，家境特别困难，念书的时候，顿顿吃家里带来的玉米面团子，又酸又硬，我就没见过她吃菜。可天知道她怎么就有那么好的皮肤，从来不见她往脸上抹油，风吹不皱，日晒不黑，上高三的时候大家脸上都长痘痘，只有她的脸上永远干干净净。那时我就知道漂亮是天生的，后天怎么捯饬也是白费劲。

四

任何一个地方都会产生本地名人，县长、县委书记自然是本地具有影响力的人物，但是和一般人关系不大。倒是延长县街上经常能看见的一对乞食老夫妻，最是人们津津乐道、挂在嘴上的人物。和其他乞食者不同，他们的脸上并不见卑微、瑟缩，小街上的人们也并不欺负他们。常常看见男的背个褡裢，拉一根棍在后面。女的在前，虽年纪已经五十岁上下，但张扬而快乐，经常能听见她边走边唱。行路的人不免感到纳闷，一个要饭的老太婆还乐呵什么？再看看老太婆的打扮，各色卡子别满了头，花花绿绿的一股子古怪劲儿，数九寒天还穿着花裙子，已经看不出颜色的裙子长及脚踝，走起路来忽闪忽闪的。有人觉得她可能是个神经病，但和她拉话，她却是茄子一行辣子一行。遇见有人家结婚娶媳妇，老夫妻一准不请自到，到了门口张嘴就是：新年新人新气象，家家户户喜洋洋。虽然说得四六不像，也没有人计较，过事情不就图个喜庆热闹嘛！有人给老太婆倒一杯酒，她也不谦让，一扬脖子干了，还和人家"老虎、杠子、鸡"

耍一气，引来无数爱看热闹的人。主人乐呵呵地叫人端出一碟子花生米倒在老头儿的要饭钵里，或者拿出一张毛票递给他，多少他也不争。延长的人们习惯了他俩的存在，要是谁家办喜事没看见这两口子，还会纳闷，敢是病了？

后来，老太婆真的病了，不久离世，老头子也就不露面了。有人问老头子，老头叹一口气说，把那个营生做够了。

话说延安

这座城市很小，名头却很大。有一回，我在火车上和人聊天，介绍自己是陕西人，对方疑惑地看着我，半天想出一句来：哦，陕西呀，你们那里有大运河？我一时无语，接不上话茬，便直接说延安人，对方一听，双手一拍，眉毛飞到脑门上，一连声道：知道知道，革命圣地！

一

其实，延安很小，很逼仄，凤凰山、清凉山、嘉岭山三山对峙，延河、南河二水分流，把延安挤成了一个狭小的"Y"字形。

道路是一个城市的骨架，骨架端正了城市的模样自然是周正的。延安的几条通衢大道依山就水弯弯曲曲，城市的布局也就只好跟着弯弯曲曲，有点施展不开手脚的样子，就像陕北人说的，门旮旯里耍大刀。

二十世纪六七十年代，东关大桥一带是延安的中心。外地游客都喜欢在这里照相，背景是滚滚延河和巍巍宝塔，相片拿回去叫众人看看，很是神气的。

旁边不远处是解放剧院，进城揽工的农民聚集在这里等待，要是被哪个雇主看中，就算幸运的，起码有了睡觉的地方。要是没有那么幸运，只好举着脑袋默默等着，两只眼睛盯着来来往往的行人，盼望着有人搭茬问询，那眼里的热情擦根洋火都能点着。要是没人搭茬，就只好等着，饿了，便吃蹲在河边小吃摊子上，什么凉粉、洋芋擦擦，价钱便宜管饱。在路遥的小说《平凡的世界》里，孙少平背着铺盖卷儿走进城市的第一站就是东关大桥。现在，还有很多"孙少平"背着铺盖卷儿正走向这里，或者已经在这里等待第一个雇主。

二

如果你没住过窑洞，就等于没来过延安。

民居是一个城市的脸。延安原先以窑洞居多，不管是政府机关还是老百姓的家都安在窑洞里。窑洞冬暖夏凉，造价低廉，多在山坡筑就。到了夏天，外地念书的孩子们放了假回来，躺在家里宽宽展展的大炕上，享受着凉阴阴的窑洞，窗外槐树浓荫蔽日，母亲做饭的声音从隔壁传过来，岁月那么静好，心里暗暗希望这样的日子无穷无尽，无穷无尽。

如今高楼林立的二道街，在八十年代只是两排小平房而已，房顶被雨水多年浸沤，破破烂烂，挨挨挤挤，歪歪斜斜，就像一个扶墙欲倒的老妪。可别小看这儿，延安著名的小吃酸菜面就诞生在这里。彼时，二道街还是一条黄土路，一下雨泥泞不堪，行人走着走着，一不小心稀泥就会把鞋子拔掉。酸菜面馆只是小小一间房，外面支了两个粗泥抹就的大春锅，一边煮面，一边熬汤。慕名而来的吃客就在露天矮桌上吃饭。夏天，太阳照着，灶火烤着，脑门上的汗水流出几条道道。就这样，生意还是旺得不行。

延安人爱吃酸菜，每个人的童年里都有酸菜的记忆。白面的细腻柔韧和酸菜的爽口嫩脆构成强烈的对比，生成了新鲜的口感，挑起了一筷子面条，也就挑起了人们对童年的记忆，一碗面里氤氲着童年的记忆和母亲温柔的情愫。

三

怎么形容延安人呢？似乎很难，因为充满了矛盾。

比如，对这个城市爱与恨的奇妙混合。延安人饭桌上聊天拉话，说不上三句就开始批评这个城市，数落它的拥挤，不文明，粗糙和喧闹。似乎对它厌恶透顶，恨不能立刻搬到别处住，却不允许他者对这个城市置喙。你若是一个外地人，和延安人坐在一个桌子上吃饭，千万不要附和他们对这个城市的恶评，要是你也参与指责，本地人便会奋起反驳，掉转枪口。摆出延安曾经的辉煌和历史功绩，任何人只能立刻钳口，是呀，有哪个城市的风头能盖过延安呢？

就是这样，延安人一边对这个城市恶语相向，挑三拣四，一边却也在骄傲着自己的城市。就像对自家的孩子，或打或骂都行，可就是不允许别人动一个小指头。

再比如，贫与富的双重存在。在这个城市里挥金如土的人很多，浮华和浪费令人心惊。我走过很多三四线城市，大街上有如延安这么多高档车的不是很多。要是不了解底里，还以为这个城市相当发达。尤其是到了晚上，高档酒店和娱乐休闲场所门口挤满了车，就像办车展，什么样的车都能看到，不难想象里面是怎样一派灯红酒绿的风光。可是，就在这座城市里，穷人也很多。据说有些下岗失业的人，一个月的饭钱不上二十块。二十块钱，在有些人眼里就不算钱，连一根冰激凌也买不到。

更多的人是穷与富的混合体。我也不知道他们究竟算是穷人还是富人。说他富吧，他因为停车场多收了一块钱和人家粗喉咙大嗓门地吵架，说他穷吧，他却开着路虎、宾利。

更妙的是，有些富人看上去像穷人。在延安，你永远不要小看任何一个圪蹴在凳子上，一笑满嘴黑牙，就着一头蒜，大口吸面条，并啧啧有声，表示吃得很香的人。也不要小看那些一手用筷子剔牙，一手抠脚趾的人。更不要小看那些脱下鞋，一屁股坐在酒店台阶上，拔出嘴里的烟卷，头一歪向旁边的花坛子弹般射出一口痰的人。古语所谓英雄不问出处。今天，富人也是不问出处的。

当然，也有些穷人更像富人，说到这里，先说一个词"扎势"。延安人自尊心强而好面子，生怕别人看不起，自尊心过了头就变成了"扎势"。这是一句陕北方言，类似于网上的"炫"。有些小女孩背着名贵的 LV 包，或者穿着爱马仕以显示身份高贵。可是，一打听才知道不过是某公司临时工。亏她决心大，竟吃了几个月的泡面。

有人说，炫耀不是延安人的特点，而是当下某些中国人的通病，也许延安是中国的模样。

都说陕北人好客。这是不对的，这句话太简陋，以偏概全。延安和比邻而居的榆林大有不同。同样是陕北人，榆林人小气得多。有一个笑话：榆林人家里来了客人，主人会操着甜甜软软的榆林味普通话，热情迎接："哎呀，亲人，你来啦，快回屋里喝口水，待会儿，我到邻家借一点米，拾一点炭，再赊一点肉，好给你做饭吃。"听听，说了半天啥都没有。也许有人说这是编的笑话诬蔑榆林人呢，不当真的。但我本人是真切体会过的。上大学的时候，我的一位舍友就是榆林人，常常在夜里熄灯以后，钻在被窝里吃苹果。想象一下，黑漆漆的夜，某个地方传来低低的，很克制的咔嚓咔嚓声，像极了老鼠。多年以后，同学聚会说起这件事，那舍友坦然地说：那有什么呀，我怕你们看见了馋得不行。大家笑倒一片。

而延安人是绝不会这样的，家里来了客人，吃饭生怕人家没吃饱，一再地给人家说，就和在自己家里一样！甚至也不管人家介意不介意，拿起自己的筷子就给客人夹菜，非要把人家碗里堆得像小山。

至于喝酒，更是不在话下，不把客人灌醉似乎就是没招待好，自己更是舍命陪君子。回到家里，少不得和妻子一顿怄气。民间流传着醉汉语录：不去不去又去了，不端不端又端了，不喝不喝又喝了，不醉不醉又醉了，不多不多又多了。各位看官，对照检查一下自己，是不是这个样子？

写了这么多，似乎还是没将延安这个地方说清楚，也许是说不清的，见仁见智，您还是来一趟自己体验吧。

乡愁里的丁香

经过了三天两夜的火车，一整天的汽车颠簸，30 年前的那年最后一个月的最后一天，我们一家终于抵达了陕北的一个小城。在塔拉草原父母总说他们是异乡人，到了陕北我觉得我是异乡人。

那天正是傍晚，冬日的晚霞分外惨淡，光秃秃的群山环绕着一个陌生的荒城。我一下子明白了坐井观天的含义。想起刚离开的塔拉草原，天空那么辽阔，地平线那么远，眼泪一下子流出来。那推开门就能看到的蓝色的祁连山和一望无际的原野，将再也看不见了。心里暗暗埋怨父亲千里搬家的决定。

父亲找了一个窑洞，在县城的西郊半山坡上，母亲用随身带的几件简单家什生火做饭，就开始过日子了。可是只能做一些简单的饭菜，顿顿如此。我们的家具由火车托运到铜川，至少还要半个月才能到。

邻居奶奶便常常打发一个女孩子端一碗酸菜过来，对于天天吃挂面而正在长身体的我和妹妹来说，太解馋了。因为都是女孩子，我们和菊很快就熟悉了。

菊已经十八岁了，没有念过什么书，性格爽朗，爱说爱笑，年纪不大却已经担起了养家糊口的重任，每天在延河里捞沙子。我上学路上常常看见她高高挽起裤腿，有力地挥动铁锨挖沙，筛沙。

邻居奶奶和妈妈拉话，说菊刚刚订了婚，小伙子家境贫寒，是个小贩，每天挑两筐豆芽出去卖。我们常在放学路上看见他挑着筐子沿街叫卖，单薄的棉袄，脸上冻得青一块紫一块。怪不得菊不爱提起他，每次小伙子来送豆芽总是挂个脸，多一半是不太满意。

坡底下住着另一户人家，也有个女孩，不过年纪大了点，二十五六光景，叫小夏，身材高挑，五官分明，在小城十字街头的药材公司上班。

有一次，放学路上，我和同学一边走一边议论刚看的琼瑶小说，正说着，一串清脆的自行车铃声响起，小夏翩然飘过。正是春天，微微的阴天，快要下雨的样子，她经过的时候，我感觉天色亮了一下，我们都沉默了，可能是被她那种青春之美给惊艳了。后来再看琼瑶小说，总觉得那些女主角都长着一张小夏一样的脸。

小夏漂亮，所以常常有男孩子站在路上冲她吹口哨，邻居们都说，这个俊女子不知道将来找个啥样的好女婿呢！

四五月间，南面那座翠屏山开满了丁香，浅紫淡白的丁香花好像商量好了似的，几乎全在一夜之间开放。虽然不算鲜艳，那些细小花瓣紫的紫，白的白，给小城晕染了一层别样的灵动。

浓郁的芳香满山满谷，隔着延河飘过来，布散在小城角角落落。在这段时间里，整个小城都是香喷喷的，就连空气里也氤氲着紫茵茵的颜色，至今回想起来，暮春初夏时节的小城，还蒙着一层淡淡的紫。每天行走在上学的路上，丁香花的芬芳一路相陪，时而浓郁，时而清淡，细嗅芳香，心藏喜悦。于是慢慢地接纳了小城。

只要天气好，学生们就会拿着书本去翠屏山背书，其实都是上山游玩去了，回来的时候，每个人手里总要折一枝丁香花，女孩子会数花瓣，据说谁要是找到了六瓣丁香谁就会找到幸福。什么是幸福，当时的我觉得考上大学就是幸福。

也有的同学说，幸福就是要么到东边的卷烟厂上班，要么到西边的油矿上班。那油矿离小城不远，站在翠屏山上眺望，隐隐约约看见高高的烟囱冒着白烟，延河里偶尔能看见一些漂浮的油花，那是石油。

除了学生，那些恋人们也在山上约会、漫步，爱美的女子会折一枝丁香插在发辫上，平添了几分野野的美。他们见了人往往紧走开几步，一前一后隔几米，装作两不相干的样子。其实，虽然涉世未深，少年所特有的敏感却让我们个个有一双火眼金睛，不管他们相距有多远，都能一眼认出谁和谁是一对，忍不住扑哧一笑，他们会在我们的笑声里尴尬地逃开，暗自忖度是不是露出了什么破绽。

有一次我在山上碰见了小夏，相跟着一个男子，留着微微卷曲的长发，看起来很时尚，两个人站在一起看着也很般配。我心里觉得小夏的爱情才是爱情，菊的那个卖豆芽对象，真也难拿出手。心里替菊惋惜，可是五大三粗又不识字的菊还能找到啥样的呢？

很长的时间里，每天看着菊在延河边上挖沙子，筛沙子，那个卖豆芽的小伙子也跟着她在河边干活。小夏每天骑着自行车，在街上来来往往，不过，再也没见过她和那个卷头发在一起，听说吹了。后来常常看见那个小伙子站在街角和人聊天，不停地掠掠头发，歪歪脖子，眼角斜一斜，溜一眼路人。

那时候，生活节奏慢，总觉得生活会永远这样，一望无际的岁月，永远不变的人和事，未来仿佛被一眼洞穿了似的。

几十年过去了，缘起缘灭不知多少，生活的谜底一一揭开。有一次偶然回到小城，遇见小夏，当年的小城之花，我一眼就认出来了。可她全然不再是从前的琼瑶式的清纯模样，站在小街上和人说话，嗓门大，语速急，似乎在控诉生活的不如意。菊虽不太中意那个小伙子，到底还是嫁了。她相貌条件远不如小夏，怎么敢挑来拣去呢，两人不甘心一辈子卖豆芽、出苦力，就开起了饭馆，挣下了不少钱。这已经是后话了。

而我，三十年前站在翠屏山上遥望远处的小油矿，觉得那么遥远，和自己毫无干系。可是，在命运的流转中，最终变成了一个石油人。

如今，那些在丁香花下念书或者约会的人，多数已经鬓染银霜。在生活的魔法面前，每个人都不再是从前的那一个。以前认为自己和他们毫无关联，可是，某一天忽然惊觉，生命里遇见的每一个人都是何其珍贵，我们见证了彼此曾经的青春岁月。

我们的故事里，你中有我，我中有你。

离开小城多年，每到暮春之际，看到丁香绽放，就不由地想，翠屏山的丁香花怕是也开了吧？那芬芳依然如旧日，弥漫了整个小城，街上走过的小夏能闻到，做了饭馆老板娘的菊能闻到，而我，这个从异乡到异乡的人也能闻得到。

在永坪

在永坪，我度过了三年记者生涯。这是难熬的三年，也是难忘的三年。人有一种贱脾气，好日子像是一匹缎子，光溜溜地滑过，大脑的沟回里没有留下什么记忆，倒是那些艰难日子，记得清楚，想着有味。就像我童年的大杂院里，那位老红军捋起袖子，向我们炫耀伤疤，讲述差点被乱枪打死的经历，昔日的鲜血和惊悸早就忘记，剩下的只是岁月里留下的甜香。

一

永坪镇很特殊，很难一句话说清。

20 世纪 90 年代，随着石油经济的发展，它野蛮生长，畸形繁华，发生了翻天覆地的变化。白天是灰头土脸的农夫，晚上是美艳奢华的丽人。繁华的外表，乡村的气质，还有它那工业表情混搭在一起，你很难给它找一个确切的形容词。

　　永坪河闪闪发光穿城而过。它成了一道界线，一边是油矿，一边是乡镇。因为这一点，永坪在陕北的乡镇里似乎有了一种优越感，当其他乡镇因为人口的大量外迁而坠入凋敝的时候，它却一天比一天红火，人烟稠密，商店林立，很多外地人也纷纷寻到这里做生意。

　　而油矿反过来也沾着小镇的光，因为小镇，使得油矿不仅仅是一个单调的工厂。很多同类的石油城，一到放假过年，员工纷纷回家之后，鸦雀无声，街道上小鸟一跳一跳地啄食，难以掩饰的寂寞和单调。而永坪不是，它有一股人间烟火味儿。尤其到了晚上，在霓虹灯的装饰下勾勒出一派繁华，大城市的娱乐享受，这里一样不缺。常常看见灯火通明的酒店里，摇摇晃晃出来一批醉客，有的抱住路边的树狂呕，有的当众宽衣解手，有的躺在大街上死活不起来，颇似醉卧沙场君莫笑的豪情，没有人感到惊讶，这才是永坪。

　　永坪河右边的工业区，最显眼的是密密层层的油矿家属楼。它们仿佛横空出世，跟周围的荒山秃岭毫不搭界。这是油矿财力的象征。但这些楼房没有一间是我的，资历不够。

　　而不远处是一片私家宅院，鳞次栉比风格各异，大家商量好了似的，外面一律贴着白瓷片，在阳光下闪耀着家境殷实的光芒，靠着油矿的带动，永坪迅速产生了一批富人。这是他们实力的象征。这里的房子也没有一间是我的。财力不够。

　　那时，富人们盖很多的房子，除过自己住，还有一个重要的用途就是出租，矿区楼房虽多，但也有很多像我一样的无房户。

我调到永坪工作，刚开始安排住在职工宿舍里，每天在舍友噼噼啪啪麻将声中穿梭。吃饭的时候打，睡觉的时候打，有时候一觉醒来，还在打。口里一边熟极而流地算输赢，一边哗哗啵啵嗑瓜子，手里哗啦哗啦地洗牌。年轻姑娘们的手上流行戴铂金钻戒，搓麻将的时候，在灯光下熠熠生辉。

打麻将是一项最常见的娱乐方式，原来我以为只有老年人才打，可是，我分明觉得在青年职工中麻将更受欢迎，可以在无所事事中互相慰藉，可以把它当作交际的手段，我便努力地学，期望加入这个队伍，成为大多数中的一员。

可是，我的努力失败了，违心地做不喜欢做的事，最终的结果都很无趣，有人打一天都不累，可我一个小时就会腰疼。我意识到人还是要忠于自己的内心，不要强己所难。

下了班无处可去。短短的小街不到二十分钟便走到了尽头，两边多数是饭馆，里面传来喝酒的吆喝声，这是麻将之外工人们的另外一种消遣方式，年轻人在酒精里消解过剩的精力，生意人在酒精里建立牢固的友谊，官员在酒精里站队划圈子。这些都与我无关，只能踅转身子回到麻将声声的宿舍里看电视，把所有的频道来回翻几遍之后，无聊缠绕在内心，大把的时间无处打发。

那时候觉得时间格外的多，多得令人发愁。

二

一个人应该有自己的私人空间。

我决定找一间房子，我不愿意下了班也处于集体状态下的互相窥视。找了很久之后，我终于找到了一间小小的房子，离上班的地方很远，可是这已经令我心满意足。

每天上下班的路上，我要穿越两个世界，先是永坪的富人区，我经常遇见一个小伙子，梳洗穿戴得干干净净，遛着一只浑身雪白的胖大狗。这狗活像一只小牛犊子，向前一扑一扑的，迎面遇见，吓人一跳。据邻家说，他爹挣下了千万家财，几辈子吃不完的，小伙子也就不用辛苦了，只要待在家里就行了，又说这狗贵着呢，每天只吃香肠，比过去的县长吃得都好。

可是富人区里，私人宅院富丽堂皇，公众场合却格外肮脏破旧，窄窄的街巷里，坑坑洼洼，垃圾遍布，散发着说不上名堂的怪味儿。狗的排泄物随处可见，没有人介意。可能是觉得狗和小孩子一样是可以原谅的吧。

过了马路就进入矿区，矿区的一个特点是车多，各种车型都能见到，背着大油罐的泵油车浑身油污飞驰而过，车尾的输油管一荡一荡的，淅淅沥沥洒下来一路油滴子。拉土车轰隆隆开过来，扬起细细的粉尘，打在脸上粗粝的感觉，像磨砂纸。小汽车几乎是贴着人开过去，不知道是司机炫技还是行人太胆大。

远处的火炬终年燃烧，昭示着炼油厂的存在。当地人已经习惯了火炬和这种炼油厂特有的刺鼻气息，要是遇上炼油厂检修，火炬不再照亮夜空，许多老职工就会失眠，来回在家里踅摸，短了个啥呢？一时想不起来。至于那种气味，人们已经习惯了，久入鲍鱼之肆而不闻其臭，大概就是这个意思吧。

我有了自己的家，我是唯一的成员，我是我的伴侣，我是我的家长，任何事情我找自己商量。白天我是企业记者，晚上回家，顺便领略小镇的丰富驳杂。

我的房东告诉我，一个富人豪赌，一个晚上输掉了一座楼。拿手指给我看那座楼，喏，在河边，白色的。我想象不出来这个人怎那么有钱？房东一扬下巴，耍钱来的呗。哦，还有另外一种活法。又告诉我说，一天，在永坪最豪华的酒店里发生了一件趣事，一个富人和一个小姐打赌，内容是让她裸体在街道上站十分钟。赌资十万。结果小姐赢了。引来很多人的羡慕。据说，那天永坪镇上正好遇集，看稀罕的人里三层外三层的。

生活不总是喜剧，有一天出门，看见好多警察围在永坪河边，树干上拉着警戒线，出于好奇，也凑过去看，却看不出个究竟。问警察，原来昨晚上河边发生了一起杀人案，一个陪酒女被杀。居然在距离我的住处不到一百米的地方发生。

这些事情都指向同一个方向，那就是，在我的生活之外还存在另外的生活，世界上还有为我所不知的人生。我把这件恐惧的事情说给同事，同事年轻气盛，不假思索地说，活该！肯定那个陪酒女不是个好东西，要不半夜跟别人出去干啥？

原来还有这样的判断，人与人的距离真的无法丈量。

在永坪，如果你进去一个普通的小饭馆吃饭，里面正好有几个人也在吃饭，一半嘴吃饭一半嘴闲聊，其中有的衣襟上有几个饭粘子，拿筷子的手亮出镶着黑边的指甲，或者干脆圪蹴在板凳上，一手举着大蒜一手打着手机，口里不停地说话，突然锐着嗓子笑骂一声，顺便吐出一口痰，地面上一个脆亮的回响。

你可不要小看他们，一会儿他们半是炫耀，半是实情地开始谈生意，顺便捎一耳朵，原来多一半是油贩子，靠着油矿已经是这一带农民的脱贫捷径了。现在，他们已经有了豪车，盖了别墅，还有人开始离婚。

我的邻居是一个富人的外室，她是一个大学生，和我一样都是油矿职工。富人给她买了一辆白颜色的奥迪，她天天开车上下班，十几年前，开车的奢侈带给她很多满足和荣耀。

可是富人在农村有家，有三个儿子，儿子们声言父亲要是抛弃了他们的母亲，就要卸下他的一条腿。富人无法，只好把她安顿在这里。她是一个外地人，在本地没什么亲戚，也没什么朋友，或许她的选择让她早早脱离了同龄人的圈子，成了一只单飞鸟。她年轻漂亮，然而一脸的寂寞。常常一个人站在阳台上望着不远处的永坪河，不知道在想些什么。永坪河在陕北的晴天丽日下，闪闪发光，不紧不慢地往前流，我觉得女子的心事就像那河水，流不完。

我不知道怎么和她相处，见面的时候会打一声招呼，然后擦肩而过。可是，我发现她也尽量回避着，不和我打照面。

这种事永坪多得是！拿青春换车子、房子的女子多得是。

还是那句话，永坪的丰富和驳杂远远超过想象。

三

下面该说一说我，很长一段时间我融不进去这个地方，觉得它过于鲜明的工业气质，硬邦邦的，不宜于生活，我甚至觉得我们不是在"生活"，而是在熬日子。炼油厂的高炉顶端有一个专门用来燃烧有害废气的火炬，每天在它的照耀下，上班，下班。鼻腔里充满了来自炼油厂的怪味儿，说不上臭，只是怪，不是自然界的气息，是化学合成的结果，那气味就像一根针直接扎进脑子里，绝对不会中途涣散。

人们在一起，三句话不离本行，聊钻井工艺，聊裸眼井，爆炸井，聊炼油技术，聊有序采油，没有丝毫风花雪月的影子。就是一年里几次有限的文艺活动，大家喜欢的还是唱唱《咱们工人有力量》《我为祖国献石油》等老歌，总之，这是一个喜欢过集体生活的人群，讲的是"我们"而不是我，喜欢谈论国家集体，而不去谈论个人。大家穿着款式颜色一样的工衣，远看根本辨认不出来张三李四。就是业余生活也基本一样，男人打麻将喝闲酒，女人织毛衣看电视。

而我游离于这个氛围之外，格格不入。领导掩饰不住对我的失望，我知道让领导失望不好，要努力获得青睐，可是转念一想，要是他不失望，那我就彻底对人生失望了，我愿意把更多的时间放在业余写作上，我觉得那才是我想要的生活。

我每天的工作是给电视台写新闻稿，难度倒不是很大，棘手的是怎么把一件很无趣的事说得有意思，其实，写了半天还是挺没意思的一件事。我看不出稿子里所报道的那些会议有什么意思，很多人的忙是伪忙，只为了让别人特别是领导觉得他忙，很多讲话基本是废话，谁也不会当真，很多人戴着面具生活，久而久之，那面具竟然揭不下来了。刚开始当记者的新奇感荡然无存。而且，我发现很多会议不去参加也照样能写出新闻稿，我们都不说"写"稿，而是"造"稿，制造的造，就像工厂制造鞋子、衣服那样，按照模具批量地造，只要时间地点等稍稍加以改动就成了。

即便是这样的工作一旦忙起来，也还是需要加班至深夜，记得有一次要连夜赶制一个专题片，我从中午开始进入机房编辑，先做音频，然后配图像。这个工作只有干过的人才能体会一秒钟意味着什么，一眨眼意味着什么。一秒钟有二十帧，一个画面顶多四、五帧，意味着一秒钟要配至少四个画面。而一部专题片至少二十分钟。

干完活回家已经是下夜四点，才发现天降大雪，雪花从深远的苍穹无尽落下，永远落不完似的，细碎的雪粒子扑在身上，扑在脸上，世界淹没在洁白与清冷中，我走在没过脚踝的雪地中，万籁俱寂，耳边只有"咯吱咯吱"的声音，那声音至今难忘，寒彻心肺。那时，多么盼望有个人影出现，好向我证明这是人间，但是没有，永坪在大雪中沉沉睡去，连路边的石头也睡过去了。

在这寂寞中却让人感到有种危险潜移过来，甚至靠近了我，惊惧中左右看看，没有，什么也没有。悬在嗓子眼的心放下了。可是，一会儿心又开始狂跳起来，几乎要跳出来。

这是最恐怖的一夜，至今难忘。

一转眼，我已经离开永坪十年了。

十年里发生了很多事情，油矿大搬迁，到了一个更大的城市。失去了油矿，永坪被一棍子打回了原形，和陕北任何一个乡镇毫无区别，迅速凋敝。有一次我路过，想不到已经如此荒凉，街道上半天没有几辆车，也没有多少人，只是油矿小区的门口坐着几个白发老人，他们大声谈笑，聊着当年永坪的繁华和兴旺。

车渐走渐远，心里不知怎么忽然感到异样，眼泪落下来。

中国的模样

1936 年，埃德加·斯诺穿越重重阻挠，赶赴陕北采访一支传说中的反政府武装，当他看到黄土高原，看到那些黄土地上弯腰劳作的人们，意味深长地说了这么一句话："走向陕北，才知道什么是真正的中华民族。"

半个世纪之后，中国掀起了一场声势浩大的知识青年上山下乡运动，大批北京知青来到陕北，融入农家，同那些日出而作、日落而息的农民一样，过着艰难的土里刨食的生活，后来，他们中有一位成为作家，他就是史铁生。这个在黄土高原插过队的人是这样说的："当人们一说起中国这个词儿，我绝对想不起北京饭店，倒想起了黄土高原，我觉得那里才代表了中国。"

英雄所见略同。

陕北就是中国的模样，想了解中国首先要了解陕北。换句话说，当你了解了陕北也就了解了中国。而延安是陕北之心，解读陕北，也许要从小城延安开始。

可是，延安是什么样的？作为一个延安人，面对这个貌似简单的问题，我也曾失语。

从异乡到异乡 / 高安侠

　　这是几年前的事情，2008 年，我在鲁迅文学院进修，一次文学小聚，我介绍自己是陕西人。一个少数民族的作家迟疑了一会儿，问我："陕西在哪里？"我不知怎么回答，迟疑了一下说得更具体："我是延安人。"她做出恍然大悟："哦，知道了，知道了。"

　　后来发现，延安几乎是个经常被提起的话题，从延安整风运动、《在延安文艺座谈会上的讲话》到延安著名作家路遥。很多老师要在讲义上提到陕北、提到延安。无疑地，延安是中国现代史上永远无法绕过的一个话题，它与中国的政治、经济、文化如此紧密相关，令人心驰神往。

　　但是，延安又是一个很陌生的地方，这种陌生来自历史，也来自隔阂与偏见。有一次班上举办联谊会，同学们要排演《白毛女》。来自黑龙江的作家杨勇扮演大春，他不会扎头上的白羊肚子手巾，我就帮他。他用赵本山式的腔调问我："延安的男人现在脑袋上还扎这玩意儿吗？"我以为他开玩笑，就说："是呀，还扎白毛巾哩。"他低着脑袋，半晌说了一句："啧啧，那地方可真是穷哇，你骑过毛驴吗？"我一时无语，半天找不到一句合适的话给他介绍延安，难道在世人的眼里延安还是从前的模样吗？

　　见我卡壳了，西安作家邢娟赶忙说："延安早就变了，又有石油又有煤炭，号称中国的科威特呢，老百姓富得流油，《华商报》上有一篇报道说，陕北的老板到西安买房都是一个单元一个单元地买。朋友们常开玩笑说，嫁到延安就

有宝马车开了。"80后诗人冬云睁大一双本来就很大的眼睛问："真的吗？那赶紧给我找个延安的男朋友吧。"一席话惹得大家都笑了。后来，不断有人问我，现在的延安到底是个啥样子？人们还住在山上挖的土窑洞里吗？邢娟说的到底是真是假？我只好含含糊糊地应对。是呀，该怎么向大家介绍延安呢？延安究竟是怎样的一个地方呢？

后来，一次讨论课上，大家对中国的现状展开讨论，当然，都是根据自己所在地的情况对中国的整体发展状况作出判断。每个人都有自己的观点，各执一词，谁也无法说服别人。有点盲人摸象的意思，似乎每个人看到的都只是一个局部，谁都没有看见中国真正的模样。

中国究竟是什么模样？

这个问题，从来没有像今天那样让人感到困惑。富裕与贫穷，繁华与凋敝，文明与野蛮，进步与落后如此奇妙地交织在一起，如此光怪陆离、复杂多变，几乎令人失语。有谁能看懂今天的中国呢？你怎么能保证你对中国现状的描述是准确的呢？

2011年的春天，我参加一个采风活动，走访了陕北几个县区，感触非常之深刻，我觉得在某种意义上，我似乎看见了延安的模样，也看见了中国的模样。

暮春季节，车在高速路上疾驰，渐渐地，高速路变成了二级路，然后一拐，进入一个山沟沟，车身开始颠簸，这是一段黄土路，路的尽头通向一个普普通通的煤矿。

焦家沟煤矿位于子长县，新修建的厂房挺整齐，当院一幢大楼，左边是职工公寓，看得出都是新修的。院子干干净净，阳光照在水泥地面上微微地耀眼。看了太多黑煤窑事故报道，我有些暗暗的怀疑，可别是刚刚打扫了来应付外人参观的。我一向认为一个企业的好坏不仅仅是楼是否气派，钱挣下多少，关键要看职工是否对自己的生活满意。

吃饭的时候，我注意到餐厅的大门右边是一个碗架，用红油漆写了号码的大碗，反扣在那里，筷子用一根细绳绑着，看着很眼熟，我想起来，二十年前，我上学的时候，就曾看见给学校盖楼的农民一到吃饭时间都拿着这种大海碗，筷子用细绳拴在碗上，边走边唱信天游小调。看来，这里的煤矿工人还保留着从前的生活习惯呢。我和一位50多岁的老工人朱师傅聊了一会儿，朱师傅黑黑的脸膛，人显得很精干爽朗，原来他在进入煤矿工作之前靠种地为生，一年也就挣个两三万，养活家小是够了，可也没有长余下的。还没等到我问他在煤矿挣多少，他就开始给我"能"了，脸上写满了自豪：现在一月挣五千，一年下来咋也挣个六万，比种地是强多了。我问，这里工人都是附近庄子里的农民吗？他笑着说，是哩嘛，这家钱好挣，受苦还不重，井下都是机器作业，人就不那么受罪了。我想起来刚才在调度室，看到井下基本都是机器作业，工人的劳动强度大大降低了。焦家沟煤矿一共有两百多工人，这意味着至少这附近有两百多户人家过上了和朱师傅一样的日子。

晚上，我们到子长县城停驻。如果不是亲眼看见，谁能想得到在一个小小的县城里，居然有如此美丽的景致。秀延河早已变了样，我记得几年前到这儿出差，吃过晚饭想出去走走，正是春季，秀延河出奇地瘦细，细细的河水有气无力的，似乎随时要断流。两岸堆满了居民倾倒的生活垃圾，一阵狂风刮过，天上出现一只黑色的"巨鸟"，众人仰头观望，猜测是个啥东西，结果那黑鸟渐渐降落，定神一看原来是一个黑塑料袋。以后几次出差都没有留下好印象，觉得这儿荒芜凌乱。

如今，秀延河似乎与这个美好的名字更加匹配了，河水变得丰盈浩大，在春风里波光粼粼，夜色已深，两边街道华灯初上，倒映在水里，似乎是水世界里的另一番人间。河边的大理石围栏上浓郁的民俗石刻诙谐亲切，看着看着，你就会露出会心的微笑。一群背着书包的孩子从身边走过，叽叽喳喳地似一窝喜鹊，你一言我一语似乎在争论一道数学题。

曾经的子长因为贫困而闻名，当年知青上山下乡的时候没有给子长分配名额，原因是实在太穷了，连本地人也养活不了，遑论养活一批知青！据说有的村子里，一家三代人挤在一个窑洞的大炕上，姑娘出门赶集，要借别人的囫囵衣裳穿。大学时期，我的一个同学毕业后和男朋友含泪分手。原因是她家里人不同意，男友家里太穷了。在一般人心中，子长县就是赤贫的标志，姑娘只有往好地方嫁的，哪有往穷窝窝里跳的道理？

头天旅途劳顿一夜黑甜，第二天打开窗户，看远方天早已泛起一片霞光，心里想着又是一个好天气，无意低头，却看见在二十多层楼高的酒店下面，直线距离不足一百米的地方挨挨挤挤着一层窑洞，从高处看着更觉凄怆：年久失修的窗棂，上面糊着塑料纸，院子里主人见缝插针地盖了几间牛毛毡房，歪歪斜斜好像随时要倒塌。一会儿，窑洞里走出一位白衣女子，还不到夏天却迫不及待地穿起了半袖和短裤，清晨里看着替她冷得慌。她从逼仄的石凳上一步一步往下走，小心翼翼地，生怕绊倒。

我们住的酒店是如此奢华，而直线不足一百米的地方竟然有这样破旧的房舍，强烈的反差让人无语，看来即便是今天，贫穷依然存在。

我回想起在往焦家沟煤矿去的途中，那条黄尘滚滚的土路，和高大气派的煤矿大楼很不般配。但是，这毕竟是真实的存在。其实，在任何一个县城都有这样的图景：高楼大厦与土窑棚屋并立；奔驰车后面不紧不慢跟一辆卖菜的架子车；头上缠着白羊肚手巾的老汉和超短裙高跟鞋的妙龄姑娘挤在同一辆公交车上。

有些怪异，有些突兀，但现实就是现实，谁也代替不了谁，谁也遮盖不了谁。这是真实的，不可掩盖的。该用怎样的语言描述呢？直到今天，我也找不到一句精辟而合适的描述。如果你也想了解延安，了解陕北，进而了解中国，不妨亲自走一走，也许就像埃德加·斯诺和史铁生那样，通过这扇窗口，看见中国的模样。

从陕北到东北

北方

有时候，人会莫名其妙地对某个人好，或者莫名其妙地想念某个地方。

小时候，我常常一个人游荡在旷野上，有时爬上墙头向远处瞭望，面对陕北以北，总有一种莫名的心悸。北方，一直向北，那些细细弯弯的小路最终会通往哪里？

年幼的孩子总是对远方充满向往，小小的心脏充满了与年龄不相符的惆怅。

后来，迷恋上了地图，总是在地图前久久凝视，每一条河流，每一座山脉都用目光细细抚摸。北方，还是北方，似乎充满了未知的诱惑。有一次，驱车去看白城子，那是一千年前匈奴人遗弃的一个都城，在一片白花花犹如骨骸的废墟中，竟然感到那么熟稔，好像曾经来过。

我问一个卜者，为什么对北方的感觉那么强烈？他说，你的前世是从那里来。

八月里的一天，接到一个陌生电话，一个美丽的声音邀请我到东北开会。北方的邀请，对我来说，不如说是召唤。

火车在东北大平原上铿锵前行，初秋清晨的阳光，早早就洒进车厢里，也洒在我的脸上，东北平原渐渐铺展开来，一眼望不见边际的庄稼，南瓜像火一样红，东一个，西一个，随随便便地撂在地里。高粱的绛紫色长穗子沉甸甸的，仿佛重得举不起来了。玉米窜得老高，黄绿的叶子下藏着胖嘟嘟的玉米棒子。车厢里的一群孩子欢呼雀跃，争论着那些庄稼的名字。

秋日的东北大地，显示出一种倦容，慵懒而沉静。一大片一大片的田野，一直铺展到地平线，好像火车永远走不出这一片土地。对一个陕北人来说，心里满满是歆慕。陕北没有地平线，天空的边缘被大大小小野兽一样蹲在那里的山峦东咬一口，西咬一口，有的山沟沟里只剩下巴掌大的一片残天。初来陕北的人感觉群山挡住了外面的世界，仿佛是坐在一口井里，恨不得一把将那些山疙瘩推得远远的。

没有在陕北生活过的人，可能体会不到山区的人看到平原的那份激动。东北的辽阔，是火车从日升一直走到日落也无法穿越的辽阔，我在心里默默地提醒自己，这就是东北！

延长与大庆

多年前，我们的企业收集史料，编纂石油志。我是一名记者，要采访很多在外地工作的陕北人。

有一次，我采访一个在大庆工作的老领导，在拨他的电话那一刻，我的心忐忑不安，他那么大的官，会接受我一个小记者的采访吗？

电话里，一个夹杂着陕北味和东北味的声音传来，一时间，我紧张极了，结结巴巴地自我介绍，以及说明要采访的内容。没想到，对方一听我是陕北人，电话里朗朗笑着，称我是小老乡，表示很高兴愿意接受采访。他在电话里滔滔不绝，告诉了我当时东北发现大油田以后，陕北延长为了支持东北尽快打出油井，抽派大批技术人员奔赴东北的情形。

"哎呀，那时候呀，走得急，什么都没带，来了才发现这里跟咱陕北不一样，一眼望过去，平展展的什么都没有，连个挡风的山疙瘩也没有，掏个窑洞也不行，晚上睡在地窝子里，半夜冻得醒来，耳朵跟铁片子一样，眉毛上都是冰凌子。"

也有许多东北人在陕北生活着。十年前，我还是中学教师，有一天来了一个家长做校访，一张嘴一口东北话，原来他父亲是张学良麾下的东北军，1935 年 11 月，东北军 109师进攻陕北红军，他父亲在直罗战役中被红军俘虏，从此就留在了陕北，成为延长油矿的一名工人。"九一八"事变爆发后，很多东北青年投奔延安，仅在延长油矿工作的就不少，有些是朝鲜族，有些是中俄混血儿。我有个同事就有俄罗斯血统，蓝眼睛，高鼻梁，据说父亲是俄罗斯人，现在她说着一口纯粹的陕北话，已经完全融入本地。而陕北人的包容和厚道，使得他们安静地在这里生根发芽，开枝散叶，过着寻常人家的日子。

如果说抗战时期延长油矿养育了陕甘宁边区政府，那么，大庆则为新中国承担着养家糊口的"长子"之责。

当年红军长征途中，疲惫饥饿的一队人马在一个名叫哈达铺的地方停了下来，下一步何去何从，是一个严峻问题，必须做出抉择。冥冥中自有天意，毛泽东素有看报纸的习惯，他恰好看到了一张报纸，报纸上恰好有一篇新闻，提到了国民党部队围剿陕北红军。这则新闻透露了一个信息：陕北有红军。

陕北张开贫瘠的胸膛收留了这支衣衫褴褛的部队。而陕北恰好有石油，抗战爆发后，石油作为当时的紧缺物资，已经金贵到了"一滴石油一滴血"的地步。陕北石油为红色政权换回了大量枪支弹药，粮食布匹，使之能够在这焦山渴水中活下去。

而大庆，同样令人感到有某种天意。"九一八"事变之后，日本占领了东北，在大庆区域也曾发现了石油的露头。

大庆的作家告诉我们，日本飞机在空中发现龙虎泡有油花在水面上漂浮，显示本地有油藏，于是，他们组织人力物力去勘探开采。就在钻机马上要打到含油层时，一股过路的土匪袭击了日寇，而恰好负责勘探工作的日本工程师是个美国留学生，接受的是"海相生油"理论，对此并没有多大信心。于是，勘探找油不了了之。

谁料想，新中国成立以后，在国家最需要石油的时候，大庆打出了喷井！

只差一点点，历史就会重新书写。我相信这就是天意，在国家最危难的时候，延长和大庆改写了历史。

遇见萧红

东北如果没有萧红，该是多么荒凉，有了她，大平原似乎不再那么空旷，仿佛她笔下的那些人物还在：王婆还在庄稼地里收南瓜，冯二成子还在磨坊里磨面，未婚先孕的桃枝还在河畔洗衣服。而萧红，还在桌前写着她的时代。

现在，她变成了一尊汉白玉雕像，站在那里，双目眺望远方，嘴角微微收敛，有些倔强，又有一些不谙世事，一个北方女子的样子。

因了萧红，默默无闻的呼兰河声名响亮，几乎每个略略读书的人都知道这个北方以北的小河流。萧红是这条河流的女儿。

上大学期间读过她的《呼兰河传》，惊讶于小说居然可以这么写，东一句，西一句，像呼兰河的自由灵动，也像东北大地的残酷冷漠。自由自在，天真无邪和残酷无情的时代，生命的磨难如此不协调地冲撞在一起，这多么不像小说呀！我把感受说给朋友听。朋友说，萧红之所以是萧红，就是因为她敢于这么写。后来，慢慢才知道，具有标本意义的作家都有这样一种特性：胆大且蔑视常规，敢于打碎别人制定的模式，用另类的方式写作。这种胆大不是鲁莽，而是极度的自信，文学，有时候需要一种极度的自信，甚至自负。

萧红故居的纪念馆幽静极了，几乎没有什么人。也许人们更关注的是电影里那个美丽的，和众多男子有着感情纠葛的萧红。玻璃窗外，北方秋日的阳光照彻世界，一片光亮，反而显得室内更加幽暗、寂寞。

深色的墙壁上，我看见她的文字："女性的天空是低的，羽翼是稀薄的，而身边的累赘是笨重的……我要飞，但同时觉得，我要掉下来。"

这是她对自己的命运的预测，实际上，她最初的出走就是试图飞起来，努力地飞，虽然最后还是掉下来。1942 年，她客死香港，年仅 31 岁。

萧红是个说不完的话题，她的作品和私人生活难以截然分开，而她的感情生活又引发人们无限遐想，无限猜度。有人说，她的才华源自磨难。她的一生是从异乡流浪到异乡，身体从一个男人流浪到另一个男人，似乎离开男人就不知道怎样活着。爱情是她的粮食，或者空气，没有爱情就等于要了她的命，所以，她急于从遇见的人那里寻找爱情。但是，男人们最终还是从她身边离开了。

最渴望爱情的人，往往得不到爱情。

萧红在临终前说：半生尽遭白眼冷遇……身先死，不甘，不甘。

我想这白眼冷遇多一半与爱情有关，一生没有爱情，不管是谁，都是难以弥补的憾事。

但是，仅有爱情就足够了吗？

在遇见萧军的那一刻，两人迅速陷入热恋，此时，萧红还怀着前任汪恩甲的孩子。纪念馆里一幅巨大的油画引人驻足，身怀六甲的萧红满面忧愁地看着萧军，而后者，手持半张诗笺，以倾慕的眼光仰望着萧红，似乎问道：这诗是你写的？

一首诗就足以引发一场惊心动魄的爱恋，这样的果敢，只有萧红这样一个北方的女儿才有的大胆。可是，短短几年，爱情就会褪色。萧军陷入另一场恋爱，萧红只能写下这样的诗篇：

　　昨夜他又写了一首诗

　　我也写了一首

　　他是写给了他的情人的

　　我是写给我悲哀的心

　　带着颜色的情诗

　　一只一只都是写给她的

　　像三年前写给我的

　　也许情诗再过三年

　　他又写给另外一个姑娘！

短暂的热恋之后，就是漫长的冷漠和暴力，有人怀疑爱情的真实。其实，爱情的面孔本来就是善变的，只有没有实现的爱情才能地久天长。

生活里仅仅有爱情是不够的。

二萧的感情破裂之后，她重蹈覆辙，再一次怀着萧军的孩子和新恋人端木蕻良结婚。每次读到这里，我总是要停一下，想一想，揣测萧红的心境，难道，她忘记曾经的痛苦了吗？

只能说是个性使然，一个爱上爱情的女子，无法像普通人那样，把方方面面的问题考虑周全。与其说萧红爱上了某个人，不如说她爱上的就是爱情本身，不是离不开某个男人，而是，不能没有爱情。

不久，她又一次失去了爱情。

在爱情面前一错再错，终于使她倒下了。如果能重新设计她的命运，她将会修正哪些地方，比如盲目的恋爱，比如匆忙之间的决策。可是，当这些错误一一修正之后，她还是萧红吗？她还会写出那些灵动自由的文字吗？

也许，她将是一个过着幸福热闹生活的庸常妇人，通达、随和，善于和生活讲和。不为难自己，也不为难别人，更没有经济压迫和流离失所。但是，没有了这些，也就没有了这个天赋异禀的生命。说到底，萧红和她的苦难在一起，正如苦难和她的才华在一起。

以前，读李白、杜甫的时候，感慨于诗人一生的种种不如意，同情他们的际遇，可是随着年龄渐长，我发现这个世界本身就是难以完满的，不完美成就了他们，萧红的苦难也成就了一个现代文学史上的洛神。

我不知道，假如人生可以选择，在苦难和才华之间，萧红将会如何选择。

仙鹤和秋天

谁能想到，在齐齐哈尔草原的深处，有那么一个芦苇荡，仙鹤居住在那里。

刚刚 9 月的天气，在东北，已经是秋意深浓了，芦苇泛起了微微的黄，显露出憔悴之色，秋风过处，满耳瑟瑟，那是秋风刮过芦苇的声音。这个湿地可能地处偏僻，没有多少人，即便有一些，也是匆匆忙忙照了相就走人，隔了芦苇荡，远远听见喧哗，听不真切，反而越发感觉安静。风里断断续续飘来一个老婆婆略带不满的话：花了这么多钱，来看几只鸟儿，还不如我菜市场买两只大鹅，炖着吃了呢！

可能是嫌钱花得不值当，一路唠唠叨叨的，嫌儿女们不会过日子。剩下的就是芦苇无边的低喃和高高的太阳，以及铺满整个秋野的阳光了。

我坐在长椅上，看那湖面的波光随风走。这是一处相当大的湿地，秋日里，白花花的阳光下，空无一物，闪着寒意的水面碎波起起伏伏，生生灭灭，永无止息。四周密密的芦苇扬起白花，在风里瑟瑟发出声响。

一只仙鹤从芦苇深处悠悠飞过，一声鹤唳，上闻青天。湛蓝的天空里，只有这一只仙鹤缓缓地飞过去，那一声鹤唳仿佛要划破秋天的寂静。四下里环视，除了我，没有一个人，我的心里充满了寂寞之美。

很多禽鸟羽色斑斓，美在颜色。而仙鹤美在形态，仙鹤的美是一种优雅之美。看那白衣飘飞多像一个世外高人，长长的腿能在水上从容地举步，长长的脖颈可以弯曲为优美的弧线。这一切远胜于颜色之美。

我想起来，小时候在塔拉草原看见过仙鹤。那时候，我还在上小学，一个雨天，上学路上，忽然看见一只湿淋淋的大鸟躲在深草丛里，一动不动，可能是受了伤。我害怕它飞走，也一动不敢动，呆呆地看着它，只见它有着长长的脖子，长长的腿，我断定是一只仙鹤，怀着好奇的心，试图走近，没想到它那么害怕我，一瘸一拐扎进密密的草丛深处。我没有丝毫想伤害它的意图，为什么它却那么怕我呢？

回家问父亲，父亲说肯定是秋日在迁徙途中路过的，受了伤。村子里的几个人闲来没事，就是喜欢打猎，什么天鹅啦大雁啦都猎获过，都煮进了锅里。那只仙鹤敢是被他们打坏了腿。

我才明白它为什么那么怕人。自那以后，再也没见过仙鹤，好像与它无缘，只在那些古典诗词里读它。不期然，却在千里之外再次相遇。

那一整天，我就坐在秋天的芦苇荡里，默默地看仙鹤，看它们悠悠地从我头上的蓝天飞过。隔了远远的距离，那飘逸的姿态越觉得美，美得与尘世决绝。

这个秋天，仙鹤是我最美的遇见。

天边的额济纳

在中国雄鸡版图的腰窝，一个小小的单圈，那么细小纤薄，像是一枚指环，遗失在沙漠里。

那就是额济纳，一个无比荒凉的地方，除了胡杨和蓝天，一无所有。

我想并不是因为胡杨和蓝天，陕北的秋天甚至更美，色彩更丰富。根本的吸引力在于遥远。

远方，总让人产生一股莫名的思念和心悸。仿佛远方藏着梦想，藏着希望，当我们厌倦了眼皮下面庸常的生活，一个遥远的地方，就足以让人跋涉千山万水。

我做好一切准备，棉裤棉衣，足够的食物和水。

当车转入高速路，延安越来越远，生活的庸常和烦琐也跟着渐渐远离，觉得身体开始变得轻盈，那么多负累远远地甩在后面。我不再是那个朝九晚五的小职员，不再按着固定的轨道日复一日、年复一年地生活。不再是今天就知道明天的生活，甚至知道几点几刻在做什么。不需要琢磨他人的脸色，不需要绞尽脑汁写干巴巴的材料。

那个现实世界渐渐离我而去。

水水水

在穿越了黄土高原之后，毛乌素沙漠绵延不断的沙丘呈现出一种粗粝感。灰色的大地，在太阳的照耀之下，反射着干涩的白光。少量的绿色植物一掠而过，因为稀少，让人眼前一亮。

一切全然陌生。

短暂的兴奋之后，不知为什么，惶惑像一股潜流从心底暗暗渗出。公路平平展展，像一面无限延展的明镜，倒映着车影，空气在簌簌抖动。远方连接着远方，究竟哪里是尽头？

车辆高速移动，像一群鸟儿般轻盈地飞翔，反光镜的光斑也跟着迅速移动，划出一道道美丽的弧光。高纬度地区的阳光似乎更刺眼一些。贺兰山脉赭红色的岩石气势汹汹地撞过来，眼看要撞到鼻梁上，可是到底没有，似乎是擦着额头了，头皮微微的刺痛。山脊起起伏伏，快速向后逃离。速度给人以兴奋感，类似酒后的微醺，一切有些不真实。

从公路标志牌显示的地名里，你可以捕捉到一些信息，比如，这一路的地名很多以"水"来命名，泉水子、海子、一眼泉、喊叫水。千万不要以为这里多水，正好相反，这样的地名在告诉人们，这里是个缺水的地方。正如那些一无所有的人总喜欢起名：有财、富贵。

"喊叫水"多么焦渴的呼唤！水缺到了极点，我听见人们口干舌燥地喊叫着：水！水！水！

造物主就是这样的不公，半月前，我曾在西湖边久久伫立，看波光明灭，涟漪荡漾。嫉妒地想，天下的水怎么都到了这里！仿佛随手朝空中抓一把都可以将水汽握住。江南的植物因为水分充沛，长得肥大粗壮，张牙舞爪。满坑满谷都是蓊蓊郁郁的树木，放眼望去到处是绿，挥霍的绿，奢侈的绿。

可是在这沙漠里，水是那么稀缺，植物们都懂事，舍不得浪费水，把叶片长成了细刺，或者表面涂满了蜡质，尽可能节约每一滴水。骆驼刺和红柳细细弱弱，一副营养不良的样子。除此而外，满眼白花花的石头、沙子，反射着太阳干巴巴的光。

祁连山

祁连山渐渐出现在眼前，苍灰色的天空下，带着一丝莫名的悲壮。

这是一座东西走向的山脉，对面是腾格里沙漠，中间夹着狭长的河西走廊。这里是我的故乡，我的童年就存放在这里。曾经无数次在梦见到祁连山钢蓝色的影子，山峰终年积雪，像是戴着一顶银光闪闪的王冠。可是，眼前的祁连山不见了银冠，山体创伤斑斑，这是人们疯狂采掘遗留的痕迹。那些粗陋的工地建筑歪歪斜斜，墙壁上涂满各式各样的广告，看得出，商业大潮同样淹没了河西走廊。

我的童年是在祁连山下度过，我觉得童年对一个人的塑造最为深远。长大以后，所有的人生际遇都可以在童年找到蛛丝马迹，都可以追溯到童年那些极细小极渺远的事情上。虽然无数次梦见祁连山，可是三十年后乍然再见，却分外陌生，昔日的庄严哪里去了？有点类似于同学聚会，想象中的红颜少年，劈脸一见，都愣住了，他怎么竟变成了大腹便便、秃脑袋的中年人？她怎么变成了腰身粗壮、大嗓门的路人甲？而别人也将我的名字叫错了。

祁连山不再是童年的模样，不是那超现实意味的钢蓝色。裸裎的灰赭色岩石，几乎寸草不生。河西走廊的阳光尖锐而强烈，让人几乎睁不开眼睛。高速路上的里程数告诉我，前方一百公里就是家乡山丹马场。祁连山下亚洲最大的牧场。

草原

我无数次地跟别人描绘塔拉草原。一遍一遍，永不倦怠。不管我是在车流拥堵的上班路上，还是在灯红酒绿的聚会中；不管我是在洗碗池里洗洗涮涮，还是在电脑前敲敲打打。心里都铺展着那一片绿，花开无人，雪落无声。离开塔拉草原三十年，但它一直铺展在心里，从未离开。

它给了我最自由的游荡，最丰富的想象。一个写作的人，有时候难免要想一想到底是为什么选择了这条路。我想这片草原的慷慨馈赠是最重要的，草原的绿，无羁的风，开满野花的旷野，翩翩飞舞的蝴蝶，顿河河曲马旋风一样卷过山冈，油菜花铺天盖地的金黄色。这些事物印刻在脑海，也塑造着一个人，给了她一颗唯美的心。

然而，道路渐渐崎岖，村庄渐渐稀少，我的心里有一种感觉，在这个飞速迈向所谓繁荣的时代，它却在渐渐地凋敝，渐渐地被遗忘在旧时光里。

我们曾经的家，家门口正对着祁连山，山上有一块巨大的岩峰，晴日里，投下一道细长的黑影。记得一次感冒了躺在炕上，百无聊赖起身看窗外，忽然问母亲，人家都有外婆，我的外婆呢？

母亲指着那块岩影说，那就是外婆，在路上走着哩。

我便盼望着外婆，隔几天看看，那个黑影子还在路上，仿佛近了一些，隔几天再看看，那个黑影子还在路上，更近了。

三十年过去了，如今那块石头的黑影还在那里，微微前倾，生动地呈现出一个人走路的姿态。而我从未见过面的外婆早已经下世。

母亲自打远嫁以后，再也没见过她。据说，外婆临终怎么也闭不上眼睛，口里念着母亲的小名。为她送终的舅舅们涕泪交流，没有办法，那个时候交通不便，信息不畅，加之家庭负累太重，回一趟千里之外的娘家简直不可想象。

光阴转眼流过，如今母亲已经白发苍苍，外婆的坟茔上荒草萋萋。而窗前那个小女孩也到了中年。

深秋寒凉的树荫里走出来几个人，仿佛是被遗忘在时光的深处，依旧是从前的装扮，衣衫随意，脸上的皱纹更随意，一望而知生活的辛苦潦倒。

那个曾经天堂一般的富足的牧场早已经不复存在。马场在一场又一场改革下放过程中，被折腾得元气大伤。部队取消了骑兵，汗血宝马也就不需要了，连片的草原被开垦作农田，昔日草原上的人们开始种地为生。

一切都变了。

那些昔日小伙伴，每一个都有自己的命运。在生活的名义下，四处奔波，辛苦而劳累。

那个梦里的家乡，被冷落在了繁荣的背后。望望夕阳下格外寂静荒芜的四野，我默默地返程。

有些事物就让它永远停留在记忆中，我不愿意让现实打败美好的记忆。

霍城

多么熟悉的名字，这是霍去病的城。相传霍去病北击匈奴，曾经驻扎于此，此地因而得名。多年后，当我站在茂陵霍去病墓前，看那马踏匈奴的石雕，回忆童年的霍城，觉得这个曾经是奴隶的将军简直是个故人，让我感到亲切而自豪，这是家乡的霍去病啊！

霍去病北击匈奴的胜利，使得这片草原成为汉武帝的皇家牧马苑，汗血宝马就出自这里。它们在汉帝国一次次战争中立下过赫赫功勋。可以说，汉帝国时期，中国版图的确定有汗血宝马的功劳。

童年时的霍城只是一片乌泱泱的低矮农舍，同学的奶奶住在这里。那一年，一个星期六的下午，她带我去找她的奶奶，低矮的农舍里挂了一面墙的奖状，那是同学的舅舅们的。老奶奶很为儿子们自豪，做了一锅白面条子隆重招待我们。我有洁癖，嫌弃她指甲里的黑垢，便装作肚子疼，老奶奶以为我是真疼，要给我吃止痛片。农村缺医少药的，止痛片是万能的灵丹妙药。送我们走出村口，还一个劲地叮嘱，生怕路上着凉，哪里知道一出村子，我的肚子疼就好了。后来我想，同学是了解我的，只是不愿揭穿罢了。

还有另一个发小琴，上初中的时候，她每次回家都要给我拿半个烧盒子。本地一种小吃，类似锅盔。把面饼放在铁鏊子里，再把生铁铸的盖子旋紧，煨在烧着的马粪里。待熟了以后，外面焦黄，里面香软，散发着草原特有的青草香。她那巧手的妈妈在里面掺了酥油和香豆子粉，河西走廊的小麦本身生长期长，成熟度好，那烧盒子吃起来又香又甜。很久以来，记忆中烧盒子的味道超过任何美食。那是家乡的味道，童年的味道。

边城

张掖，是一个古雅的地名，取自 "张国臂掖，以通西域"。丝绸之路上一颗美丽的结纽，河西走廊的咽喉地带。从汉代开始，张掖就成为一个重要的存在。这里的很多地名都和汉代有关，比如前面提到的霍城，还有比邻的酒泉。相传是霍去病打了一个大胜仗，汉武帝得到捷报赏赐美酒一坛，可是将士众多不够喝，霍去病干脆把美酒倒进一眼甘泉中，大家大碗畅饮，有福同享。酒泉因此而得名。

汉帝国时期的名城张掖，今天和内地城市相比，繁华程度毫不逊色。

我们进城的时候已经夜色深浓，华灯初上，大街上很热闹，卷发多髯的马可波罗的雕像伫立在广场中央，给这个城市增添了一丝异域的风味，想必他曾经到过这个丝绸之路上的明珠之城。

酒吧一条街上全部是仿欧式建筑，衣着时尚的男男女女衣香鬓影，往来穿梭，让人完全想不起来这是曾经烽火连天的边地。

如今，丝绸之路上那些汉唐时期的沙漠驼队，被高铁、高速公路彻底改写，一个个繁华的城市颠覆了荒漠戈壁的苦寒偏远。遥远这个词的含义需要重新定义，一个朝发夕至的地方，能算是遥远吗？汉武帝时期，张骞出使西域，一走13

年，那才算是遥远。这么说来，遥远是个时间概念而非空间概念。

清晨，在张掖城里转悠，甘泉公园里，很多人在跳广场舞，喧嚣吵闹中透露出和平年代丰衣足食的静好。

很多人对当下的中国到底是穷是富，是好是坏，有各种看法。有一次和人讨论，一个人拿自己家乡的一些情况说事，得出的结论是，中国社会各种矛盾一触即发，几乎到了"分崩离析"的前夜。我反对他的观点，证据也是自己亲眼所见，结果双方各执一词，几乎吵起来。我讲的是我看到的情景，他讲的是他看到的现实。谁也说服不了谁。现在想想有些盲人摸象的意思。

据说，大唐时期，武则天要称帝，大臣们担心牝鸡司晨，老百姓反对。武则天就到民间调查，半路上碰见一个白胡子老头儿，吃饱了饭，边走边拍着肚皮悠闲地哼唱，武则天便放心了。

回来以后，她对大臣说，皇帝是男人还是女人，并不重要，重要的是老百姓能吃饱饭，过上好日子。

中国究竟是富裕还是贫困，不能简单地一言以蔽之，惊人的富裕和惊人的贫困同时存在，谁也掩盖不了谁，谁也遮蔽不了谁。张掖城里衣履光鲜的人们和塔拉草原那些为了生存而四处奔波的人同时存在。我想，这就是中国真实的模样。

公园一角，两个气质儒雅的老人在拉小提琴。优美的旋律回响在开满菊花的秋天。我猜想也许是 20 世纪中期来到张掖支边的知识分子，现在，儿女都在本地成家立业了，也就等于在这边城扎下了根，不再惦念着故乡了。

在我从小生活的塔拉草原，就有很多这样的知识青年。你永远不要低估那些来自大城市的知识青年对一群蒙昧的孩子有多么大的影响力。上海的文老师会弹琴，每天上音乐课，老师就会弹着一台脚踏风琴教我们唱歌。她的皮肤很白，手指纤长。教我们要爱干净，每天上学前，要把脸和手洗得干干净净。我怎么洗也没法将皮肤洗得和老师一样白净，曾经暗自猜测，不明白她怎么就那么白，白净的脸，白净的手至今在记忆里闪着耀眼的光。

三年级的时候，文老师给了我一本《张骞出使西域》，这本书开阔了一个孩子的眼界，原来，世界并不是只有草原那么大，祁连山外面还有一个更为辽阔的世界。遥远的地方，遥远的人，无穷无尽的远方激发了孩子对于世界的向往。

巴丹吉林

进入巴丹吉林沙漠，我们都有一点兴奋，这个地方的知名度很高——中国第一颗原子弹在这里爆炸。

我们伸着脖子四下里望，可是荒漠接天，什么都没有。想象中那直刺蓝天的火箭发射塔根本就没有出现。只有一处岔道上一个醒目的标语昭示着这个地方的特殊："窃密就被抓，抓了就杀头。"口气凌厉，叫人心里一抖。都说做贼心虚，不做贼照样心虚。连忙一脚油门加速离开。

沙漠、戈壁连绵不绝，连当初的骆驼刺也没有了。巴丹吉林沙漠和陕北以北的毛乌素沙漠一比，完全是两个世界，毛乌素沙漠虽然号称沙漠，却已经基本完成了固沙，一路所见红柳和毛头柳织成一个个方正的网格，好像手拉手的卫士，死死看守着不肯安分下来的沙丘。各种草本植物已然将沙漠覆盖，可以说植物基本上把沙漠锁定，土地沙化基本得到控制。

但巴丹吉林沙漠是完全意义上的沙漠，干巴巴，白花花，就连偶尔遇见的芨芨草也是白花花的，让人想起岑参的那句"胡天八月即飞雪，北风卷地白草折"。那芨芨草就是诗人笔下的白草。过了千年，白草还是昔年模样，干枯的白，倔强的白。

我们的车奋力在沙漠里驰行，越走越觉得遥远，那个额济纳仿佛在天边，沙漠里除了沙子和石子，一无所有。女儿几次问道，这里的人们吃什么呀？没有水怎么活下去呀？

城里的孩子以为水是从自来水管子里流出来的，粮食是从超市里买出来的。浩大世界的真相令她吃惊而无助。她们不可想象在苦寒的边地，人们活下去要付出怎样的艰辛。

那些曾经从这片沙漠里走过的人们一个个渐渐清晰起来。张骞、玄奘、法显、鸠摩罗什……对了，还有王维，几乎每一个小孩子都会念"大漠孤烟直，长河落日圆"。这是诗人王维在赶赴边地慰问将士的途中所作。这死亡的大漠，因为诗人的到来而成为审美意义上的存在。

不难想象一千年前，在长安城里混得不怎么好的王维，一个人远赴边地时的寂寥和失意，在朝廷里属于溜着墙边站的，才会被派这些吃力不讨好的苦差事。我的车时速140公里仍然感到走不出巴丹吉林，王维是一个人一辆马车，究竟是怎样泅过沙海的呢？

也许，缓慢的马车反而让诗人的心静下来，官场失意之后，一颗清冷的心反而能捕捉到诗意。他们说"文章憎命达"，在得失之间，我不知道王维更愿意将天平倾向哪一头。

额济纳

天色渐渐显示出黄昏的意味，又大又圆的太阳与地平线就要相切时分，公路指示牌上终于出现了"额济纳"三个字。

瞬间，我有一种走失多年，回到人间的感觉，漫长的奔突，终于可以稍停喘息。

当额济纳旗的轮廓出现在天穹下，我觉得那是最好看的风景，那是活色生香的人间，那里有热腾腾的生活！

我们的房东是个和气的本地人，当他打开房门时，我有些惊讶，多么漂亮的房间！一点儿也不逊色于内地。

　　房东很健谈，告诉我们，他们一家是汉族，多年前，响应国家政策从内地来的，一边说，一边给我们交代钥匙，水电等事宜。房东的妻子话很少，但是眼睛里透着精明劲儿，我猜家里真正的一把手应该是她，果然她说，本来这个房子刚装好，舍不得出租，但是，既然女儿已经给你们说了，那就只好租给你们了。言语里意思丰富，我们赶忙表示感谢。其实，房费不低，一晚1000元抵得上内地好酒店的房价了。他们的女儿今年刚上高中，趁着这几天全国各地的人都来看胡杨，打算在景区里摆个摊卖哈密瓜，挣个手机钱。女孩子忸怩地一笑，躲着母亲身后，一句话也不言传。

　　张艺谋的电影《英雄》里面有一段两个丽人厮杀的场面，背景就是额济纳的蓝天和胡杨。张艺谋说，也许多年以后，人们忘记了这部电影，但是不会忘记这个画面。

　　一部电影成就了额济纳。每年十月，当胡杨的叶子黄了，大家穿越河西走廊和巴丹吉林，千里迢迢来看胡杨那一片金灿灿的美。

　　额济纳这几年经济发展甚为迅速，扩建的新城宽阔大气，刚修好的体育馆造型既大方简约又具有现代感，比起延安的体育馆那傻笨粗拙的模样，简直是云泥之判。虽然这几天全国各地的车辆蜂拥而至，但是宽阔的大街并无堵塞的可能。在这里开车，心情灿烂如金黄的胡杨林。我放在后备厢里的大衣、棉袄及水和食物完全没有发挥作用，这里什么也不缺。超市里应有尽有，就连暮色的广播里也放着京剧折子戏，如果不是街道上蒙文的提醒，几乎让人忘记这里是边境。

一方水土养一方人，同样可以用在植物上。陕北田间道旁的杨树，身材颀长，站姿挺拔，像一列士兵站岗放哨。而沙漠里的胡杨，因为极度缺水，它们用尽了各种办法来适应环境，树姿奇形怪状，或扭曲向上，或匍匐倒地，那些死去的胡杨活似经历了一场惨烈的战争，样子极为狰狞可怖。

一棵浑身披挂着金色铠甲的胡杨树，在阳光下熠熠生辉，华贵雍容的样貌让人联想起昔日居延海的匈奴王。可是，近前细看，胡杨的叶子似乎有些异样，底部的叶子如柳叶般细长而密，树顶的叶子则如铜钱一般，疏疏落落。摸一摸，硬硬的，蜡质的手感。

在极度缺水的额济纳，为了活下去，它不得不变化叶子，将叶面缩小，蜡质的表面，最大限度地减少水分的蒸发量，保证节省每一滴水。

每一棵胡杨的生命都是一段含着血泪的奋斗史。

那些行了千里路来看胡杨的人，是否在领略美景的时刻，悟到生命的贵重？

居延海

夏天，祁连山的冰雪融水一路蜿蜒北流，汇成一个小溪。最初，它的小名叫作山丹河。别看它小，这是一条倔强的河流，不肯随大流朝东投奔大海，却一头扎向西北的巴丹吉林。

顺着河西走廊狭长的地带，一路蜿蜒迤逦流到张掖，在这里，人们称它为黑河。黑河滋养了张掖，是张掖的母亲河，使得它成为沙漠戈壁深处的一块肥美绿洲。

很久以来，我一直纳闷它为什么叫作黑河。记得有人说，可能是因为河水幽深呈黑色而得名。不管怎么说，这是一个不动听的名字。还好，流到巴丹吉林沙漠，人们终于给它起了一个诗意的名字：弱水。

其实，弱水只是言说水流的小。据《山海经》记载，水流细弱不能载鹅毛。连一片羽毛也漂不起。可是，这细小的河流竟然创造了一个奇迹，千百年来，它的水流汇聚成了居延海——一个沙漠中的内陆湖泊。

在这片海子四周曾经是绿洲，居住过柔然、匈奴、突厥等民族。

你永远都想不到，在居延海，我碰到了老子。

《道德经》的老子。

和所有的圣贤一样，老子一生寂寞。西出函谷关时，遇见了尹喜。感后者礼遇而著《道德经》。可是，过了函谷关后，骑着青牛的老子去了哪里？没有人知道。司马迁说他"不知所终"。

很多次在阅读《史记》的时候，都没有在这句话上停留。我认为这是一个不值得探究的问题。反正他不可能和普通人一样，儿孙满堂，寿终正寝，老死在自家炕头。那样的话，他也就不是老子，而是一个有福气的寻常老头儿。

对于一个思想家来说，他的思想的存在，就等于他的存在。对于中国人来说，老子是不朽的。而死亡，仅仅指的是身体的不在场。

那天，风很大，含着一股强劲的力，人站立不稳，却吹不动居延海里的水，浩瀚的水面只是泛起细碎的波纹，太阳的尖锐的光，在慢悠悠的波纹里一闪一闪，耀眼而不真实。我想起曾经看到的西湖，西湖的波纹从来没有这么从容，太阳光也没有这么尖锐。

在浩瀚的居延海旁边，老子骑着那头青牛，仿佛在慢悠悠地行走。我觉得很奇怪，居延海远离中原大地，自古以来是化外之地，而"居延"一词本身就是匈奴语，大致意思是"流动的沙漠"。

那么，老子怎么会出现在这里？

该不会是又一处人造景观吧？这几年来，兴起来一个调调，叫作"文化搭台，经济唱戏"。文化俨然一个配角，要服务陪衬经济这个主角。为了招徕顾客，各地纷纷借着文化的名义生捏硬造，一会儿孙悟空的"故居"横空出世，一会儿猪八戒的"坟墓"被找到，各样闹剧无非奔着一个钱字。

可是《甘州府志》记载："老子出函谷关，入流沙不知所终。"流沙就是古代的居延海一带。

对老子这样一个充满了探究精神的人来说，出了函谷关，地平线还在远方。远方，对于他来说，同样充满了诱惑。于是他选择不停地走，西出大散关，溯渭河而上，翻过陇山，远方永无尽头，远方之外还有远方，直到黑河流域，直到顺着黑河进入巴丹吉林沙漠。

至今，本地仍流传着很多关于他的传说，看来并非空穴来风。

我为自己的偏狭感到汗颜，在我的观念里，居延海太偏远了，远离中原大地，夷狄杂居，尚未开化，老子不可能来到这里。

可是，哪里是偏远呢？ 哪里又是中心呢？

想起一个笑话，说两个老头子圪蹴在地头聊天，一个说：北京可好啦，要甚有甚。另一个低头嘬着烟袋说：好是好，就是太偏远了。

在上古时期的《山海经》里就有关于弱水的传说：大禹为了让弱水流入沙漠地带，置措合黎山于东，使得居延海一带鸟飞鱼跃，水草丰茂，羊肥马壮，人民安康。

可见，没有发达的交通工具，古人却比我们走得更远，视野更为开阔，没有偏狭的中心论、正统论。对世界的每一处都充满了好奇心。

面对波光水色的居延海，我特意在骑着青牛的老子面前照了一张相。就像和一个老熟人见了面，打了一声招呼。

长安的雾霾

早晨起来，拉开窗帘一看，什么也看不见，我以为天还早，看看时间，没错7点钟，这个时候，天早大亮了，太阳照在阳台上了。可是，今天的太阳哪里去了？

向下望去，25层楼好像插入了云霄，下面全部是灰色的云，灰蒙蒙的，遮住了下面的街道，只是隐隐约约看见一条条长龙缓缓移动，经验告诉我，那是车流，平时在25层楼是能看见街道的指示牌呀！

难道，这就是传说中的雾霾？

出门一瞬间，感觉失脚掉进了另一个世界。一切完全陌生，街道变了模样，街灯还亮着，但是毫无光彩，像醉鬼没睡醒的眼，一副无精打采的样子，小小一圈光晕几乎照不到脚面子。街上的行人，看上去云里来，雾里去，鬼影憧憧。汽车从雾里钻出来，又淹没在雾里。雾那么浓，那么稠，早晨的噪音忽然遥远了许多，这雾霾有隔音的作用。

以前只知道那是现代化城市的专有，只有大城市人才能享受到的滋味，你看看他们个个戴着口罩，多么洋气，多么高冷。要是在我所生活的小地方，谁上街戴口罩，大家会觉得奇怪，觉得你这人装蒜。

记得 2008 年举办奥运会，有个外国运动员戴着口罩进场，大概嫌空气不干净，那时候还没有霾这个概念，在人们的观念里，那只是白雾。洋鬼子出幺蛾子非要戴口罩表示不满意，那是对中国的歧视，遭到爱国主义者的口诛笔伐，他不得不道歉了事。

在我所蜗居的长安，口罩已经成为人人必备的装扮，谁出门不戴口罩，那简直好像是裸奔。在雾霾中穿行，一边走一边感觉雾霾中可怕的微粒经过呼吸道进入身体，就像日寇侵略中国，一时无敌，所向披靡。据说，十年之后，那些潜伏在身体中的病灶会集体大爆发……

精明的商家立刻推出了一种新型口罩，据说能防霾，可是，专家说没用。尽管如此，大家照买不误，戴个口罩多少是一种心理安慰，总比什么也不戴强吧。于是，雾霾在无意中又做了一件好事，拉动了一下经济，给长安创造了一些意想不到的工作岗位和一笔意想不到的财富。

今天，在铅色苍穹下，远远近近的高楼隐隐绰绰，看不清楚，天空像倒扣在人头顶的铅锅。来来往往的人无论穿什么衣服都是清一色的灰，远看不辨男女，不辩老幼，个个大衣口罩围巾生生包成了一个粽子。要是有个摄影家把这些街景拍下来，人们肯定以为是好莱坞电影里世界末日的镜头。

因为有雾霾，视力更不好，过马路尤其要操心，冷不防在雾气里冲出来一辆车，吓人一跳，不待你定神，那车已经绝尘而去，消失在重霾的幕布后面，大有神龙见首不见尾的神秘。没有敏锐的千里眼，没有传说中的顺风耳，就算是过马路这样一个简单动作也会难倒人。

也有不戴口罩的，清洁工人什么也不戴，在那里挥舞着铁锹和扫帚，我正自纳闷为什么他们不怕，忽而恍然，他们在干活，身上汗流不止，如果戴口罩岂不闷坏。他们好像对天气的恶劣完全不在意，或者每天在清扫尘土，环境也好不到哪里去，腔子里的肺叶恐怕早都适应了这肮脏的空气了。

还有一类不戴口罩的人，晨练的老人。在我上班必经的公园里，平时，晨练的人很是热闹，打乒乓球，打羽毛球，打太极拳，遛狗，还有的装备更加齐全，裤袋里装个收音机，一边锻炼一边听新闻。

晨练几乎是老年人交际的场所，在这里可以和同龄人聊聊天，说说话，消除孤独感，获得新朋友。有一个老人喜欢在水泥地上写毛笔字，每天都能看到他，平时，一笔端正典雅的颜体引来不少人驻足旁观，跟着他的笔画小小地念出声来：转朱阁，低绮户，照无眠……一行湿淋淋的毛笔字总能引起人们内心深处依稀微弱的回音。那些诗词，慢慢浮出记忆的水面，让心头有些许柔软。

今天，那个天天来写诗的老人也不见了，偌大的公园空空荡荡，只有依稀几个人影子影影绰绰地闪现，寂寞的老人还在那里锻炼。雾霾里锻炼不是更糟糕吗？可是一转念就明白了，孤独比雾霾更加可怕，就算是雾霾也抵挡不住老人对孤独的惧怕。有时候细想，大城市其实挺残酷的，老年人像嚼完的甘蔗渣，没用了，被唾弃一边。而年轻人呼吸着肮脏的空气，在灰蒙蒙的天底下奔波，以生活的名义。

在我供职的单位附近，有很多新公司，里面的年轻人居多，在每个街头的十字路口，都有早餐车，这个就等于是他们的厨房。每个早餐车前排着长长的一溜队伍，他们多数不超过 30 岁，面容年轻，充满朝气。他们一边看手机一边慢慢地向前挪动。买早餐的女人一边熟极而流地操作一边数钱、找钱。拎着塑料袋的年轻人在浓浓的雾霾中，一只眼睛看马路，一只眼睛看食物，蘸着浓重的霾，一不留神嚼着塑料袋。吃饭，这样享受的事在潦草中进行。

现在，似乎人生首要目标就是赚钱。钱也是一种霾，深深地遮蔽着年轻的心。人与人见面开口所谈话题除了赚钱之道再无其他。面对亲人，几乎失语，面对自然，全无兴趣。有很多人忙得连谈恋爱、生孩子也没有时间。

也有例外，有一对恋人我每天上班都能遇见，他们手拉着手，女孩子长着典型的关中人脸型，不算好看，但是男孩子看起来很稀罕她，总是过马路手拉着，在这个雾霾遍布的时刻，总让人的心莫名地软那么一下。

即便雾霾遍布，世界也有值得留恋的地方。

今天，我用文字来记录雾霾。也许多年以后，这种可怕的东西消失了之后，后人不知道我们曾经历过这样一种天气，以为是海市蜃楼一般的美，说不定还会羡慕我们。更有一些指鹿为马的人拿三寸秃笔，将雾霾描画成有着美妙的滋味，妙曼的形态而让后人神往不已呢。

我并不是故作惊人之语，30年前，"文革"结束不久，我们的老师在课堂上慷慨陈词，彻底反思"文革"，防止死灰复燃。话未说完，全班哄堂大笑，觉得老师真荒唐，瞎操心。我们出生在文革，年纪虽幼但是"文革"也是多少知道的，那种无所不在的压抑，亲人之间的敌视还历历在目，哪个愿意回到"文革"呢！

可是，如今，"文革"的赞美诗充斥网络、手机，就连一些曾经受害的人，也在缅怀那些非人的日子，给它涂上一层玫瑰色。所以，为了将来，我要记录今天的雾霾，免得将来有人说那是雾锁长安的诗意……

第二辑

独树

它的孤独使它成为一处独特的风景，亦使它超越了平常，拥有了非凡之美。

独树

天池，是大地的眸子，深邃而安静。当我从千里之外赶来看她，她似乎也在看我，眼神那么专注，似乎有一些忧伤。她是那么蓝，专注的蓝，忧伤的蓝。

雪峰四面围合，就像一只巨掌，把天池轻轻托在掌心。湛蓝的天空，雪山绵延，能看得清雪线以上生长的云杉，端正笔直，精神抖擞，在强烈的阳光下好似站岗的哨兵。一路上看见的都是雪岭云杉，没有例外。

但是，就在天池的旁边竟然生长着一棵榆树，准确地说，是小叶榆。天池周边都是清一色的云杉，只有它是个异类，独独地站在那里，显示出巨大的差异。

我走近细看，实在看不出它和陕北的榆树有什么相似之处，陕北的榆树，应该说还算得上好看，可以说是"中上之姿"。树干高且直，叶片是美丽的羽状，左右对称，中规中矩。陕北人很喜欢这种树，院子里或者大路上经常能看见它们。五月天，布谷鸟透过新绿的树影，开始悠悠地唱。天气已经让人微微地出汗，榆树一身鲜绿，在风里挥霍青春。农人干活累了，坐在地垄边一棵榆树下，喝一壶粗茶，便是莫大享受。

而这一棵天池边的榆树，树皮粗糙干裂，树身极度扭曲。那是怎样的一种扭曲呀，好像被地狱里酷刑摧残又死里逃生，却被无形的巨手钳制于地，又几次三番挣扎向上，结果还是被死死打压在地。

已过了初夏，只看见浅灰色枝条上生出小小的叶苞，如同孩童的嘴巴一样紧紧努着，显得那么倔强，一副不谙世情的模样。

谁也说不清这棵树是如何生长在天池边，是鸟把种子衔到了这里？还是谁栽种在这里？总之，在这里，它是一个异类，一个他者。和周围高大俊美的云杉毫无干系。他们说，这棵树已经活了几百年，也就是说，孤独了几百年。

现在，它的孤独使它成为一处独特的风景，四面八方赶来的人们惊叹了天池的美之后，都会来到这棵小叶榆旁，再一次惊叹它的独特，和它拍照留影。也许人们永远都搞不清楚，作为某种环境中难以融合的异类，与周围格格不入，却还能够努力活下去，要付出多么大的代价！

我给这棵榆树拍了很多照片。它那极度扭曲的树身，灰头土脸的枝干，没有丝毫通常意义的美感。孤独却使它超越了平常，拥有了非凡之美。

有时候，我们不敢选择一条属于自己的路。因为那是一条孤独之路，坎坷之路。我们随大流将自己安全地隐藏于众人之中，是为了避免这棵小叶榆一样的命运。我们选择了安全，也就选择了平庸。是否，在我们的随和里隐隐包含着懦弱和胆怯？

冬树

我住所的后面是一座小山。

每次打开窗户，都能看见山上的小树林，夏日时节，满眼深深浅浅的绿，在丰沛的雨水滋养下，树木生龙活虎，张牙舞爪。

到了冬天，坚硬的朔风将绿叶吹黄、落尽的时候，树才显示出自己的本色。这时，树木从千篇一律的绿色中剥离出来，凸显着自己的个性存在。

首先是榆树，夏天里不显山露水，看起来那么平凡，那么容易被忽略，到了冬天才呈现出动人的韵味，枝叶对生，一左一右，绝不逾距。树冠的顶端，纤纤细枝上点缀着粒粒苞芽，笔直伸向苍穹。到了春暖时节，阳气一动，那些细碎的苞芽就会争先恐后萌发，抢着向春天打招呼。

野苹果树像没有经过调教的孩子，一丛丛，一蓬蓬，长得汪洋恣肆，无规无距。它们是被撂荒了的，春天里不曾孕育果实，秋天里自然一无所获。现在它们胡乱地站在那里，是回想自己毫无收获的一生呢，还是得意于不负责任的轻松？

梨树的外形永远那么紧凑，条条树枝几乎与主干平行向上，一丝不乱。叶子全部落光了，没有残余的挂在树上影响观瞻。它们坚定地站立，整整齐齐，像服从指挥的兵士。可是，到了春天，它们却有另一番风姿，满树梨花，营造出一个玉琉璃世界，雪白，原来是世界上最艳丽的色彩。

杜梨树、杏树、杋树、槭树、杨树各有各的姿态，我能看出它们的性格，比如，核桃树和椿树干干净利落，无牵无挂，是那么潇洒。杏树很喜欢过集体生活，成片成片的生长在一起。肩并着肩，手拉着手。松树和柏树显得端方肃穆，像儒家子弟似的温良恭顺。我忽然明白为什么严肃的场合总是能看到它们。

后山脚下，有个水井，我每天去挑水，井边有两棵槐树，一高一矮，高的伟岸，矮的温柔。我猜想它们一定是夫妻，茂密的树冠耳鬓厮磨，粗大的树根也是交错相握，它们天天厮守、不离不弃。树也有感情的，如此持久专一。每次挑水，我总是摸摸它们的树干，算是打了个招呼，在我的心里，树才是爱情的象征。

我喜欢树，私下约莫着，我上辈子应该是一棵树。

西湖梅

那一年冬天，我在西湖边见识了梅花。

深冬的西湖，满目红衰翠减，细碎的烟波里透露着无限寒意。长长的苏堤上，柳树脱去了叶子，远看灰蒙蒙，好像生了病，一副无精打采的样子。

我感到失望，正欲转身离去。忽然，一股淡淡的香气飘来，细小而清冽，直线一样从鼻腔到肺腑，一贯到底，并不中途涣散。

闭目深嗅，那香却倏然隐去，再也闻不到。我脑子里拼命检索，一片空白，北方的我从来不曾闻过这样的香。它忽然现身，忽然隐去，好像有意要躲开人们的视线。

转过花港观鱼的亭子，忽然眼前一亮，一棵老树上点缀着莹润的花骨朵。有的已经盈盈绽开，细细小小的花蕊半透明色，似乎吹一口气就能融化。

梅！

梅是南国的植物，我所居住的北方似乎没有。但是，哪个中国人不知道梅呢？

梅是中国古典美的象征，尤其象征着女性美。她高雅、俊美，那凌寒独开，给人以艰难困苦，玉汝于成的激励，暗香浮动似乎隐喻着一种隐忍和谦虚的品质。中国人心目中，女性之美的丰富内涵，似乎都凝结在小小的一朵梅花上。

在我所居住的黄土高原，哪怕是偏僻荒村，那些从来就没有见过梅花，甚至大字不识的乡间老农，也喜欢将这个"梅"字嵌进女儿的姓名里。也许，是希望女儿具有梅花的某些品质。

梅不但是美的化身，也寓意着勤。

冬天，当西伯利亚的寒流把鲜花的艳丽，烟柳的绰约通通剥夺，当万物沉默，大地萧条之时，梅却不动声色，悄悄用功，早早地为寒冬的绽放做好准备。

此时，梅花绽放，淡黄小巧的花朵并不夺目，可是彻骨之香入脑入心。只要嗅过梅花的芬芳，便让人再也难以忘怀。

初冬的准备

转眼又是冬天。在一场雨夹雪过后，路边的树一夜之间剥去了绿色衣装，瘦骨嶙峋地在寒风里瑟缩，活似那些赌场上输得一根线都不剩的赌徒，光溜溜地被赶到大街上。

现在它们一无所有。

你紧一紧袄子，哈出一口白气，心里暗暗吃惊：怎么不知不觉一年又过去了？

是的，每一年的流转似乎都是不经意的，在日升日落，月圆月缺里，在一日三餐，絮絮叨叨里，在每一天里似乎重复的那些动作里，日子就那样悄悄地划过，无声无息。就像夏天里，雨水冲刷的河岸，泥土被一点一点地带走，看不出来有什么变化，但是，总有一天，你会惊觉时间的厉害。

而那些树像是一个提醒，一年又要结束。心里暗暗遗憾，这么快！还有好些事没有做。

天地无心，没有谁会因为你的挽留而停下来。于是，你到旷野，在那里，有很多树，被寒冷剥夺了的盛装的树，正站在山冈，瞭望着远方。虽然知道远方之外还是远方，但是远方总能勾起人无尽的向往。因为远方是未知的世界，你对这个世界的兴趣，是因为它是你所未能全然了悟的。

眼前的树，在盛夏的时候见过面，那时它们正年轻，春天的开枝散叶，夏天的发荣滋长，它们像年轻人一样精力充沛，雄心勃勃。现在，他们在寒风里瑟瑟发抖，早已不是青春模样。

春天里，早早将榆钱儿挂在高枝上招摇的榆树，被寒风剥夺了所有，连一片叶子也没有剩下。现在它那细细的新枝，活像一把扫帚，被寒风的大手握着，一下一下，扫着天空，似乎要把天空的阴霾扫去。

可是仔细看，你会发现，在那些枯干的细枝上，竟排列着碎如芝麻的苞芽，现在还是寒冬呢，这么早就打了苞？揉揉眼，仔细看，果真是。原来榆树早就在暗地里准备好了春天的萌发。用得着这么心急嘛？你怀疑榆树性子急，就像它在春天里性急一般，别的树还没反应过来，它已经把榆钱儿穿在了枝头。可是问谁呢？

一只啄木鸟飞来犹豫一下，忒愣愣飞走，可能这里没有发现好吃的。麻亚雀拖着长长的尾巴，像个美人一般美目流转顾盼，估计不会注意到榆树的。

杨树的个子太高，细细瘦瘦的，它站在高高的山冈上，对人间毫无兴趣，只顾仰望上苍，仿佛期盼着和神的相遇。

中国槐不改本色，春天里是中国味道，冬天里忙着挥笔画一幅水墨画。它把苍白的天空变成了宣纸，铁黑色的枝丫曲折刚劲，左右盘旋，无比随意又无比诗意。好一幅意蕴飞动的中国画。

只好俯下身子问问柠条了，柠条不是树，是灌木。跟榆树相比仿佛一个矮胖子。可是它能回答这个问题。

柠条在春天也会开出美丽的花，陕北的山峁到了春天都会簪一束柠条花戴在鬓边。明黄耀眼，报告着春天来了。现在寒冬里，它居然也打了花苞，一粒一粒养在枝条上。原来你们都在等待春天啊！可不是，得早早地准备好呢，要不然春天一声令下，来不及呢。

得表扬表扬了，你俯下身子，低头对柠条说：这么勤快呀！

又看看路畔的枯草，跺一跺脚：就是你们懒惰，只顾虚度年华！草们大概不同意，摇摇头又摇摇身子不言传。可能听惯了人的指责，比如，人会说股价贱如草，意思是不值钱。也会说草菅人命，还有潦草，草率等等词汇，大都含着一点贬义，反正草的声誉不怎么高。而现在，远远近近的山一片萎黄，脚下的草也已干枯，风一吹，发出钢丝般金属声，似乎那风稍稍大一点力道，它们就会拦腰折断。

可是转过一个弯，眼前一片绿，还以为是苔藓，凑近一看居然是草。摸一摸果然是草！具体地说是黄蒿，一种陕北随处可见的草，谁也不会金贵它。可是在这个憔悴荒凉的冬日里，它的绿居然成了吸引眼球的焦点。

仅仅是一个向阳坡，仅仅因为多得了一点点阳光，草便奋力地绿着，并不偷懒。看来人对草的了解太肤浅了。

净业寺的蜡梅

我们攀登着净业寺无数级石阶，气喘吁吁，心快要从嗓子眼里跳出来。一路上不想被同伴落下，急于追赶，脚下一刻也不敢停。

此刻，站在寺院的山门，周身的血液在飞速流动，奔腾有声。举眼一看，一树金黄色蜡梅怒放于正殿院内，似乎在等我们这些急匆匆的人。

陕北人没有见过蜡梅花，但是已经在古典诗歌里读过，算是未曾谋面但神交已久的故人。心里知道那树寒冬里盛开的一定就是蜡梅。顿时，那些关于梅花的诗词纷纷奔涌而出："早梅发高树，回映楚天碧。""疏影横斜水清浅，暗香浮动月黄昏。""当年腊月半，已觉梅花阑"。

嚼着这些诗词便觉得芬芳盈唇。

带着要验证一下的心思，走上前去，小心翼翼地抚摸一下花瓣，没错，花瓣是蜜蜡似的质地，半透明的金黄色，看花势似乎微微的有些颓势，仿佛开了很久，问人才知道蜡梅花期很长，过年前就开了。

此时，北方大地万木凋零，衰草连天，净业寺周围草木仿佛还在沉睡，近旁的玉兰树铁黑色的枝干，没有一点活泛的意思，只有蜡梅醒着，举着一树金黄花灿烂地立于寒冬里。从山底下攀登上来的人，看见这精神抖擞的蜡梅花，眼前一亮，精神一振。

净业寺不算大，藏身于秦岭的一个峪口，远看石阶似乎是悬挂于山腰，路窄道险，曲折难行。长安附近有六处佛教祖庭，净业寺是律宗的祖庭，历代高僧大德中大概是怀素最为有名，当然，怀素是以书法名世，以前只知道他是和尚，却不知道属于律宗一派。有意思的是，在汉传佛教八个流派中，律宗一派精研佛法戒律，怀素却是以不拘一格的狂草而名世。

长安近旁寺院众多，净业寺并不出名，寺院不大，香火也不旺，与众多寺院截然两样。我觉得这才是寺院应该有的样子，寺院不是喧哗游乐的地方，太热闹了就不像是佛家净地。也不是挣钱的生意场，很多寺院现在已经完全变了味，僧人的举止谈吐全然生意人味道，仿佛你上了布施，佛祖才会保佑你，你不上，佛祖就不理睬你。佛祖如果和常人一样容易被财货诱惑，那还是佛祖吗？

这一天，天气寒冷兼之大雾弥漫，游人就更少了。坐在殿前一株千年槐树下，仰观古槐枝干折节屈曲，颇有中国画的意蕴，仿佛谁在苍穹上，一笔一画勾勒的工笔画。忽然发现槐树中央那一截枯死的树桩活似观音菩萨坐像，眉眼轮廓无一不肖。心下暗暗称叹。俯瞰秦岭，树枝交错的缝隙里看见高速公路绸带似的迤逦盘旋，汽车在云雾里穿行，那么遥远，更觉得出离之感。在苦累的世间，偶尔离开一段时间，也算是最舒心的享受。

净业寺因建在高山之上，攀登石梯的人大多累坏了，个个上来的时候气喘吁吁，此时，寂静的院落里正好休息，不多几人或静坐在苔迹斑驳的石栏，或坐在千年古槐树下，没有人闲聊，也没人打电话看手机，只是在寂静中体会自己的一呼一吸，在静默里放空自己，将平时当作真理的我执渐渐放空。

时间悄悄地流走，谁也没有在意，几个人一动不动。有那么一些时间用来浪费，也是很好的一件事，不一定要把时间安排的密不透风，才算是不虚度。慢下来的时光真好。

平时看起来多么重要的东西，此时却觉得无关紧要。其实没有什么是一辈子非做不可的，很多事情完全可以不做。想明白这一点，忽然顿悟律宗所持的戒律其实就是告诉人们有些事不能做，不必做。舍弃了不做的，人才会更加自由。原来少比多要好，简比繁要好。

人生不必总是奋力向前。

下山的路上，忽而不经意间，一股细细的香气袭来，虽细小却坚定，直冲鼻腔，那是蜡梅花的香气，那么幽静，那么清新，心肺被洗涤过似的，顿觉干净清爽。我想那是净业寺的蜡梅在殷勤相送。

劳山之美

对于一个从没来过陕北的人来说，干旱的河床、焦枯的庄稼是陕北的基本元素。

如果你和他们聊天，说起陕北的森林，他们多半会瞪大眼睛："怎么？陕北还有森林？"

在很多人眼里，森林与陕北是无缘的，它的丰润与诗意都和陕北毫无共同之处。但是如果你进入劳山森林，你会发现陕北的内涵无比丰富。阅读陕北，需要深入它的每一个褶皱，正如阅读经典需要品味每一个细节。

还没有进入劳山，已是满眼绿色。朝任何一个地方看，都是夏日厚重的绿，绿得汪洋恣肆，绿得大气磅礴。仿佛满山满谷的绿多得盛不下，溢了出来，绿汪汪地流淌在川道上，一路迤逦着绿下去。川道里的树主要是毛头柳，陕北最常见的树，熟悉得像我们的邻家：常常打照面谁也不稀罕，但是有日子不见了，心里就像短个什么，细细想半天，哦，那谁谁谁出门去了，多时没见了。毛头柳是陕北人的好邻家，大方、厚道，肯为别人着想。

过去陕北人做饭烧柴，搭个牲口棚都少不了向它伸手，就是到地里劳作，累了也是靠在它的身边歇息。毛头柳也皮实，砍了又长，砍了又长，总是茂腾腾地。如今毛头柳再也不用帮着陕北人熬光景了，它们只是静静生长在川道河边，将一蓬蓬蓊蓊郁郁的绿装扮着大地。

我们进入森林中，正是雨后不久，林中小路并没有意料中的那么泥泞，森林的腐殖质踩上去柔软而有弹性，赭红、浅褐、钴黄的叶子铺在地上，看上去有一种充满自然气息的缤纷之美。偶尔有宿留于树叶上的雨滴落下来，滴在行人脸上，便觉得凉爽无比。树林里一片幽静，偶尔一声鸟鸣，更觉得凄清邈远，寂寞入骨。

劳山属于白于山系，白于山位于陕甘交界，是陕北最干旱最苦焦的地方，劳山却是个异数。据说劳山森林源自于一百五十多年前的一场劫难。19 世纪中叶，一场骇人听闻的回汉冲突波及陕北，劳山一带成了无人区。多少年来寂寞自处，无人问津。又不知过了多少年后，这里成了一片天然次生林……

劳山最常见的是小叶杨，高大秀颀的树干将细小的叶片高高举上蓝天。抬眼望去，雨后的蓝天与绿叶构成一幅充满中国气质的写意画。那些腐朽的树干上生出的木耳，恰如一只只小耳朵，在谛听山林的动静。蜿蜒的小路穿行于这翡翠的穹窿里，行走的人相互看看，笑了，人脸都映成了绿的。

树，只有在森林中才有作为树的尊严。它们都有属于自己的名字：油松、侧柏、大叶杨、小叶杨、杜梨、槭树、漆树、国槐、洋槐、椴树、白桦……不像在城里，它们没名没姓，总是被人随意摆弄。我经常看到庄重肃穆的松树、柏树要么在路边站岗，搞得灰头土脸。要么脑袋被修剪成奇形怪状，还美其名曰"艺术"。

在森林里，他们按照自己的方式生活，油松和侧柏颇具君子之风，总是站在山冈上凝目这个世界，天风过处，涛声有如远方的虎啸，让人肃然起敬。青冈木是树中美男子，树形优美，器宇轩昂。粗大遒劲的枝干努力伸向天空，充满一种力量之美。在年复一年的岁月更迭中，他专注于一件事——将自己锻造成材。陕北人都知道青冈木材质特别好，适合做家具的底衬和腿，经得住重压又不变形。陕北人还喜欢称性格倔强的人为"冈木脑子"。虽微有贬义，正如一枚硬币的两面，另一种意思却是有定见，性格硬，不肯随大流。

白桦树总是那么含蓄隽永，耐人寻味。她是树中的贵族，在俄罗斯，她被当作国树。我赞同俄罗斯人的审美趣味，看那匀称的树枝，笔直的树干，无不隐含一种温文尔雅之风。在劳山的绿色海洋中白桦树齐整洁白的树干闪现其间，活像一段抒情小夜曲的休止符，给寂静的森林平添了一股活泼之气。

有谁会想到，这一片罕有人迹的山林中竟会埋藏着一段香艳的故事，一个名叫薄姬的女子安眠于此。据说，历史上有名的风流皇帝隋炀帝曾到此巡幸，看见一女子在路边挖苦菜。虽是粗头乱服却掩饰不住天姿国色，于是纳为妃子，不想她却命薄早夭。人们都说这是一段动人的爱情故事，我不这么看，我觉得薄姬只是耽于声色的炀帝一次艳遇而已，与爱情无关。而她的早逝不也隐约透露出内心的悲伤？现在，她长眠于亭亭如盖的绿荫里，我想，这样也好，与山林为伍，餐风饮露也强如重楼严锁，寂寞老去。

不知什么时候，蝉鸣渐起，不知是谁起了个头，一时间远远近近，高高低低的蝉唱汹涌而来，像海浪似的一波一波地涌过来冲击耳膜。那么肆意坦率、无遮无拦，仿佛要趁着夏日的好时光尽情歌唱满心的喜悦。记得童年时期，我家门前有一棵老槐树，一到三伏天，蝉鸣如雷，好像近旁的蝉都聚集在这里举行"歌友会"，中午刚欲小憩片刻，蝉鸣轰然响起听得人发烦。如今，夏天再也听不到这自然之声，满耳都是汽车的轰鸣，手机的彩铃听得人心里长满了野草似的。不期然在这里却听到了童年的蝉唱，那么悦耳，恍然时光倒流，一下子回到了童年。

站在劳山最高处瞭望，眼界所及都是绿色，远远近近、高高低低，深碧浅黛油绿苍翠，各种色调的绿混搭在一起，在风里翻飞涌动，萧然有声。山风吹来，感觉也被染成了绿色，轻轻拂过每一寸肌肤，甚至每一个汗孔都被它熨帖到，炎夏的溽热顿时冰消云散。

人说劳山的每一个季节都很美，只是姿态不同。我深信即使每一天，劳山的美也是不一样的，甚至从早到晚，朝晖夕阴都有不同的美。如果要领略它的美，不妨走进劳山，细细品味。

山中

当窗户里微微露出一抹晨曦的时候，我便起床了。不是因为勤快，而是窗外鸟鸣啁啾将我唤醒。

清晨的森林，寒意逼人，我的脚步声听得十分清晰响亮，早起的鸟儿将身体隐藏在树荫里，只听得一声声啼鸣，或婉转清亮含有蜜糖感，或喑哑似木石相击。说起鸟鸣，我最爱听的还是布谷鸟，在整个春夏季节总是能听见布谷在碧绿的原野里、苍翠的树林间鸣叫，一声声，慢悠悠，似有满腹心事千回百转，匆匆行路的人会驻足侧耳，在婉转的音韵里回思光阴的流转，回望在岁月里走过的路。

太阳渐渐升起，流岚在林间弥漫，树荫筛下的光斑闪烁不定，似乎在簌簌抖动，在光与影的变幻里，山中岚气好像也点染了森林的浓翠，随便抓一把下来都是稠稠的绿。

鸟鸣渐渐稠密起来，好像在相互打招呼，高音与低音应和，一声一递的就像在聊天。啄木鸟开始了忙碌，一阵急促的"笃笃笃"，在森林里响亮地回响，听见人的脚步声，便倏地飞走，只能看见它迅捷的影子。小燕子轻快地在空中画个半圆，剪刀似的尾翼剪破清晨的空气，一声脆鸣里已经飞出好远。

我在森林里独行，头上重重叠叠的树荫将烈日挡在外面，看看自己的手臂映成了绿色，偶尔有一片阳光漏下来，形成一个个细细的光柱，打在叶片上，显得异常明亮。耳边只有沙沙的脚步声，远处不知名字的鸟儿在风中递来一声啼鸣。

在很长时间的群居生活里，总以为很多事情少了自己是不行的，手机随时带在身边，要是哪天忘记了，丢在家里，就觉得要耽误什么重要事情。可是回家忙忙地打开手机，并没有谁打来电话，世界上也没有发生什么大事，就是发生了，也跟自己没有直接关系。在自作多情的羞愧里忽然明白，其实，这个世界少了谁都没多大关系。

一条小径细细弯弯，穿越密密林海。脚下是深黑色的腐殖质，踩上去异常柔软，感觉从脚掌往上传送一种异常舒展的感觉，也许就是所说的地气吧。每一个毛孔渐次张开，通透、清爽，让人踏实。紧绷的肌肉渐渐轻松，没有了平日的紧张感。不断有新的落叶飘下来，悄悄地躺在地上，有的发黄了，有的还是新鲜的翠。在这个生机勃勃的初夏，森林里到处显现的都是生命的活力，每一棵树、每一棵草、每一种灌木都是在努力生长，可是死亡仍在同时进行，几乎每一刻都有落叶飘零，晃晃悠悠从高大的树冠上跌落下来，躺在厚厚的腐殖质上，在时光里慢慢腐烂。小径两边的那些死去的树，横七竖八，相互枕藉，树皮已经发黑、腐烂，变成了赭黑色，里面白生生的像折断的骨头，狰狞可怖。其中白桦最多，它们整齐、密实地排列着，清新的阳光照在洁白的树干、油绿的树冠，让人联想起青春和爱情。可是这种树的材质最不耐实，特别容易腐烂，现在，它们洁白的躯干已经变成深黑色，偶尔还有一些存留的树皮让人能认出是白桦树。

有谁会想到，那漫山遍野茂腾腾的苍山翠树下，在六月的阳光下死亡、腐败也在同时进行。

一棵异常高大的小叶杨挡住了我的去路。抬头仰望，树冠似乎抵达云霄，碧绿的枝叶似乎能触及飘过的白云。

森林里到处都有竞争，树们要用根紧紧抓住大地，并且努力向大地深处延伸根系，争取尽可能多的水分。还要争夺阳光，为了夺取更大的生存空间，树要拼命向上生长，谁的个子高谁就能得到更多的阳光，在山谷中的树几乎都是笔直向上，躯干上绝少旁逸斜出，似乎将全身能量都用于长高、长高。

这棵小叶杨如此高大、如此端正，铁灰色的树皮上几乎看不到树节或疤痕，令人联想到一个美好的词汇：正直。它已经有了百年寿命，这一百年来，它只是专心在做一件事情，那就是长高、长大，现在，它的高度超过了任何一棵树，在众树之巅，俯瞰山川，承受阳光，当山风喧哗的时候，随风起舞。

一棵椴木的命运似乎不怎么好，我不知道是谁将他的种子播在了石岩上，也许是一阵粗心的风，将种子丢在岩石上就不管了。也许是一只小鸟，嘴里衔着种子不小心洒落在了这里。这块岩石粗粝坚硬，不曾有哪怕一点点缝隙，给椴树的种子以生根的机会，命运似乎要给这颗椴木的种子一个厉害瞧瞧。

然而，它居然长出来了，根紧紧地缠在岩石上，极度盘曲扭结，显得异常丑陋，但充满了力度。奋力向下、向下，努力要抓住大地，像一只老人的手，青筋毕露，瘦骨嶙峋。而枝干拼命向上、向上，细碎的叶子在微风里轻轻摇摆。谈不上高大或者优美，但是作为一棵树，和其他树一样获得了生的权力，尽了最大的努力。

穿行在林海里，渐渐认识了很多树，原来每一棵树都有自己的长相，有的柔美，有的倔强；有的充满愤怒感而有的异常细腻，似乎每一片叶子都是精心琢磨，不肯有丝毫的马虎。每每经过它们身边，我总是拍拍树身，算是和它们打了个招呼。我从不认为树无知无觉，相反我能准确地感受到树们的脾气秉性，就像看一个人的相貌基本能猜出来他是怎样一个人。当一个人年过而立，基本就能以貌相人。相貌就是人的介绍信，一个人身上隐含的所有信息基本能从相貌上找到痕迹。树也是一样的，际遇境况基本可以从生长姿态里看得一清二楚。

从清晨到黄昏，我穿行在原始森林里，与树为伍，整天不说一句话，却从不感到寂寞。相反，在寂静里感受喧哗，在单一中体味丰富。

寿峰短章

年轻时总以为到远方工作才算有出息，巴不得离家越远越好。看风景也是这样，千辛万苦去远方，相信最美的风景在远处。

回过头来，看看陕北，你会发现陕北本身就很美。美的特质之一便是丰富与多样，难以一览穷尽，一言蔽之。没有人能用一句话来概括陕北，因为，她太丰富，太复杂。而宜川的寿峰就是这样。

一

陕北的秋天，天空辽阔，大地微凉。不知不觉进入寿峰的山地，刚开始是丘陵，起势温和圆润，还是陕北味道，山势渐至陡峭，仿佛刀劈斧砍，近似张家界。

那一年，车马劳顿去看张家界。早晨一开窗子，翻窗子涌进来一团团浓雾，仿佛幻化的幽灵，一落地就会现出魅影。你深信，一方水土一方人，楚地自古巫术盛行，也许只有这样的地方才能孕育出屈原，才能有缠绵悱恻的《离骚》《九歌》。

而寿峰，既有张家界的灵动幽深，又不失陕北的明亮俊朗。

很多人臆想中的陕北缺乏色彩，即使在夏天，绿色也格外稀缺，点染几笔，意思一下而已。但是寿峰彻底颠覆了这个看法。浓稠的色彩，挥霍浪费毫不心疼。万木从清一色的绿中挣脱出来，竭力彰显各自的存在。黄栌、青冈、枫树、大叶杨则有意争荣，拿出最美的颜色，金黄深红苍翠，彼此冲突却又互相映衬，奇异地和谐。让人想起一句话："君子和而不同"。

黄栌树和五角枫商量好似的，一色金黄的凑在一起，好像融化的金子泼洒了半山。在另一座山上，青冈木二话不说燃烧起一把大火，灼灼地红透半天。河谷地带，金黄与深红与苍翠杂糅，比唢呐还要嘹亮，比美酒还要醇厚。只有小叶杨望秋飘零，早早落尽了叶子，在秋风里赤条条站立，流浪汉一样无牵无挂。

二

在寿峰山的深处，苍郁的松树队列整齐，英姿勃发，好似一队威武的兵士要开赴前线。

松树的美是一种气质之美，内在之美。在一片齐整的松林中有一株松树异常高大，气度不凡，我觉得它就是树中的将军。风从天边降落，万木在它面前低首，松涛里面似乎藏着千军万马。

松树的成长格外漫长，一同种下的小树苗，杨树年年往上窜，不过十年就是大树，枝叶能扫着天上的云，一阵风吹来，就能听见杨树起劲儿地拍巴掌，它的存在感是那么强。而松树，一年一年地，看不出什么变化，矮矮的个子，貌不惊人。可是渐渐地，它就长成了栋梁，坚硬的木质能扛起所有的重压，庄重的形貌匹配得上高贵的神祇。"栋梁"这个词是对它最好的评价。

也许，所有的好东西都不能速成。

三

寿峰离黄河只有 12 公里。镇子上一眼望到底的一条小街，街道两边种着花椒树，正是丰收时节，红艳艳的花椒一簇簇一团团，只等着采摘。浓烈的花椒气息充满整条街，采下来的新鲜花椒铺在街面水泥路上晾晒。街上几乎没有什么人，偶尔一只乡村拖拉机驶过，声振屋瓦，越显得小镇寂寞。街角上几个老年人闲坐，看见陌生人来访，好奇地打量，待你回头，却忙转移目光，似乎对你的到来毫不在意。磕一磕烟袋，闲闲地吸一口，慢慢地吐出来。

几分钟就逛完了小镇，最显眼的建筑是一所学校，现在已然荒芜。院子里蒿草疯长，一角电锯声嘶力竭地吼，一问旁边的小饭馆老板娘才知道，学校办不下去了，学生都到县城上学。空院子闲着可惜，便打算盖一座庙。据说是准备开发这一带。这又是文化搭台，经济唱戏的老一套。

饭馆的老板娘说年轻人都跑出去挣钱了，哪怕在城里干最脏最累的活儿也比这里挣得多。留下的多是老年人，在寂寞无聊中打发岁月。因为没有学生，学校不得不撤散。现在，年轻的老板娘不得不带着俩孩子住在县城，专门做饭管孩子。而丈夫则守在这里的小饭馆，经营着这唯一来钱的活路。

学校停办，使得乡村学生的求学变得更加艰难，很多人不得不迁居县城，忍受拥挤和高物价的苦痛。这个小镇和目下中国所有的乡村一样，在城镇化的进程中，将彻底被抛弃。

我们在院子里转了转，学校大楼建的很阔气，看得出楼是新修的，年代不会太久。曾经在这里念书的学生不少，想象得出当年的情景，下课铃声一响，满楼道都是学生娃，咚咚咚的脚步震得楼板响，叽叽喳喳满街都是追逐打闹。但是现在，人去楼空，麻雀忒愣愣飞出飞进，鸟粪遗落在玻璃窗上。一派狼藉。那些桌椅板凳还在，只是没有学生。空荡荡的黑板，丢弃的粉笔头，无不诉说曾经的生动新鲜。

晚上睡下，听得门外秋虫啁喳，长一声短一声，耳畔很热闹。夜深了却听见溪水哗哗响，在小镇旁边的深涧里有一条河，白天树木茂密，隐藏了真容。夜里水声清朗，洗心洗耳，在永不停歇的水流声里渐渐入梦。

四

清晨，是在鸟鸣声中醒来，一只长尾巴马亚雀掠过窗户，阳光打在玻璃窗子上，亮晶晶，晃人的眼睛，让人想起旧诗"照梁初有情"。牵牛花爬上窗户好奇地窥视，清晨正是它们开放的时候。

牵牛花对阳光最敏感，早睡早起，从不偷懒。活似乡村生活的人，勤勉持家，从不松懈。我奶奶还活着的时候，年过九十，每天早早起来，梳头洗脸，打扫院落，从来不肯歇下。她想象不出睡懒觉的乐趣，因此，对孙辈的懒惰嗤之以鼻，不屑一顾，认为没出息。事实证明，她的判断是对的，一个人一旦懒惰，就不可救药，别指望能干出什么事业。我觉得我奶奶就像一朵牵牛花。乡村生活的人，大多有牵牛花的性格。

太阳刚刚从对面山上下来，牵牛花纷纷苏醒，向着阳光支愣着圆圆的花瓣，娇艳而简单，质朴的美。它是北方乡野的花，农村人家的篱笆上到处可见。颜色或蓝或粉，色调或浓或浅，一种家常之美。

和所有藤本植物一样，牵牛花柔弱无骨，不像乔木或者灌木靠自力向上。但她有着强大的攀附能力，奋力攀住一株灌木或者乔木上，甚至攀在一堆废弃的砖瓦上，就会满目生花。你会了悟，原来柔弱也是一种本事。

一株桑树上缠绕着一枝牵牛花，左牵右绕，细细的触须像两根天线，小心在前方试探，寻找最佳路径。我想不出她是怎样判断前方的路，哪里能安身，哪里要绕行，是靠什么来判断，谁给了她智慧？现在，桑树已然完全被牵牛花夺去了光华，没有人注意到灰头土脸的树，倒是牵牛花，灼灼其华，开放在秋天湛蓝的天空。

一朵粉紫的牵牛花，开得正娇。我对着她说："到底不如红薯花好看。"一会儿，她的花瓣开始回缩，紧紧卷住，活似一只小拳头伸出来表示抗议。

"看看，连花都喜欢听好话。"我说。

爱人在一旁很正式地说："连这个都不懂，这是植物的特性。过了正午，牵牛花就要合拢了。"他是个理科生，没听懂。

夜空

今天，再热闹的城市，有那么多霓虹灯争相扮靓夜空，谁还需要月亮呢？即使有一天在林立的高楼间看见一轮明月，反而觉得多余、不协调。

只有在清冷的乡间，月亮明亮依旧，就像一盏灯，为夜行的人照亮脚下的路。于是，我们去乡村，寻找被遗忘的月亮。也只有那里，月亮才是主角。据说今晚将会出现月全食，就像一场隆重的演出，天空一片华美。

花源头，一个美好的名字，延安以西二十公里开外。陕北的乡村，很多地名沾染着浓浓的土气，但是花源头却是一个例外，风雅而生动。故事有源头，花也有源头吗？又是什么花的源头呢？

此刻的花源头一片宁静，月上东山，村子里的树木房屋都已经睡去，乡村的人们依旧日落而息，日出而作，按照自然的节律生活。没有人熬油点灯，也没有人辗转难眠，甚至，没有一丝灯光，一切安然地合上了眼，大山睡着了，树木睡着了，房屋和窑洞也睡着了。

月亮刚刚从东边山梁上升起。那么年轻，那么饱满。白白的月光铺满大地，跑马梁上的松林也披上一层厚重的银霜，那条荒草丛中的小径，此时分外清晰，白白的、直直的，就像女子头发中间的发线。两边的灌木沐浴在银色月光下，忘记了窃窃私语。

轻风拂遍山冈，远处传来沙沙的声音，那是万木在互相打招呼。风拂在我的脸上、肩上。饱含凉意，令人格外清醒，只有松柏的铜枝铁干岿然不动。我们站在一棵松树底下，透过浓荫仰望，松针筛月，越发感觉月色如银，寒气如针。

在宁静里，月亮悄悄地变化，一痕阴影渐渐笼罩上来。今晚将会有月全食出现。我们静静地等待。

那一抹阴影越来越大，慢慢侵入月亮的脸，渐渐地，变成了半个月亮。大地的清辉随之也在减弱，树木躲入了浓重的阴暗里，刚才历历在目的乡村，一时间掉入了稠密的黑夜中，仿佛进入了深睡眠。刚才一只夜游的狗蹲坐在墙角，望着我们，犹犹豫豫地吠了两声，便沉默了。此时，不知道它隐身于哪一段黑暗，这让我有些担心，不知道会不会突然窜出来，把人吓一跳。他说，不要紧，它也不想打破月夜的静好。

忽然，树影深处传来淙淙流水声，那是一条小河流过。水敲击在石头上爽利、干脆，没有丝毫含糊。奇怪的是，刚才怎么没听到？难道是月光遮盖了星星，也遮盖了流水的声音吗？也许月之光华竟然使一切都退隐其后？

黑暗越来越浓重，天空却突然灿烂起来，就在月亮收起光芒的时刻，星星大放异彩，争相闪耀。仰望夜空，那么辽阔，那么深远。目力难以企及，无法探看宇宙的那端。银河流过天空，星垂四野，涛声盈耳，密密的群星洒遍两岸，好像飞溅的浪花。摸摸脸上，凉凉的，该不是浪花溅到了脸上吧。

在星辉灿烂的时刻，河鼓三星分外明亮，光辉刺破数亿光年的距离，直抵我的眸子，我想当我在仰望它的时候，瞳仁里一定反射着它的亮度。

河鼓三星也叫牛郎星座，中间最明亮的那颗就是人间放牛娃，多少年过去了，他还在倔强地等待。并排两颗是他和织女的一双儿女，孩子尚幼，嗷嗷待哺。母亲织女在那端隔河相望，一望就是永恒。每当我们抬头仰望星空，总会看到这一对爱情的守望者。我们的先祖把他们永恒为星座，让人们在夜晚，一抬头就能看见。也许是在提醒人间，要珍重爱情。宋代黄庭坚说，金风玉露一相逢，便胜却人间无数。

爱情与距离无关，与心灵有关。即使远隔光年，只要珍爱，那份感情便活着，滋润着我们的生命。

北斗星此时不见了踪影，中秋时节，我曾在一个晴明的夜空看见过它们，横亘当空，就像一把巨大的问号。七颗星星烁烁有声，仿佛探寻的目光在向我发出疑问。秋天，最是一个让人深思的季节，一年已经过去大半，该收获的已经收获，该荒芜的便永远荒芜。在深思得失之际，让人真切地理解什么是星移斗转，流年暗换。在时光的消逝中，一切都在变化，即使是看起来仿佛永恒的星空也在默默位移，直至有一天，消失于我们的目力之外。

夜空无比深邃，衬托得那些星辰越发明亮、晶莹。那穿过光年距离的星辉，金属的质感。我仿佛听见金属的撞击声，耳边一片热闹。今夜是星星的聚会，光华便是它们的语言。他们在热烈的交谈，要在今夜，把憋了一肚子的话说完。

遥远使它们更加渴望接近，渴望交流。就像在陕北高原这一片土地上的人们，因为人烟稀少，因为长路漫漫，那些赶着毛驴行脚的脚夫，那些吆着犍牛耕耘的庄稼汉，那些挎着提篮剜苦菜的婆姨，那些站在脑畔瞭望远方的后生，更加渴望言说。于是诞生了信天游，质朴的嗓子嘶吼出自己的心事，不遮不盖不掩不藏，企望着落入另一个人的心里，那人如果有了感应有了共鸣，便从自己的心怀里飞出歌声，呼应那个同样心事的人。

星星和人是多么的想象啊，遥远地渴望着走近，而近切的却如此疏远。如今，城市让我们的身体如此紧密，大街上、地铁里、公交车上到处是摩肩接踵的人流，但是，心灵却如此荒疏，比亿万光年还要遥远，即使人们在不停地说话，却难以耐心地倾听和理解。

黑暗越来越重，月亮渐渐消瘦，慢慢地变成了一弯银钩，斜斜地别在半天，银钩的尖上挂着一枚星星。终于，月亮完全没入一片阴暗，群星更加辉煌，无以言说的华丽，但是月亮终究还是留了一个赭色的轮廓，这表示它在这华美的夜空里并没有缺席。而我们面对星空之美，只有沉默，忘记了沁骨的严寒。

夜宿南泥湾

汾川河像一条弯弯曲曲的瓜蔓，南泥湾就像蔓上长着的一枚鲜绿的叶片。一路上看见大片的稻田和薰衣草，一派柔美旖旎的南国风景，与陕北粗粝豪放的风格完全不同。一格一格水田方方正正，像镜子倒映着高天流云。而旱地里玉米碧绿的叶片中规中矩，绝不随意歪歪斜斜，永远是那么精神抖擞，就像我对70年前，在南泥湾开创了一个美丽新世界的那些将士们所做的想象。

70年前，有一群一手拿枪、一手握锄的战士进入南泥湾，那时名字叫作"烂泥湾"，荒榛野草，野兽出没。据说，这里还有强盗剪径，红军到达陕北后，他们才渐渐销声匿迹。几十年里，这条通往宜川的古道上人迹罕见，仅有三五户人便算是一个村子了。

困难可想而知。

饿了吃野菜，渴了喝山泉，晚上没地方藏身就在山岩上刨一个仅能容身的土洞子。大白天成群的野物在山上跑：野羊"咩咩"乱叫着，在人面前大摇大摆踱过，野兔子竖起耳朵，蹦蹦跳跳，野鸡扑棱着翅膀，忽然从荒草中腾空飞起，野狼吐着舌头，发出瘆人的嚎叫。

就是这样一个荒凉世界，经过无数战士的辛勤开垦和汗水滋养，竟然变成陕北的大粮仓。仅仅一年以后，边区完全实现了自给自足。进而扭转了生存困境。回思当初毛泽东在一篇文章中所说的"我们几乎曾经弄到没有衣穿，没有油吃，没有纸，没有菜，战士没有鞋袜，工作人员在冬天没有被盖，我们的困难真是大极了"。从这一点上说，南泥湾本身就是奇迹，救活了这个边区的新兴政权。有理由被后辈们永远铭记。

没错，此刻，我的双脚就是踩在南泥湾的土地上。乡镇府门前的牌子上面清清楚楚地写着"南泥湾"三个字。可是，环视小镇的风貌，的确再平常不过的一个北方村镇，时光洗褪了它昔日耀目的光环。

挑着一筐西红柿的老人在街上不紧不慢地走，也不吆喝，若是有人要买，叫一声，老人停住脚，当街放下担子。买主挑拣一番，给钱，老人也不说什么，随意揣在衣襟下的暗兜里，然后挑起筐继续走。

招牌大而门脸小的饭店里几乎没有什么人，老板娘躺在竹椅上，有些无聊，左右四顾没生意，便懒懒起身，拿过水管冲洗光着的脚丫。

田野小道上，摩托车驮了一家三口人在飞跑，前面的男子敞开衬衫，风呼啦啦地当腔子吹。年轻媳妇抱着孩子，一副笃定放心的样子。

新修的公路穿过小镇，漆黑的沥青路面分外洁净，一辆辆大货车穿行而过，多是经由壶口到山西的货运车，它们与小镇并不相干，只是用噪音打破小镇的宁静，日夜兼程奔向远方，马达的轰鸣声渐远渐小，小镇还是一片安恬。

远远的山林里，布谷鸟的声音幽幽传来。向着布谷鸟鸣叫的方向望望，黑旺旺的森林里，风把松柏吹得俯仰翻飞，凌风欲举。而小镇仿佛被丢在了时间之外，与它们毫不相干。

漫步小街，那些扛着步枪、拿着锄头的八路军战士化成了一组青铜雕像，高高矗立在那里，他们全打着赤膊，青筋突起的粗糙大手，扶着简陋的犁铧，微微张开的嘴里喊着雄壮的劳动号子，吵醒了昔年沉睡的汾河川，给这个荒凉之地注入了新鲜的生命。

我们选择了一处半山坡的农家小院住下。简单干净的农家，女主人年已半百，却显得手脚利索。窑洞里炕上被褥叠得整整齐齐，扫炕笤帚的短把用红布细细包了，虽是细小事但主人家的讲究可见。墙角的一畦草莓长得正旺相，刚刚浇过水的叶片上湿淋淋、翠生生。樱桃树结了红艳艳的果实，藏在绿油油的浓叶中，风一吹闪现出来，有种惊艳的感觉，摘下一颗尝尝，却舍不得送进口中，只是把一颗红玛瑙般的小果子托在掌心看，娇艳欲滴的红。

晚饭刚过，就清晰地感受到了森林的荫凉。坐在院里的树桩上，可以俯视整个小镇。

镇子最惹眼的地方当属纪念馆，广场上挤满了小摊贩，向每一辆旅游大巴上下来的人兜售那些粗糙不堪的小玩意。和中国任何一个旅游景点差不多，我顽固地认为要想搞环境破坏，最好的办法是大办旅游。旅游能把环境进一步恶化，人文进一步粗俗，人心进一步铜臭。现在，南泥湾似乎也赶上了这个时髦。我注意到在小贩们此起彼伏的叫卖声浪里，穿插着不少孩子，他们灵活地游走于游客之间，向他们伸出黑乎乎的小手。

就在热热闹闹的生意场的不远处，一间歪歪扭扭的土坯房突兀其间，显得分外寒碜。房顶是牛毛毡和塑料纸苫着，墙基几乎全是土坯，常年风吹雨淋，已经损坏了不少。一个年近七旬的老婆婆挑了两桶泔水，摇摇摆摆地爬坡，走路已经很不利落。大概家里有猪要喂，我暗想怎么没有个帮手，那么大的年纪了还这么辛苦。待要问，旁边的女主人好像看出我的好奇心，说，土坯房里住着一对老夫妇，出奇地好赌，一有空就在麻将场上。儿子不成器，一天到晚游四方，耍麻将、压明宝，媳妇跟了别人跑了，给他们丢下三个孩子。现在三个孩子整天在坡底下的纪念馆旁边圪蹴着，等来了游客就追着要钱。一天下来，少了十几块，多了上百块的。现在村里的娃娃都照样样哩，好几个都不念书了，专门等游客来了，追在人家屁股后要钱。

我问她，现在不是上学不要钱了吗？

　　女主人轻轻叹一口气说，是哩，可上学有甚用哩？也怪不着人家娃娃不爱念书。我小儿子念书念到高中还不是寻不下活？我问，他现在干什么？女主人说，娃娃腼腆得很，不愿去城里打工，就在家里盛着（陕北话，待业在家）。说着指一指窑洞里挂的一幅农民画：那是我小儿子画的。

　　窑洞洁白的墙壁上挂着一幅题为《盼郎归》的画，农民画风味十足。想不到出自一个少年之手。正聊着，半山坡上下来一个小伙子，肩上扛着一捆柴火。单薄的身材，略略的学生气，脑门的挂着亮晶晶的汗水。

　　面对她的叹气，我们都沉默了。

　　隔了好久，女主人指着公路那边的水田，对我说，现在好多地都撂荒了。仔细看去，水田里的绿色深深浅浅很不一样，那些嫩绿的是稻秧，深绿的则是野芦苇和蒲草，长得茂密旺盛。看着一大片一大片的水地被撂荒，心里说不出的滋味。想当年，陕北地广人稀，整个汾川河流域人烟稀少，战士们在南泥湾一带开垦出良田，代价巨大。我曾经路过一处纪念在南泥湾牺牲的将士陵园，一棵树皮斑驳的古松下，破旧的纪念碑上刻满了名字，一时间，在那些密密麻麻的名字前面，我呆住了，他们都是在 1941 年开荒种地中牺牲的战士。我知道每一个名字背后都意味一个年轻的生命，每一个生命都维系着另外一些生命的忧愁或牵念。

　　抬眼四望，灌木丛里隐藏着一孔孔破窑洞，那是当年开荒种地的战士们栖身之地。狭小低矮，仅能弯腰进去。寒冷、风湿、饥饿、超强度的劳动，使得很多人生病，甚至死亡。在我所居住的小城，有一个老红军，据说，在当年的大生产运动中，他曾一天开荒四亩多，得了"气死牛"的美誉，可是又有谁知道，这位老人一生被各类疾病困扰，尤其是哮喘，几欲令其不欲生。

如果，那些将士们得知用血汗和生命换来的良田长满了野草，会怎么想？

我问，那些种地人哪里去了？女主人说，都进城了，在城里随便干个啥的都能来钱，就是种地挣不下钱。

坡底下老夫妇的三个孙子回来了，一路追打着玩，看起来心情不错，大概是今天讨要到了不少钱吧。

天色渐渐暗下来，夕阳的霞光给天边的云彩勾勒出一道细细的金边，一种无以言喻的美。

站在高处眺望整个汾河川，水田齐整，稻秧密实，像厚厚的茵褥铺展在大地上，那些荒地里的杂草隐没其中，根本看不见，看见的只是整个夏天的勃勃生机。那些旅游大巴车上下来的游客们根本看不清，欣喜地招呼着同伴，快来看哪，真是陕北的好江南哦，给我照张相！

最后的魏塔

魏塔好像一个隐士，隐藏于陕北众多的无名无姓的乡村之间，几乎没有人知道它的存在。

忽然，它的名字从一张嘴到另外一张嘴之间传递，人们在传说着它的美，那种未经打磨的原始之美，本色之美。

有生意头脑的人立刻想着怎么包装，怎么吸引游人，怎么赚钱。说着说着仿佛已经看见了巨大的收益，眼睛闪闪发光，太阳穴边的青筋一跳一跳，立现一副贪婪之态。

又一个淳朴的乡村在面临开发，在被开发之前，我们想去看看那最后的乡村。

从城里到魏塔约莫半个小时的路程，时间不长但落差巨大。同行的人在述说着魏塔的魅力，在画家的笔下，它是陕北乡村之美的代表。在我的印象里，陕北的乡村建筑普遍粗糙、简陋，有点随心所欲的意思，你觉得山坡高处向阳、暖和，就在那里掏几面窑，安个门窗就是一家人了。他觉得山下挑水、担柴方便，就在山下安了家。总是缺少了那种规矩之美，看不见匠心独运之妙，只觉得陕北的乡村和人一样，坦率到了直白，本真到了笨拙。

渐渐远离城市的繁华，乡村的安静扑面而来，我发现安静是一种场，是有形的。在这个场里，万物沉静，万籁有声，人间的声音越发衬托着那份水一样到处弥漫的安静。在这里，把心放在肚子里，不必思虑什么，也不必考量什么，你是世界的旁观者，抬头看看，太阳真好，毕竟是初春了。虽然陕北还是冬天的模样，但会明显地感觉到风柔和很多，含着玉石般的温润。不像冬天的风里暗含着一把小刀子，一下一下扎人的脸。太阳变得妩媚起来，像一个单纯的笑脸，不像冬天的阳光含着刺骨的冷，好像冰冷的眼神，让人心里莫名其妙地惊悚。

原来天气是这样好，住在城里竟然没有发现。

柏油路绸带一样，婉转于山峦河流之间，车辆少，不必左避右让，似乎在绸带上滑行。路上碰见两个赶集回来的人，一男一女，约莫五十岁上下。在城里，一个人的面孔常常隐瞒了年龄。在农村同样看不清年龄，常年的风吹日晒，人们看起来要苍老一些。女的肩上扛着一个大包袱，大概里面装一条棉被，男的手里提溜着几个袋子，里面装着不少家用零碎。我向他们问路，正好也是魏塔人，便一路搭车同行。女的甚为感激，说离魏塔还有很长一段路，走的话要到太阳起去。我知道这句话的意思，农村人表达时间概念以阳光为坐标，太阳落山时，照进农家窑洞的光就渐渐向上移动。所以太阳起去表示天快黑了。民歌里唱"太阳下来这么样样红"指的是太阳冉冉升起的意思。

在乡村走路基本还是步行，一个人一生的很多光阴便消逝在路上，其实城里何尝不是一样？我们的光阴消逝在了堵车的等待里，前次去西安，结果遇见肇事，生生在路上堵了五个小时。正应了一句话，欲速则不达。

转过一个缓弯便看见一处村庄，安然卧在山湾的怀抱里，说不出的舒服。此处的山不很陡基本都是缓坡，一条河流迤逦而来，村庄自然而然地分成了两半，一边是人烟稠密的村落，远远看见村里人闲闲地走动，还是正月天，不到农忙，可以消消停停地生活，不必披星戴月。

冬天是天赐给农人的长假。

村庄对面便是坟地，生与死的边界如此模糊，逝去的先人安卧在向阳坡上，不时地向着村庄瞭望一下，看看亲人们日子过得怎么样。

魏塔的坡是缓的，路是宽的，房前屋后错落着枣树、槐树。杨树望春先绿，细细的枝条已经泛出淡淡的绿。深紫色的苞芽鼓鼓地撅着嘴，好像一个忍耐不住的笑，随时要扑哧咧开，荡漾起一脸的笑容。可能是舍不得吧，怕绿得太早，不合时宜，只好按捺着，等着春风渐渐温暖，大地苏醒，细草萌动，那时候再和大家一起绿。

我们随意走进一家小院，窑洞整齐、干净，门上的手工拼花布帘是农家的喜兴气，院子里的砖地踩上去身心俱安，浑身的肌肉放松，就像回到家里的感觉。里面走出一个小伙子，瘦瘦的，二十来岁，招呼我们进去坐。

在茶几上放着一摞书，随便翻一翻，竟是画家列维坦的作品集，不由抬头注意了一下那个小伙子，他显得很腼腆，手摸了一下后脑勺，笑一笑，眼睛眯成了一条缝。交谈中得知小伙子是一位石油人，跟我一个行当，业余喜欢画画、摄影，我注意到家里至少放着两只三脚架，看样子装备不错。我提出要看看他的作品，小伙子笑说，照得不好。但还是把电脑打开了。

那些寻常的百姓生活，进入了镜头便那么有趣。耙地、拿粪、打场，女人们凑在一起一边做针线，一边东家长西家短。一位老婆婆年事已高，满脸的皱纹，高高举起一枚银针认线。多么熟悉的记忆，仿佛记忆中我的母亲在灯下给我们补衣缝袜，只不过那时的母亲还很年轻，熬油点灯一个晚上不睡能织出毛衣的半个身子。现在，她白发苍苍就像照片中的老婆婆。

在镜头下，陕北的窑洞似乎赋予了某种灵性，有了记忆，剥蚀的院墙记忆着过去的风雨，精雕细刻的门楼诉说着曾经的殷实家底。应该说小伙子的摄影还很幼嫩，功底还不是那么深厚，但是，再高大的树也是从幼苗开始的，我相信多年后，这里会走出一个出色的摄影家。

女主人很热情，几次张罗要做饭，都被我们谢绝，还是陕北人的淳朴好客，客人来了不留饭就失礼了似的。闲谈间说起魏塔村，女主人说，一到天暖时候，外地的画家们就来了，很多家户里都住满了，他们白天写生画画，画好了把就晒在窑顶上，就跟庄里人晒谷子玉米一样样的，站在墒畔上花花绿绿的真好看。

小伙子插话，去年县里有领导来视察，准备规划这里，搞一个旅游开发项目哩。可以想见，不久的将来，这里车水马龙，一派繁忙，一堆一堆的游客带来大量的财源，同时昔日的安宁和自在也在一寸一寸泯灭。我想起来曾走过的很多地方，从周庄到那拉提草原，从什刹海到凤凰古城，一旦开发之后，原有的属于自己的风貌就完全丧失，全面雷同，相互照抄。周庄小镇的摩肩接踵和那拉提草原的人声鼎沸没什么区别，什刹海的灯红酒绿和凤凰的醉生梦死没什么区别，要说区别就是地点挪移了一下而已。我总感觉到，所谓旅游开发其实更准确地说是丧失，把那些宝贵的，独有的东西剥离掉，资本改头换面，粉墨登场。

黄河岸边的小程村也是如此。多年前，我曾去过黄河岸边，那里基本保留着农耕社会的原貌，我一直想不通陕北人送葬的时候为什么要撒路钱，却在小程村的布堆画里恍然大悟；在这古老的风俗里，流露着陕北人对逝者的敬畏，不仅仅关怀自己的亲人，还有对那些无依无靠无人问津的孤魂野鬼充满了同情和人道，撒纸钱就是让他们有钱花。这一切虽在冥想中完成，但情感是真实的。

现在，小程村也被大规模开发，一派富丽繁华，有一只饭桌造价20多万，成为招徕顾客的噱头，游人乌泱乌泱，当年荷锄拿粪的农民成了老板，腰包里票子鼓鼓囊囊，脸上刀刻般的深纹满是笑容。你想啊，苦菜南瓜都成了好东西，随便吼一嗓子的信天游能换成钱。梦都梦不到的好事！

好事当然是好事，但是，我再也不会去那里了，我想很多人一定和我一样，永不再来。

可是看看魏塔的小伙子和他母亲充满期待的眼神，我自问是不是太自私了？追求更好的日子是人的权力，难道为了我们的要求，让他们继续过苦日子？人人都有权力追求更好的生活，开发魏塔将是不可逆转的事情。

回家的路上，我们谁也不说话，只是回头，一再地回头。在春天的阳光里，魏塔是那样的安静，不可模仿的美。

第三辑

大雨倾盆而至

　　人便是这样同情着弱者，却对收获幸福的人满怀醋意。

大雨倾盆而至

明天，蒋主任的女儿结婚，去还是不去？

真是一个难题。若论起一是领导，二是多年熟人，委实应该去。可是，她总觉得心里有一个疙瘩，不想去。不想和那些人打照面。盘算了一夜，还是要去的。心里便反复演练，想象遇上各种情况，自己应该如何应对。最后一刻自己壮胆，去！难道怕谁？

蒋主任是她丈夫亡妻的同事。在婚宴中肯定会遇见亡者生前的很多同事。不难想象，他们将会用各种各样的目光研究她，然后和那个从未谋面的亡人做各种比较，然后各种感慨。并非多心，有一次，她和丈夫在一家商场里购物，遇见一个亡人曾经的好姐妹梅。在打照面的一瞬间，梅的眼神含义复杂，里面分明含着嫉妒。难道梅在代替那亡人嫉妒？好像还不仅仅如此，她自己也在嫉妒。好像别人夺走了一件属于自己的物品。那眼神里含着一支支小箭，刺向她的脸颊。

一个丧偶的人，就像天上飞的孤雁，哀哀低鸣，孤苦伶仃才对。当人们说起他的苦痛，叹息他的遭际，能获得一种奇怪的感受，既有心怀慈悲的同情，又有暗暗的自我满足。要是他活得比较好，又叫人暗暗不爽，一肚子的同情心没处释放似的。

强者同情弱者是一种优越。可是现在，梅或许觉得，在他俩面前难以施舍同情，便产生了不满：你怎么可以幸福呢？你应该悲伤才对呀！难道你再婚了就可以忘记亡人了吗？

而她，被想象成了一个鸠占鹊巢者：亡人的省吃俭用出了名，谁想到刚刚把房子买了，便撒手人寰。倒是便宜了这个后来者！

人便是这样同情着弱者，却对收获幸福的人满怀醋意。

她知道，在今天的喜宴上，要和一些人短兵相接。安排座位的时候，她和她们恰好坐在了一起。她冲着梅笑一笑算是打了招呼。都没说话，其实也听不见，喜宴上历来是很吵闹的，就是要一个闹字才好。

音乐响亮，大概是"今天是个好日子"之类的歌曲，在敲锣打鼓的伴奏里尖而高的女声，赫然跃出，像一根细细的钢丝，抛向空中，又勒在人的脖颈上，让人心里紧张起来。到底是不需要人担心的，歌声婉转回环，倒也落下来了。大家都在嗑瓜子，眼睛不知道该往哪里瞅，都望着主席台。一会儿新人将会闪亮登场，婚礼进行曲响起来，新娘子莉莉化了浓妆，穿了白纱裙还真的漂亮，看不出是那个平时穿着牛仔裤，不拘小节的莉莉。今天成为女一号，所有的目光都无一例外地投向白纱裙里的美人。她想，今天安安稳稳吃完这顿饭就是胜利。

正想着，梅那修长的手指轻轻一点，转盘转动，一盘瓜子停在她面前，略略抬一抬下巴：吃瓜子。她忙抓了一把，笑一笑。完了回头又恨自己好像是受宠若惊似的，那么忙忙的干什么？难道我要领她的恩，我的生活与她有关？就算她和亡人曾经是好姐妹，可是凭什么我要怕她？她不愿意承认心里稍稍有那么一股子怯意。

你认识莉莉吗？梅问。她点一点头，见过一面的。梅继续说，王大姐和蒋主任一家都很熟。她又提到亡人王大姐，原先她一直敬重的亡人，不过，此时忽然觉得很厌烦，仿佛无辜的她做错了什么。

要是今天她还在多好，她最喜欢莉莉啦。梅一边嗑瓜子一边闲闲地说，涂满了红唇膏的嘴唇轻轻吐出两片瓜子儿皮。

她觉得心脏握成了一只拳头，但笑着说：今天是蒋主任家的大喜，我们谈一个去世的人是不是太扫兴？说完眼睛盯着梅的红嘴，等待着里面射出的子弹。她知道自己的眼睛里有一种寒意，这是多年当老师练出来的。

你不要太敏感。梅微笑着说。一脸的善意，好像她倒显得无理似的。别人大概也觉察出了一点，瞅瞅梅再瞅瞅她，悄悄地察言观色窥伺动静。

这时，蒋主任和夫人来敬酒，按照本地乡俗，两口子被人拿口红和毛笔涂得五麻六道，头上扎了两个小辫子，活似小丑。

哎呀，蒋主任可真是打扮俊了。梅迅速拿出小手袋里的口红走过去。蒋主任见势不妙，转身要躲，梅向前跨一步挡住去路，胯部紧紧抵住，身子挨过去贴住他，一手扳肩一手拿口红给他脸上画了两个红脸蛋，众人拍手：蒋主任更好看了。他们是熟人，这是熟人的特权，当然跟领导是熟人也是一种荣耀，此刻梅显然将她的荣耀昭告天下。

蒋主任只是笑着，并不恼。本地乡俗，婚礼上越是闹的红火说明主人的人缘越好，越有人气。蒋主任两只脸蛋绽放成两朵大红花，走到哪里都引起一阵子爆笑，婚礼的气氛空前活跃，整个大厅里洋溢着喜悦、吉庆的气氛。有人说，今天的大晴天真是个好日子。梅立刻说，今天媳妇天，咱们的莉莉准是又贤惠又能干得好媳妇。本地人都说，结婚这天的天气预示新娘子的脾气品行，好天气预示新娘子将来是个好媳妇。她的巧言立刻引起了一阵附和声。

众人这边喝完酒刚落座，一对新人端着酒杯又过来，此刻，莉莉换下白纱裙穿上了旗袍，红艳艳的旗袍越发显得她面如美玉，唇红齿白。人们又纷纷夸赞着新娘子的美貌，女孩子倒也大方，频频举杯。

眼看这个流程就要结束，忽然梅问：莉莉你还认识我吗？怎么不认识？梅阿姨。新娘子笑着扭过头来，叫得很甜。她注意到新娘子见了梅笑得很畅快，嘴咧得大稍稍有些过头，那是熟人间才有的放松。

梅夸了一阵子新娘，说她长得好看啦，新郎官有出息啦，工作单位好啦等等。看得出新娘子很受用，新郎脸上也

了什么，小鸭子没有像往常那样，一摇一摆朝我奔来。问妈妈，说不知道怎么回事小鸭子掉进了炉坑里，红炉灰把脚蹼烫坏了。我赶忙跑到小鸭子睡觉的那只纸箱子旁，小鸭子瞪着圆圆的眼睛看我，脖子老长，努力向上抻着，想诉说什么又无法说的样子。我摸摸它的脚杆，往外拉拉，想看看伤情，它猛力回缩，重重地的探视，身子奋力反抗，企图躲避我。我还是看到了那只受伤的脚，鸭蹼已经完全烧坏了，作为一只鸭子，它以后是不会游泳了。

事情比想象的要严重，小鸭子连走路都困难了，像大院里老黄家的小孩一样，要蹲下走路。老黄是近亲结婚，他家两个瘫儿子整天趴在炕上，把老黄愁得要命。别说干活，就是吃喝拉撒都要人伺候。

妈妈叹息着，本来还指望它长大了下蛋哩。现在看，能不能长大都成了问题。

渐渐地，家里人再也不关心小鸭子。它没用了，连走路都不会的。

小鸭子好像知道自己残疾了，从不在光天化日众目睽睽之下走路，只是每当我放学回家，小鸭子听到我的脚步声，就在纸盒子里扑棱着短短的翅膀，像吃奶的孩子见到妈妈。我看着心酸，忙忙地下书包，给它喂食。有一次我看见它的眼角竟然有泪水，摩蒙的。圆圆的小眼睛一眨一眨。小鸭子很懂事，吃完了食物就乖乖缩着脖子，待在那儿一动也不动。这时，我才能安心地离开去找小伙伴玩。

初夏，太阳暖暖地照耀大地，青草从地心长出来，嫩嫩地，随风摇摆，院子里的小鸡们离开了妈妈的怀抱，开始在暖风里追逐。只有小鸭子还是蜷缩在门背后，一看见我回来了，才急急地伸长脖子，身子一颠一颠，我知道它的心情，阴暗的门背后多么寂静昏暗。

我带它到草滩上去玩，让它晒晒太阳，看看世界。我们就在村后的缓坡上晒太阳，我给它换了一只新的纸箱子，垫上干干净净的秸秆，小鸭子嘎嘎叫着，样子很是舒泰，风从祁连山南麓轻轻吹来，虽然还有一丝丝寒意在里头，但更多是温暖和湿润，轻轻拂过我的脸庞，小鸭子的毛被吹起了一撮，哦，原来，在不知不觉中它也长出了新的羽毛，在美好的季节里所有的生命都在生长，小鸭子也在悄悄地长大。

哥哥回家了，他在外地上学，只有在放假的时候才回家。他是一个很可怕的人，一直不喜欢我，多年以后，当我长大成人，回忆童年生活，竟然想不起来哥哥的好处，相反，倒是那些挨打的记忆还历历在目。如今，当远隔天涯的哥哥回家，聊起当年我们生活过的祁连山下，我问他小时候为什么那么爱打我，文质彬彬的他眨着眼睛：我打过你吗？

哥哥很嫌恶这只残疾的小鸭子。回家的第二天就问妈妈，怎么养这么一只废物？妈妈说是我养的。哥哥回过头不容置疑地说，扔了！

我知道他说话的分量，如果不扔换来的肯定是一顿打。怎么办呀，小鸭子，我把你安顿到哪里才好？其他人家谁肯把食物喂给这只无用的小鸭子呢？我实在想不出来一个合适的去处。晚上，听见小鸭子用脚爪拨拉着身下的秸秆，心里一阵心酸，眼泪顺着眼角滴在枕头上，弄湿了一片。

第二天整整一天都是在提心吊胆中度过，我担心哥哥会突然问我，那鸭子怎么还不扔掉？好容易挨到黄昏时分，天擦黑了，我忖度他该不会忘记了这件事情，或者中途改变了主意？一只手巴掌大的小鸭子实在占不了家里的多大地方啊！

突然，哥哥开了口：门背后的鸭子咋还没扔了？要不给了老黄家喂狗！我吓了一跳，连忙抱起纸盒，说，还是我扔了吧。连忙出门，生怕他把小鸭子扔给了老黄家的狗。

可是往哪里去呢？夏天的傍晚，天边的晚霞映照在小鸭子的羽毛上，给它镀上了一层金色，大概小鸭子以为我带它到草滩上玩，显得有些兴奋，圆圆的眼睛看着我，宽宽的嘴不停地嘎嘎叫着，听着又娇又柔，像小孩子在妈妈怀里撒娇。

我抱着纸盒子到处游荡，天光已经一层一层暗了下来，晚霞收回了最后一丝亮色，宽广的原野陷入了黑暗的静默，隐隐有汪汪的狗叫声从远处传来，村庄里陆续有电灯亮了，像是从黑暗中开放的花朵，一朵，一朵，越来越多。我默默看着家的方向，希望能听见呼唤的声音从那里传来。

但是，什么也没有。

我开始焦急，黑暗变得狰狞，好像阴暗处隐藏着令人惊悸的危险。偶尔，纸盒里小鸭子窸窸窣窣地发出声响，它放心地打盹，在它的眼里，我是多么强大、值得信赖。可是我内心的胆怯迅速在长大，黑暗里，我是那么无助，那么弱小。

突然，一个念头冒出来，要是我把它扔掉，我就可以回家，逃离这可怕的境地！

村西头正好有个大水池，我狠狠心将小鸭子从纸盒里拎出，小鸭子可能感觉到了某种危险，惊慌地嘎嘎大叫，在寂静的原野分外惊心，我慌忙将它抛入水中，从未下水的小鸭子歪斜着身子，笨拙地划水，奋力地试图游回我的身边，尽管是在黑暗中，我清清楚楚地看见了它那双小圆眼睛，惊恐无助，茫然懵懂。它怎么也不会了解眼前这个一直爱护它、照顾它的小主人，为什么一瞬间突然变得如此凶恶、冷酷！

我慌忙转身往回跑，企图将这个在水中奋力挣扎的小鸭子丢进黑夜，丢给它的命运。我跑得很远，累得气喘吁吁，可是一站下来，耳边还是小鸭子那令人心惊肉跳的叫声，在夜色里那声音传得很远很远。

第二天，我放心不下，又去池边寻找，希望它还在那儿等我，希望它以为昨天的一切只是一场游戏。可是，池边什么也没有，寂静如常，细碎的水波在风的指挥下犹如千军万马涌向远方，好像昨天晚上根本就没人来过。

　　我用懦弱换来了暂时的安全，至少哥哥没有因为这件事情而打我。但是，懦弱就像山岩上顽强扎根的野草，牢牢占据了我的心灵，在以后的日子里，每当遇见困难，懦弱似一个隐身在黑暗中的幽灵，一有机会便现身。

　　现在回望自己走过的路，我也因为懦弱付出了太多代价。

原谅

那时，他是青年才俊，刚刚大学毕业，工作有锐气，领导也看重，常常跟随总经理参加各式各样的重要会议，收获大量的笑脸和恭敬，人们在心里都对他给予了极大的期许。我想，所谓的前程远大就是指这样的吧。

我和他是同事，都在电视台工作，我只是一个普通记者，跑那些不怎么重要的会议。

他的才气人所公认，性格又大方开朗，作为同事，我们相处的不错。有一天，他闲来无事，到我的办公室聊天，说看了一篇文章，特别有感触，来和我分享。

记得是台湾作家的散文，大意是，一个优雅美丽的女子参加一个派对，一时艳惊四座。人们对美总是敏感的，纷纷对她投来欣赏的目光，当然更是好奇的，已经有人在暗暗询问关于她的信息。总是有熟人的，旁边有人开始介绍：坐在墙角，默默无语的那个男子就是她的丈夫，目光所向，只见一个形容猥琐，衣饰鳖脚的男子，一举手一投足里看见的都是俗气。人们开始诧异，这样的一个男子怎么能做她的丈夫？作家的结论是，这说明女子的品位是可疑的。后来，又有人提供了更为详尽的信息，说他们已经离婚了，而且是男子主动提出的。人们暗暗松了一口气，有人说，活该，谁叫她的品位那么低！

事情简单，一点不复杂，他说完，眼睛看着我，那里面包含着年轻人的盛气。他是在讥讽：你也是活该的，谁叫你没眼光、品位低呢？

那时，我的生活一团糟，感情上遇到了大挫折。这是一件复杂的事情，但是也很简单，简单到可以只用那两个字代替一段生命的完结，就像一只大箱子，紧紧锁着，要是把里面的事情摊开，足足摆一屋子。但我没有开口，似乎没什么话说，不，也许是不知道该怎么说，证明不是你的品位低的问题？还是另有原因？还要像祥林嫂一样向他絮絮叨叨自己的痛苦？或许是人与人本身就难以沟通，你的故事在别人看来根本就不值得一提。

我接过了那顶品位低的帽子，默默将它戴在头上。

后来，我调离了电视台，小小的事情也就尘封在了记忆里。

几年后，一次开会偶然遇见他，还是那个人，但是盛气不见了，代之的是一丝丝萎靡或者疲倦，脸上竟然有了皱纹，不到三十岁的人呀。眼睛里的青春与朝气不知跑到哪里去了，有种淡淡的忧伤感。他告诉我工作不顺利，怀才不遇，没人赏识。我说没关系，慢慢证明自己的能力吧，你还年轻。他又说结婚了，有孩子了，我祝福他。但他摇摇头，说快把他累死了，我说负责就是要辛苦的嘛。他苦笑，缓缓讲起了他几年来的苦水，谈恋爱不顺利，和世间男女的苦痛一样，他爱的人家不爱他；人家爱上他，他又觉得不合适。反反复复折腾几次，心里的热劲儿渐渐低落下来，年龄却在渐渐朝上涨，眼看三十岁了，父母在偏远的农村，觉得儿子这么大了还不结婚有些脸上无光，受不住村里人的议论，再三再四地催促，只好匆匆忙忙找了一个女子。

谁想，那女子又不怎么和他合得来，日子过得别别扭扭，离婚吧似乎不到那份上，孩子还小。过吧两人的心总想不到一块儿，连买一件衣服也说不到一起。现在两地分居着，谁也不见谁。孩子请了保姆，买奶粉工资是一个月赶不上一个月。

我默默看着他的嘴，一张一合地叙述生活的麻烦，回想起他那时关于"品味"的议论，也许他早已经忘记了，但是我还记得，那时，年轻的你啊，曾怎样用你的盛气和肤浅刺伤别人。

他嘴里的那个女子几乎一无是处，可明摆的事情是，并没有谁强迫他们结婚，一切都是自愿的，即使真的她一无是处，那也是自己的选择。

我们必须明白的是，生命的履历是我们自己书写的，怪罪任何人都于事无补。

可是，事情好像还没有结束，在生活这本难念的经背后，是不是也有自己的原因？也就是说，有些事是不能怪别人的，你选择什么人，就要过什么生活。

可要命的是，当我们有权选择的时候，年轻的我们并不了解自己真正的需要，而当我们知道自己要什么的时候，我们已经丧失了选择的权力。

当然，这些话我没有说出口，我知道一旦出口会对他造成伤害，一个疲惫的男子再背上一肩责备或者嘲讽，心情可想而知。

我原谅了他当年对我的刺伤，我深深知道我们对生命的无能为力。很多事情都是不能把握的。也许人生就是一件破衣裳，我们都是裁缝，想办法要将这件破衣服缝好，把那些窟窿、裂缝补好，让它尽可能完整，不要四处钻风漏气。

原谅吧，原谅生活的不完美，再次后退一步，就像一个裁缝眯着眼睛，搜寻那些残缺，缝缝补补，把日子用谅解连接起来，然后，坚韧地过下去。

迟暮

女人最恨的是老，这表现在喜欢让人家猜年龄，对方问，你多大了？女子会半调皮半试探地：猜。其实倒不是考人家眼力，而是对自己是否年轻的一次检验。

乖巧的人会佯装，左思右想半天说出一个她已经早已过了的年龄，女子会故作大气地说，早过了。然后，对方装作惊讶地说，呦，真没看出来。不过，她一点也不会笑话你的没眼力，也许这一句话使她今天一天的心情都很好。

当然还有一种人，所谓直人，说出一句话会噎死人，对一个还未结婚的女子问，你娃多大了？对一个妙龄女子问，三十几了？害人家几天的心情都不好。这里提醒广大直人，当你碰到女子让你猜年龄，千万不要认为是考验你的智商，千万不要竭尽全力观察她，考量她真实的年龄。你要装成一个近视眼，一个傻人，明明三十你就说二十，明明四十你就说三十，放心，你的傻准让她心花怒放，反过来她也会增加对你的好感。说不定在某个场合也会美言你几句的。

因为对于一个女子而言，年龄的增加也许意味着魅力的减退，所谓年龄与魅力成反比例关系。所以女子的年龄是一个秘密，听说在西方是这样，我没有去过国外，只是道听途说而已。在中国，好像女子们更愿意说自己老，似乎很洒脱，刚刚结婚生子，和人家闲聊，便说：唉，老了。语气听着有些撒娇卖乖，其实，这是装的，正因为不愿意老所以才如此说。你要真顺着她说，就是，你的确真的老了。你会马上多一个敌人。

女子们一边嘴上感叹自己老了，一边在镜子前自我欣赏，哪个女子不认为自己是美女呢？这两年，流行称呼女子为美女，年龄大的叫资深美女，长得不好看的叫气质美女，大街上随便叫一声"美女"，下至十八岁上至八十岁都会回头张望，以为在叫自己哩。

随着年龄渐长，在镜子前面消磨的时间越来越长，精雕细琢的工作也越来越复杂。女子要耗费大量时间和精力与衰老做斗争。于是，对"老"这个词，开始敏感，一碰到就会受伤，没有以前那么潇洒了。我有一个同学说，有个熟人来看她，熟人属于心直口快型，一见面惊呼：几年不见你咋老成这样啦？同学立即花容失色，旋即做面膜，末了问，脸上可好些？熟人赶忙点头。同学解释说，昨晚上一夜没睡好，新买的床垫好硬的。

但是，不管怎样和衰老做斗争，衰老还是渐渐蚕食花容。终于有一天，昔日的美人在镜子里发现额角上怎么突然生出了一根白头发，于是狠命拔去，一不小心拔错了，拔下来的是根油亮黑发，而那根白发翘在那里怡然自得，于是再一次发动围捕，终于捉住了，一下薅下来，看看那根白发，晶莹透亮，有如银丝，发根上居然还带一星红艳艳的肉丝儿。却想不起来究竟是哪一天白了发。还好，望着满头乌发心里想着一根白头发有什么了不起，还想翻天不成？

可是，好景不长，过了不几天，照镜子时，忽然看见眼角微微几痕皱纹，若隐若现，心里寻思究竟是昨晚没睡好还是镜子有问题，不得而知，先拿干净毛巾来认认真真擦镜子，再照照，咦，怎么还有？换个角度，找个暗一点的地方看看，这下好了，皱纹不见了，在暗处自己还是那么漂亮。不由地想，以后还是少在太阳底下站，光天化日，一切尽收眼底。突然明白了一个道理，怪不得古人约会是月上柳梢头，人约黄昏后。在影影绰绰的月光下，姑娘个个都是美人。小伙子怎能不生爱意？还是古人聪明呀。

从现在开始，女子在心里告诫自己一定要从自己的字典里剜掉那个可恨的字眼，让它永远见鬼去吧。因为真的老已经开始，这时候，你如果还是不识时务地喊老，人家也许会从你的白发或者皱纹上找到证据，从心里认可，点点头，嗯，真的，好几年不见了，你真的老了。

可是，老是不可抗拒的，皱纹开始密集出现，眼角的鱼尾纹像一把打开的折扇，尽管各式各样的眼霜几乎尝试了个遍，你发现都是在吹牛，该长都在长，哪一个也不肯落下，饱满的两颊过去嫌它太过丰满，不够秀气，现在，塌下去了，可是秀气倒不见得，只看见疲倦。更要命的是眼皮也开始渐渐松弛，昔日灵气四泛的眼睛开始有了浑浊。

就像两军交战，交战伊始，守军一方竭尽全力拼命守住，攻城的一方开始倒也不见得强势，可是，渐渐的不顶事了，领土一寸一寸被敌人蚕食，终于大势已去，土崩瓦解，倒也甘心。没了牵挂，反而变成了一种潇洒，现在，你再也不用为年龄、为容貌劳心费神。

现在，女子已经老了，镜子就闲下来了，过去天天在镜子前流连忘返，现在用不着了，镜子上蒙了一层薄薄的尘，早就下岗了。不光是镜子闲下来了，人也闲下来了，没有了以前的忙碌，不用急急忙忙化了妆去赶场子，在这个场合或那个场合之间奔波。

可是不知不觉的，当脸上的青春丧失之际，原本虚弱的内心却在悄然成长，有一个声音说，没关系，不就是老了吗，又不是天塌下来了。于是，看看四周，一切照旧，太阳并不是因为你老就不肯照耀你，大地也并不因为你老就不肯负载你。你对自己说，老就老了吧，没事的。

光华路空无一人

周末，我去街上买几个小东西，看见一家新开的小店，门脸装饰得不错，走进去看看，里面人很多，大都是小女孩，正是购买力旺盛而兜里没钱的年龄，在那里挑挑拣拣就是不掏腰包。

个头娇小的店员很热情，问我需要什么，我说想买一把梳子。小店的一排货架上挂满了各式各样的梳子，我让小女孩给我拿一把看看。她很热情地招呼我稍等，然后前去取东西。

忽然，她折回来了，脸上的表情有一些怪异。我思忖着人家忙，怕是有别的事，便走到货架前准备自己拿，一抬头看见一个女孩的旁边站着一个男孩子，他的手异常敏捷地伸进女孩衣兜，女孩子大概被眼前琳琅满目的梳子给迷住了，竟没有察觉到。

小偷掏了一下，可能东西不好往出拿，又准备掏。这时，我眼一扫看见很多人和我一样都看见了。

但是，大家好像有一种默契，立刻移开目光，装作没看见，也没有人吭气，连咳嗽一声都没有，刚才还很喧闹的小店显得很安静，空气里有一种怪味。没有人说话，我也没有。小偷扫了一眼四周，这时，我捕捉到了他的眼神，那里面有猥琐，奸猾，还有一丝胆怯。不过那一丝丝胆怯很快就不见了。他看见了四周人们的胆怯。

女孩觉察出四周诡异的气氛，忙检查衣兜，并没有呵斥身旁的小偷，只是立刻闪身出门。小偷向四周看看，像个普通顾客一样，不慌不忙出门。

过来好一会儿，小店里凝固的空气开始慢慢解冻，人们又恢复了正常的走动和交谈。个头娇小的店员忙忙过来替我取梳子，什么话也没说，只是嘴角挂着一丝尴尬的微笑。其实我很想问问她，可是话到嘴边又止住。我也很尴尬，似乎自己刚做贼了似的。购物的兴致早已无踪无影。

我想起上次在公交车里遇见的窃案。那次是在一个夏天，我坐在公交车的后排，前面一排坐着一个老人，六十上下，头发花白，脸色黑里透红，旁边斜靠着一双拐，看样子腿脚不太利索。

不久，上来一个年轻男子，人很细瘦，身上披着灰色细格子西装，看着滴里耷拉的。他慢慢地斜靠在老人的座位上，眼睛漫不经心地扫视一下四周，格子西服渐渐滑落下来，遮住了他的手。他的衣服几乎挡住了所有人的视线，恰恰在我这里形成一个死角，我看得清清楚楚，他的手伸进老人右边裤子口袋，奇怪的很，这时空气里也弥漫起一股怪异的味道，和今天我在小店里嗅到的气味一样，我忍受不了那种味道。车靠站时，我站起来，一言不发地盯着那个小偷。他显然没想到有人会给他来这么一下，他企图用目光威胁我，那目光里含着吓唬、狡诈还有少许的心虚胆怯。我和他在目光里对峙，自己也不知道哪里来得那么一股子勇气。

在我的注视下，人们开始好奇顺着我的视线看，所有人都看见了，他的障眼法立即成了作案的证明。目光的压力使他半路下车落荒而逃。老人早就明白自己遭窃，但是出于怯懦他并没有声张，也许那个口袋里本来也没有什么钱吧。众人的关注使他有些尴尬，不久，也赶紧下了车。

过了不久，有一天下班，天气尚好，我步行回家，很久都没有这种晴朗的天气了，街道边的垂柳不知不觉地萌出了绿意，风拂在脸上觉得有如丝绸滑过。我是个喜欢胡思乱想的人，一路信马由缰。忽然，旁边不知什么时候闪过一个半大小伙子，我竟然没有注意到有人离我这么近。一抬头不觉到了光华路的菜市场，两边和平时一样的热闹，很多人在看我，眼神怪兮兮的，隔岸观火的味道。我急忙看看身后的包，一道白白的划痕，里面的钱包已经不见了。显然刚才在我身旁的那个人是个扒手，作案情形两边的人看得一清二楚，可是光华路上竟然没有一人说话，好似空无一人。

别人

女儿对我说：有一个人，学习好，不睡懒觉，不乱花钱，不上网，不用手机，人人都夸他。你知道他是谁吗？

我摇头。

这个人的名字叫，别人家的孩子。说完，她看定我，长睫毛的眼睛一眨一眨。

我愣了一下，随即笑了。这孩子是在拐着弯表示不满。

平时聊天的时候，我爱拿她和别人家的孩子比较，总是告诉她，三人行必有我师。要学习别人的长处，没想到她早已经反感了。

她不喜欢拿自己和别人比，特别是比她优秀的孩子，因为老是比不上那个"别人家的孩子"。比来比去，越比越灰心。

可是，我们却总是喜欢拿自己和别人比较。

别人，是我们的一个心结。自己究竟怎么样？"别人"说了算。

这个"别人"不是一个具体的人，而是臆想的某种观念或者标准的化身。

我有一个熟人，北大毕业，现在业已步入中产阶级，车房自是不必说，小孩也很优秀，高中一毕业也保送了北大。可是，最近朋友聚会，他却显得情绪低落，一个劲儿地喝闷酒，大醉后，把头埋在胳膊里默默地流眼泪，神情里含着深深的挫败感。大家问他，他说感到自己很失败。大家吃惊：他是佼佼者，大家羡慕的对象。怎么回事呢？原来，他说大学的同学里已经有好多人升官发财了，他和人家简直没法比。

大家笑说，如果连你都感到充满了失败感，那我们简直没法子活了。

回到家里无意间提起这件事，和家人说原来以为他是幸福的，按陕北人的说法是天天喝芝麻香油呢。女儿说，那要看和谁比，就像我的成绩，是好是坏看是和谁比。他幸福不幸福比一比就知道了。

我慨叹他的"比"，把自己生生比成了一个不幸的人。可是回头想想我自己不是一直也处于比的状态吗？而且，更要命的是已经习惯了和比自己强的人暗暗"比"。这一"比"，一切成绩都微不足道，倒看见了生活处处不如意。

"别人"是我们心里的一个槛，要认识自己，和"别人"比一比就知道。一般来说，我们拿来比的只能是比自己强的人。这一比，一切好感觉都打了水漂。

原来天外有天，人外有人，自己的一切努力都微不足道！

"别人"不仅是我们的参照，更要命的是，还参与到了我们对世界的评判和认识。影响到了我们看世界的眼光。

从异乡到异乡 / 高安侠

陕北有句话"不和人家一样。"基本上是个批评的话，指某个人思想做法另式另样，不和别人一致。在我们的潜意识里，做什么事情都要和别人一模一样，才不会被认为是另类。我们害怕成为一个独特的存在，更愿意抹去自己，被打包在"大家"这个群体里，这样安全。经验告诉我们，枪打的是出头鸟，和大家一样就不会被人当作打击目标。就连莫言也说，不愿意做一只白色的乌鸦。可能是对盛名带来的副作用体会深刻。

还有一个更微妙的理由，似乎别人的看法才是标准答案。和别人一样意味着你就是对的，要是和别人不一样，你就是错的。我们丧失了独立判断能力，就像不会走路的孩子，要依傍着大人才能蹒跚。要是没有了别人的存在，恐怕我们会六神无主。

于是，我们努力和别人一样，只有一样了，才能让我们心安。才能获得合理性和正当性。在人群中淹没自己，在平庸中获求到安稳。彼此抄袭，相互模仿，磨钝了自我的锋芒和棱角，彼此类似，再也没有和别人不一样的地方。一样的思想，一样的做法，一样的生活。我们变成了别人，或者别人代替了我们。也许有一天，我们终将要离开这个世界的时候，才恍然发现，原来，根本没有按照自己的想法活过一天，我们的一生只是别人的复制品。

脸色

四月的一天，我去西安一家公司办事，说好十二点钟在高新路碰头，可等了半天也不见要联系的人。实在无聊，我就到近旁的世纪金花里闲逛。

已是仲春天气，大街上相当的热，白晃晃的街面开始蒸腾出热气，行人的身上渗出薄汗，刚把衣服脱下，却觉得有些凉意。到底是西北，热又热得不彻底，虽热却薄，没后劲。也不敢穿得太少，一不小心就会感冒的。只好那么捂着，忍着顶头的大太阳。

这世纪金花里面却是另一番景象，安静、清凉。昂贵而丰富的各类物质精心摆放，充满了艺术感，看着和一般的商城就是不一般。各个专柜前导购小姐肃立恭候着顾客，可是顾客却稀少得可怜，半天才看见一两个。

无论你经过任何一个品牌专柜前，都会听到导购小姐甜美的问候：欢迎光临。有时候仅仅是路过某个品牌的门口，压根就没打算进去，导购小姐也会一丝不苟地问候一声。我觉得声音里的温度刚刚好，就像春天里的阳光。即使光听到声音也能感觉到嗓音里含着愉快，是一种发自内心的欢迎。既不是干巴巴的敷衍也不是热情得令人不安。还有，那些导购小姐一律都是标准的八颗牙的微笑，不过分热情但也不缺斤短两。虽然我也能看得出来，那微笑的皮肤下面，真皮组织或轮匝肌却是压根没动一下。其实，谁都明白这声问候和微笑里只含糖分却不含感情，稳稳当当地甜，那是年轻嗓子的功劳。至于皮笑肉不笑，我更理解，见个人就要问候兼微笑，搁在谁头上能保质保量？一天到晚笑到最后，恐怕脸上的肉都会笑酸的。

我觉得她们对顾客的心理是有把握的，礼貌但不过分。甚至微微的敷衍也能让人谅解。

记得前次到一家商场买东西，导购小姐热情得过头，我要买一双鞋，她一定要替我穿上。刚开始倒罢了，换穿了几次，忽然觉得有一丝内疚，似乎不买人家的东西就有些对不住这份殷勤似的。无奈只好匆匆掏钱，逃也似的离开。以后再也不敢去那家商场。

热情也要适量，就像炒菜放盐，不能太多，也不能太少。过于热情自然会让人有压力，态度冰冷更不好，童年时期的一次买饼干的经历让我终生难忘，对售货员充满了畏惧。

小时候，似乎什么东西都缺，饼干自然更缺，有点像今天的奢侈品。记得"六一"那天，听说合作社有饼干卖，长长的队伍早早排起来，从柜台前一直排到院子里，然后迤逦几个弯七扭八扭的到了小街上，我排在中间，焦急而坚定地等待，一遍遍数着前面的人。当然有加塞的，都是有权有势人家的孩子，没人敢于指出，卖饼干的女营业员也不理，两只大辫子在背后像两只油光水滑的蛇，甩来甩去的，脸上没有表情，只是麻利地拿夹子夹出足够分量的饼干，放到圆盘称上称重，报钱数。然后倒进一张麻纸里，麻利地扎好。我渐渐地往前挪，几乎是一寸一寸地。眼看前面只有六个人了，胜利在望之际，却听见前面的人嘀咕，好像饼干不多了，矮小的个头使我无法看见柜台里面的真相，只好心存侥幸，刚刚轮到了，年轻的营业员面无表情地宣布："没了。"我的心一下子跌到了冰窖子里，眼巴巴地瞅着柜台下的纸箱子，希望她变魔术一般，从底下拉出另一只饼干箱。

我固执地站在那里，期望奇迹发生。没想到她忽然很不耐烦地呵斥，听见没有？耳朵聋了？说没了就是没了，滚回去，下班了！

我吓坏了，一时不明白自己究竟做下了什么错事，惹这美丽的姐姐生气。后来把这件事说给别人听，大家都说，那有啥稀奇？那时候的营业员都是那副德行，"方向盘营业员，杀猪刀子也有权"。谁料世事轮回，现在一切都好像颠倒过来，营业员见了人恨不得拉住、拽住，不管你掏不掏腰包，殷勤地送上笑脸，就像看见亲人一般。

在一串串温柔甜美的问候里，我穿行于精美商品中，那些商品好像长着一双双无形的手，偷偷地朝你招手：来看看，来看看。终于拐进一个专柜，专卖化妆品的。我对这个牌子仅限于知道它贵，贵到了使女人们相信，买了它就会拥有宣传画册上那个明星一样完美的脸。

无意间看中一瓶香水，目光刚刚落在那里，旁边站着的那位导购小姐轻盈地走过来，亲切地问我，姐姐有什么事需要帮忙？得知我对这个品牌的香水感兴趣，连忙殷勤地给我介绍它的显赫身世，这是来自巴黎的世界名牌，如果你拥有了它，你就会拥有无与伦比的魅力，世界上所有的男人都会为你倾倒，拜倒在你的石榴裙下。

导购小姐长得很漂亮，刚刚好的年龄，刚刚好的妆容，再配上刚刚好的微笑，那么恰到好处。我更是暗自敬服年轻女孩熟极而流的专业知识，随口问，"这么贵，值这个价吗？"导购小姐自信满满地回答："要是没有效果，谁愿意买这么贵的东西呢？"

我想不出这句话到底有道理没道理。只是从她笃定的表情里受到了鼓舞，心思略略动了动。就在这时，我的手机响了，我拿出电话，是我刚才要找的人。刚说完话，扭头却不见了导购小姐，只见她更殷勤地给另外一位刚进门的顾客介绍产品，似乎完全忘记了我的存在。我有心想看她下来怎么办，就耐心地在里面等待，拿起这个看看那个，一直等到那位顾客离开，也不见她过来。只好讪讪离开。

临出门有意回头看了看她，只见她偏转脑袋和另外一个女孩说着什么，两人低低地、很克制地笑着，捎带着瞥了我一眼，眼神里含义复杂。女孩子那么复杂的眼神，一时竟让我迷惑。

回到家里说起今天这件事，觉得奇怪：怎么好好地，她就变了脸呢？还有那脸上诡异的表情。

我的孩子听完了整个过程，立刻说，问题出在你那旧手机上。

手机怎么啦？

什么时代了，人家都是苹果 7 了，你还用着八年前的按键手机。说着她拿起我那八年抗战的老手机，模仿我打电话的样子。

哎哟，妈妈你寒酸不寒酸哪？

我的旧手机当年才花了不到四百元，八年了一直忠实地负责我和这个世界的联系，且从来没有毛病。如今，它已样式老旧，漆皮磨损，按键模糊不清，在别人眼中拿着这样的手机着实有些跌份儿，但我一直珍爱着它。谁承想，今天它的亮相，使那女孩子窥见了我的荷包，因而变了脸色，也好，这个旧手机竟成了一面镜子，照见了她笑脸背后的东西。说到底，那些好看的脸色不是冲我来的，是冲着钱包来的。

飘零

她站在一幢高楼的顶部。

足有二十层的大楼尚未竣工，内部的装修刚做了半截就停下来了，场面看起来有些仓皇、凌乱。快过年了，工地上空无一人，工人们回家了。

楼顶的她迎风而立，风吹起头发，凌空飞舞。她俯瞰着人间，节日的街道两边，大树上装饰着红艳艳的灯笼串，虽然还是寒冬，但已经让人感觉到了春天的喜气。大地上的人们来来往往，忙碌着自家重要的事情。谁也没抬头看见她的存在。

过了一会儿。也许过了很久。她像一片羽毛，慢慢飘起来，自由自在，无牵无挂。

人们都在盯着眼皮底下的事，匆匆朝前赶路，谁也没有注意到她的飘落，就像没有注意到这个春天究竟是哪一片叶子先萌发。

我们正在一家饭店吃饭，大家推杯换盏，酒酣耳热。美丽的歌手正在唱《山丹丹开花红艳艳》，多么动人的歌，远离家乡的朋友跟着小声地和，说走遍天涯海角，还是咱这儿的歌好听。

正说着，另外一个人的手机响了，他拿起看看，似乎不太愿意接这个电话，良久，还是按下了接听键，随后，漫不经心地站起来，踱出去，谁也没注意他。

不久，他进来了，开始忙碌，拿出随身的电话簿，一个电话接一个电话。饭桌上欢乐的气氛似乎被他的电话冲淡很多，他的脸色有些焦虑，额头紧紧地皱着，形成了一个"川"字。虽然，他尽量控制着情绪。

好在不久大家就散席了。曲终人散之后，剩下的是累。在回家的路上，他说，一个刚刚考上村官的年轻女孩跳楼了。我好像有些反应不过来，村官、女孩、跳楼，这三组词多么不搭界，好像不是一回事。我还想问更多的内容，比如，为什么自杀，她在哪里当村官等等，但他一律摇头，说没有人知道这些问题的答案，只知道女孩是从二十层楼上跳下。二十层，他强调。

一个普通人，以非正常方式结束自己的生命时，好像在茫茫人海中探出了头，别人才会注意到她的存在。一时间，这个事件成了焦点，人们都在关注和议论。猜测事情背后的原因。我不认识她，也不知道她的姓名，在这件事之前，我们都是这个世界的微尘，彼此不知道对方的存在。对于她的决然离开，我感到茫然和无力。

在网上，她的同学举办追思会，有人把她的一段视频传了上去，2008年奥运会期间，她曾经作为本地奥运火炬手助跑受到记者的关注。靓丽、苗条，长发飘飘跑过镜头前。

面对记者的采访侃侃而谈，看不出丝毫紧张或者怯场。人们说，这个女大学生不仅性格开朗、健谈而且多才多艺，自己创作歌曲并演唱。在网上，同学对她的死亡表示了极大的迷惑，没有谁能想明白究竟是什么原因让她离开阳世。

我曾和她的同学交谈，按通常的状况猜测，或许是女孩遇见了棘手难解的恋爱问题？她的同学说，没有的事，在大学里，她已经谈过几次恋爱了，应该说早就有了免疫力。再说，她那么年轻漂亮，追求者肯定排队呢，现在的孩子没有那么死心眼的。那么，或许是工作问题？当村官虽说算不上一个好职业，可近几年大学生就业格外困难，公务员考试的火爆程度早已说明了这一点，就连村官的录取比例也是20：1，毫不夸张地说，考村官比考大学要难，这个工作也是值得珍惜的。再或许是工作局面难以打开，人际交往不顺利吗？这个问题可没有人能回答，刚刚工作半年光景，谁也说不清究竟是遇见了什么难肠事。

我在心里一件一件地替她排查问题所在，最后，一无所获。然而，我十分清楚地知道，赴死是要付出极大的勇气，她一定是遇到了难以跨越的坎。一粒稻谷对蚂蚁来说就是一座小山，一捆百元大钞放在狗面前，不如一根骨头。人与人的不同远远超过人与植物的距离。我与她或许隔着万水千山，又怎能蠡测她的内心？或许，别人眼里的小土丘在她就是大山了。

忽然，对她充满了怜惜。一个活生生的人，那么美丽而脆弱。原谅我没能替你分担痛苦，而你的离开让我格外惋惜。

死亡近在咫尺

一个亲戚在电话里告诉我，表姐得了病，在家里将养，具体什么病不清楚，但是在家里养病，可见不是一般的头疼脑热。我和爱人商量着，决定到周末去看看她。

已经是春天了，开车往她家的路上，看到十里桃花开得旺，在春阳下那么明艳活泼，可是，一想到亲人得了病，便觉得花开得再艳也无趣，甚至无理。

拐过一条小街，就到了他们楼下。表姐夫开了门，一瞬间我都愣住了，原来表姐夫一头厚重浓黑的头发变得花白且稀薄，见了我们，疲惫的脸上勉强挤出一丝笑。

表姐在沙发上坐着，人瘦得厉害，眼睛陷进了眼窝内，颧骨高高地冒出来，披肩长发变成了短发，猛一看根本就不认识了。这个就是半年前还教我学习开车的表姐？

记得那时，天气还冷，我们在野外的一块荒滩上练习开车，表姐个高腿长，开车的姿势真是很帅，倒车、停车、钻杆、移位熟极而流。相形之下，我显得笨手笨脚，不是忘记踩刹车就是把车开到了路边水沟里。表姐笑着说，要这么开的话，你的新车早就成了一堆废铁啦。休息的时候她又兴致勃勃地和我讨论今年女装的流行款式，怎么穿衣打扮，表姐最在行，我买了衣服不知道怎么搭配几乎都是电话请教她，也怪，表姐就有这个能耐，在一大堆长长短短，五颜六色的旧衣裙中挑出几件，那么随意一搭就是一种新感觉，既时尚又省钱。

不想，我刚刚拿到驾照没多久，她就害了一场大病。天南地北的医院都跑遍了，能想的办法都想了，但是那些可怕的肿瘤细胞还在身体里疯狂扩张，肆意破坏。

表姐说，里面女性的东西几乎拿完了，医生说，还要化疗。所说的化疗就是用化学药物杀死癌细胞的一种治疗办法，杀死癌细胞的同时也会伤及身体。许多病人化疗几次以后，头发就脱光了。说着，表姐下意识地摸摸自己的头发，还好，现在头发都在。说完笑笑。我看看她的头发，想摸一摸。但又不敢，生怕它们不高兴会全部掉下来。

表妹提醒我说，咱们平时没事都要常常体检呢。不要以为没发作就是没病。我忽然想到，就在半年前，我们在一起学车，那时，她浑然不知可怕的癌细胞就在体内疯狂破坏。这么说来，病其实离我也很近，或者就潜藏在我身体某处，随时暗中伺机。表姐说，直到现在，我还想不通我怎么就得了这个病？

说这句话的时候，"我"字咬得很重。我们都以为生病离自己很远，用不着担心，生病是别人的事。如果生病二字和自己扯上了关系，就有些不能接受。

我想起多年以前，我的一个学生，好端端地得了白血病，那时，她才 17 岁，正是花季，圆圆的脸，大大的眼睛，乌黑的头发，女孩子最好看的时候也就是这个年龄吧。我看望她的时候，她正躺在床上，头上一顶小帽，见了我似乎有些羞赧，不愿意叫我看见似的。母亲在一旁一再提醒：你的老师来看你啦！半晌，女孩子才把搭在眼上的手挪开，我看见眼睛红红的，似刚哭过。心里很难过，有些不知道说什么好。告诉她要坚强？要乐观？又觉得可笑，只是嗫嚅几下没开腔，也许当她与死亡短兵相接的时刻，我们这些远远观看的人都有些隔岸观火的意味，隔空喊话加油助威，毕竟有些站着说话不腰疼的意思。我只是握住她的手，默默坐着。

女孩子好一会儿才开口，用一种几乎拼尽了全力才控制住情绪的平静，问我：老师，你说为什么我会得这个病？"我"字咬得同样很重。

我懵住了。是的，全世界、全中国、甚至我们生活的这个城市这么多人，为什么倒霉的病偏偏落在了这样一个好女孩身上？

沉默了半天，女孩子开始流泪，一句话不说，任凭眼泪无声地从眼睛里涌出，落在枕上，悄悄地渗进去，慢慢洇湿了一片。而我只能沉默。那时候，我多么希望有上帝站出来，告诉我们这一切安排究竟是为了什么。

为什么会生病？似乎是一个无法解答的问题，彩票不论中在谁手上，都觉得应该自己得到。可是厄运到来，谁也难以心平气和地接受。换作我也是一样的。

一个月以后，女孩去世了，她的母亲哭得很伤心，我难以安慰她。

如今，这个问题又被表姐提出，自然还是难以回答。只能默默拉住她的手，如今，这手已经瘦得不成样子，皮包骨头，金戒指松松地套在无名指上，可能怕丢掉，里圈缠了丝线，还是那么爱整齐爱干净的人，病了也记得考究这些细节。

我忽然想，假如有一天是我生病了呢？那么我能接受这个事实吗？心里立刻有一个硬邦邦的回音：我怎么会病？

看来，在我的心里，我也以为这些倒霉的事情应该离我远远的，那么谁应该得病呢？似乎找不着答案。

如今，又是一年春天，桃花依旧绽开满脸甜笑，玉兰花洁白的花苞，好似枝头上站着数十只白鸽子，盈盈欲飞。迎春花不拘哪里都会开出一大片黄灿灿的碎花。表姐走了一年多了，再也看不见春天了，但她的问题一直沉甸甸地搁在心里，每到春天繁花似锦的时节，便会想起来，不知道该向谁寻求答案。

灾难一步之遥

那天跟往常一样，上班一打开电脑。小小的对话框里跳出了一行字"西安嘉天国际发生爆炸"。嘉天国际？好眼熟的名字，在哪见过？恍然想起是我女儿每天赶上学坐公交车的地方，好像就是这个名字。心里猛地咯噔一下，看看爆炸时间 7：40。

我忙拿出手机给孩子打电话，手不停地颤抖，按错了几次号码，打过去那边却关机。脊背微微地开始出汗，这么冷的天，一时无处抓寻。只好在电脑上浏览，寻找一切相关信息。看见刚刚上传的图片，一片狼藉的爆炸中心现场，好像谁在那里扔了一颗炸弹，昔日光鲜亮丽的街头小店满目疮痍，小饭店的门窗炸飞了，里面黑洞洞，一片凄惨。红艳艳的饭店门头胡乱扔在地上，上面写着肉夹馍、凉皮等西安小吃。一只粉红色的学生书包丢在那里，上面画着灰太狼，小主人却不知去向。近旁的几辆汽车灰头土脸，玻璃全碎了。场景让人想起硝烟中的利比亚或者伊拉克。不久有遇难者名单上传，心提在嗓子眼，飞速扫一眼，没有。镇定下来，仔细再看一遍，没有。

这么说我女儿现在是在课堂里？

周末，我到西安看望上高中的女儿，没承想见面三句话没说完，她就开始皱眉噘嘴，不是嫌我啰唆，就是嫌我管得太多。我心里也感到很不是滋味，每周辛辛苦苦从延安赶到西安看她，热脸蛋却贴在冷屁股上。现在，她似乎离我越来越远，我一张嘴说话她就烦。我刚说"学习"二字，她就拖着长腔接上："知道啦——要好好学习"。语气里满是不耐烦。我张着嘴愣在那里，不知道下面该怎么接茬。下面的谈话可想而知，说什么她顶什么，好像把大人的心思看得透透的。很明显，她对我不仅不耐烦简直讨厌。

既然话不投机干脆早早回家，于是出门买了车票，临走，我问她：我回去了，你几时上学去？女儿头也不抬说，我现就上学去。语气冷冰冰没有一点点对我的留恋。

在回家的路上，我的心冰冰凉，不明白我们母女怎么竟然处成了这样，连个路人也不如，感到作为母亲的失败真是让人心灰意冷。

好容易挨到晚上，等她下了晚自习，我才能给她打电话。也只有在电话里，她的口气才温和一些。她问我知不知道西安发生的爆炸？我有些激动，说话嗓门又高起来：怎么会不知道？那是你上学乘车的站口，我都担心死了。

女儿在电话里笑了一下，我感到那笑声里含有一点点歉意，过了一会，才说：妈妈，昨天幸亏和你顶嘴闹得不欢而散，我才早早到校了，你知道吗？那家小店我常常去的，我特爱吃那里的凉皮。她说的那家小店就是爆炸的中心。

我心里"咯噔"一下。我们仅仅是因为一个偶然，逃过了那场灾难。多险！而那些死去的人们也许仅仅早走了一步或者晚走了一步，便罹难非命。

原来，灾难离我们如此之近，只有一步之遥，一不小心便会迎头撞上。在庆幸之余，深感活在世上的每一天都充满了风险。任何一个小小的偶然事件都可以导致险恶可怕的后果。

难以捉摸的命运啊！

那么，那些死去的人呢，也许和任何一件惊天动地的事一样，一时间成为众人关注的焦点，大家议论纷纷，据说，爆炸是因为那些街边小饭店的天然气管线年久失修，官方表态，全市普查管线，查找隐患，不留任何死角。

不过，等事件还没平息，就会有其他新的事情吸引公众眼球，这个世界每天都有新鲜事。而嘉天国际的爆炸事件就像热腾腾出炉的烧饼，热一阵子马上就凉下来了，没有人再去关注，那些暴露出来的问题也在大家的忽视中悄悄闪身过去，隐藏起来，等待下次。而死去的人便淹没于更多新的事件里，渐渐被人遗忘。

但是，我记住了他们，这件事使我深感他们与我有关，在对公众安全的忽视和对惨案的健忘里，很多危险因子暗暗潜伏了下来，遇见机会便迅速膨胀为一个巨大的事故。在将来某一个看似偶然发生的悲惨事件里，也许你我就是他们中的一员。

地上的弯眉

我们在一家公司上班，但我并不认识他。这几天他的名字被人反复提及，认识他的人沉重地叹息：那么好的一个孩子，怎么说没就没了？

从别人嘴里我断断续续地知道一些细节，关于他的死亡。

谁能想到呢？一个那么年轻的生命，死亡来得那么突然。他是一个小站的员工，大学毕业后招聘到我们这个公司。小站很偏远，离县城要一个多小时的路。那天，他和同事在站控室值夜班，夜深了，两个小伙子都有些瞌睡，那个说我给咱们泡茶喝。他说，浓一些，不敢睡过去了。

陕北的夏夜，入夜犹凉。过了一会儿，他感觉有些凉，不由地缩一缩身子，一抬头却发现窗户开着，就站起来，走过去关窗户，回身的一瞬间，倒在地上。同事以为他滑倒了，忙忙跑过去扶。却怎么也拽不起来。

没有任何先兆，之前他俩还说说笑笑的，就那么一刹那。他的同事反复向领导或者其他人复述这些细节，大家在这些细节里仔细咂摸，企图找出蛛丝马迹，哪怕一点点。

但是，没有。

一个健康而年轻的生命，怎么说没就没了？医生也叹气摇头。大家只能猜测，而这种无根由的猜测又让事件陷入一片混沌。在众人琐细的谈论中，他却渐渐鲜活起来。

他前年刚刚参加工作，不同的是，很多同龄人从大学的象牙塔里走出来以后，进入那些山沟里的小站，大多流露出深深的失望。我们这个企业很多场站都在山沟沟里，远离繁华的城市。但他很喜欢这份工作，常常在电话里和远在湖北某县的母亲述说对工作的热爱。"妈妈，我可喜欢我的工作了。这里的人对我都很好。这里的饭也好吃，我都吃胖了呢。"他的母亲缓慢地对我们转述他的话。年近半百的她，几乎一夜花白了头发，语气却很平静。在场的人眼睛里泪花在转，她却没有一滴泪。

喜欢自己的工作是不假。小站的站长说：他干工作从来都是非常认真的，说个实话，现在这帮年轻人里可真不多见。好几次，我发现下班了大家都走了，他还在那里干活。

小站实行倒班制，干十天休十天，休假的日子里，他要赶回湖北，在某大学攻读研究生。母亲说，孩子每月挣的钱除了寄回来一部分给我们，其他大概都花在学业上了。小站的人也说，这个年轻人不一样，下了班不打游戏，不喝酒下馆子，总是埋头在书里面。

他还给父母说，这里的人对我都很好，饭也好吃。是真的吗？一年前，他曾患肺结核，出院时病灶已经钙化，医生说已经过了传染期，可以上班了。可是，等待他的是众人的白眼和敌视。在饭厅的桌子上，同事们一看见他，立即变了脸色，端起碗就走，一张偌大的桌子，顷刻光光，只剩下他尴尬地独自用餐。他小心地将自己的碗筷与大家隔开，但是，只要一转身，别人立刻就会把碗筷扔进垃圾筐哗啦一声，刺破耳膜。有人给向上反映，坚决不允许他上班，理由是害怕传染。站长专门召开会议，反复强调，这个病已经过了传染期，大家用不着惶恐，但是无济于事，一种敌对的情绪似乎在暗暗增长，无形中影响着大家。在喊喊喳喳的议论声中，他选择了调离，离开了原来的小站。这个名字叫作白鹤坪的小站是他的新家，一切都将重新开始，他将作为一个正常人回到人群。

死亡，让他从众人中显现出来，犹如一滴水从海洋离析出来。人们忽然发现，身边有这样一个优秀的同事，大家纷纷想起他的好，就连那些厌弃他的人也禁不住悔恨，想起他那隐忍的眼神，歉疚的表情，勤快的身影，念起他那么多的好。但是，一切都晚了。

我每天上下班都走过一条青砖小街，看见总有些鲜绿的叶子凋零于地，像画在地上的弯眉。过往的许多脚踩在上面，一些泥泞和污渍便沾在细长的叶片上，几经反复踩踏，鲜活多汁的叶子就零落成泥。那个二十多岁的生命就像这凋落的叶子，让人无比怜惜。我不知道该怎么纪念那个不曾谋面的年轻同事，所以写下小文。

敲门

我在一家企业办公室工作，在我们公司来说，总经理是最大的官，自然就是权力的焦点。每天到这里来的人很多，我们时不时听见或轻或重，或急或缓的敲门声，看见形形色色的人门里进门里出。人多的时候，外面甚至要排队的，就像医院里一样。我们常常私下开玩笑说，好比专家门诊，专治疑难杂症。因为天天听见各式各样的敲门声，久而久之，竟然悟出了一些门道。

不同的身份，敲门声就完全不同。先说公司内部员工敲门，一般是这样的：一个身影，飘到门前。蹑手蹑脚，微微猫腰，先犹犹豫豫四下里望望，再前倾着身子，侧耳听听动静，眼珠转到脑门上，嘴巴半张着，能含住一只鸡蛋。屏住了呼吸，仔细地听。若听不见什么，再向前凑凑，耳朵几乎要贴着门，里面如果有人说话，就悄悄撤退。要是事情急，就要站在门外等候，有时候运气好，十几二十分钟里面的人出来了，就赶紧闪进去，迟疑半秒就会有人加塞。要是运气不好，左等右等里面的人不出来，快到下班了文件还没批，

169

急得没办法，只好站在那里抖腿倒脚，嘴里嘶嘶地吸气，好像害了牙疼。

至于外面的人，基本有两种，一种是求人的，一种是不求人的。求人的大都是推销员，西装革履，领带微微斜着，肩上背个电脑包，敲一敲门，要是没反应，就会到对门，也就是我们办公室来，腰身微微地弓着，满脸开花般的笑，无比柔软地问，王总不在吗？没有回音，就像对墙说话一般。办公室里大家每人面对一台电脑，似乎都在忙，没工夫回答问题。来人敲一敲门，以引起我们的注意，又问一句：王总不在吗？总算有人吱一声了：不在。哪去了？来人不甘心用更加谦恭的语气问，眉眉眼眼里满含着笑意。不知道。这是标准答案，领导的行踪岂能是随便泄露的？即使看见他出去上卫生间也要保密。我们大家又回到电脑世界里了，那人晾在一片沉默中尴尬无比。

没办法，叹口气，趄出去，跟自己的老板打个电话：他不在呀？咱们该怎么办？再等一等？好好好。请示完毕，便站在门外苦等，也许一天，也许几分钟，没办法，等领导就是这么没谱。

当然另一种是牛人，牛人一般不是一个人来，好几个人众星捧月般跟着他，稍稍靠后，让他显得更牛。打眼一看派头就不一般，脑袋奇大，脑门锃亮，脸面上白里透红，明光泛亮，虽是发了福，可皮肤被脂肪撑得展溜溜，一点皱纹都没有。头发历历可数，地方支持中央，将军肚前凸，皮带勒在肚皮以下，手里一般不带什么，顶多拿个手机，嗓门特大，声若洪钟。直呼老总姓名：这就是王建设的办公室？一听这口气就知道关系非比寻常。当然，他用不着敲门，秘书一看这派儿，立即打开门。来人大踏步而入。刚进门去，里间的人立刻有了反应：哎呀，什么风把你老兄吹来了？秘书迅速跟进，掩门，倒茶，然后识趣地悄悄退出。

里面洋溢着热烈的声音，时不时地听见笑声。就像新闻联播里说的，宾主进行了友好的会谈。秘书不停地闪进闪出，跟出来一股子浓烟，里面是龙王聚会——喷云吐雾。预示着整个下午我们又可以出去逛大街了。你想啊，这祥和热烈的气氛，中午少不了一顿酒宴，喝醉了肯定要休息的，领导金贵，身体可要好生保养啊。这样，我们又可以放放心心逛街了。

当然，敲门不见得都是那么祥和而尊敬，总有擂门的主儿，这样的人一出现就预示着公司有了麻烦，上个月，公司和地方老百姓因为征地闹矛盾，一个农民不知怎么死了。一天中午，一个农村打扮的中年妇女风一样卷过来，任保安怎么劝都劝不住，一扑到老总门前擂门，拳头猛擂脚尖猛踢，开门！开门！秘书应时出现，像一尊门神，结结实实堵在门前，女人怎么也不是年轻小伙子的对手，推也推不开，拽也拽不动，末了，蹲在地上开始放声大哭，声音刀片似的。哭死鬼抛下孩子老婆自己享快活，苦自己命苦孤单，哭孩子没依没靠受欺负。哭声听得瘆得慌，但是谁也不敢上前去劝，生怕那女人沾在自己身上。先开始办公室里探出来无数脑袋看热闹，那女人见人多，声音愈加响亮，整个楼层都回荡着哭声，不知怎么大家有点尴尬，纷纷将脑袋缩回来，门掩上，悄悄地。都不知道该说什么好。这种事好像一时还难以说出个是非对错，再怎么人家的丈夫死了，要点补偿也不过分，可是……唉，这个道理还真不好讲。办公室里一片沉默，只有门外的哭声孤独地响。大家很忙谁都不吭气。老总的门，自始至终没打开，我们都奇怪，难道老总化为一缕青烟遁了？这个问题大家讨论了好几次都没个准确的答案。末了，大家猜想一定是从暗门里走了，难道电影上的情节竟真的存在？

　　各种各样的敲门听得久了，只有有人来，我们头不抬眼不睁地就知道啥人来了，要是人家问咱话，几乎不用过脑子，见什么人说什么话熟极而流。我们从敲门里看见了各色人等，也看见了世情百态，当然也看见了我们自己。

第四辑

白发石油

他的奋斗历程既是一部光荣史也是一部心酸史。每一代石油人的心里大概都藏着一部长篇小说。

巡线的人

今天，开始了巡线生活，我将要踏勘本单位所负责的这段 57 公里长的线路。2013 年，我所在的石油企业遭受了百年不遇的大暴雨，发生一起管线断裂事故。渗漏的原油顺流而下，造成了水体污染，给公司带来不小的舆论压力。为此，公司特地安排各部门下基层参与巡线，将事故隐患消灭在萌芽阶段。

无疑，办公室生活的沉闷使得这个野外工作显得格外有意思，还没有轮到我的时候，我就暗暗地开始盼望了。

一大早，吃了早饭，我们和高航队长就上线了。正是雨季，昨天刚刚下过大雨，空气湿润，山上大团大团的雾气翻滚着涌过来，能见度不足十米，山路被遮蔽了，人好像行走在云雾里，衣服被雾气打得潮乎乎的，似乎拧一把就能拧下一碗水来。小高在前面带路，一边走一边拿长棍子朝路边草丛里击打，沾在草叶上的露珠跳起来，闪一道银光，藏匿在草丛里。小高说，夏季有蛇，得小心提防着。

这是一段下坡路，小路狭窄崎岖，湿泥沾在脚上，渐渐成了一个泥坨儿，步履沉重，脚下稀滑，走路要操心，好几个人摔了跤。开始觉得热，背后像背着一个小火炉，后悔不该穿得太厚。

今年初夏的雨水丰沛，山上灌木乔木疯狂生长，往常巡线工踏出来的路几乎被野草掩埋，但黄色的线路标志桩很显眼，凭着标志桩的指引，大致还能顺着管道行走。

小高很认真，管线左右不时停下来细看，哪里有塌陷，哪怕再细小，也要看看，顺手拿铁锨挖土回填，先灭了那些隐患。

去年我们的这个石油公司经历了几起事故，损失挺大的。反思事故深感巡线管理的重要。俗话说："千里之堤毁于蚁穴"，小小的塌陷可能会酝酿出一起大麻烦。更为严峻的是，打孔盗油，这类事情屡禁不绝。巡线工如果责任心强，便能早早发现端倪，避免重大损失。

这也是我们下基层巡线的原因。

一路没有人说话，大家的眼睛只顾盯着前面人的脚后跟，生怕一个不留心滑倒。细细的小路越走越长，蜿蜒盘曲在山上，好像没有尽头。两边的灰条草分外高大，远远超过正常状况下的身量，有的竟然超过了树木。眼见一棵灰条草竟然骑在一棵丁香上面，枝叶在半空里招摇，可怜的丁香灰头土脸的，有冤无处诉的样子。我试试拿手拔掉这棵"欺人太甚"的野草，没想到它根扎得极深，丝毫撼动不得，"啪"一下枝干被折断。小高笑了："死不了，过不了几天它又会蹿起来。"

面对这棵貌不惊人的野草，只好叹口气，算了，让它好好长吧。在这个世界里，没有谁是多余的，它有权力生长。

空气越来越潮湿，衣服粘在身上，裤子裹着腿，行路艰难，不知名的鸟儿歌声里沾了水音儿，婉转灵动，只在左右却看不见踪影。一只白蝴蝶歇脚在一茎细长的冰草之上，一动不动，酣梦正沉，蝶衣上布满细小的露珠。冰草的细腰一弯一弯，它也跟着一颤一颤，那么安心地睡，好像母亲怀里的婴孩，不忍心打扰它的好梦。

小高大学中文系毕业，但是中文系大学生的温雅早已经被石油味儿覆盖，更像一个石油人。肤色黑黑的，一笑露出白白的牙齿，很淳朴的样子。他们经常走这条路，显得轻车熟路，不像我们几个气喘吁吁，一停下来，个个一手扶腰，一手扶棍，上气不接下气。

和所有巡线队一样，人手紧张是个最挠头皮的问题，只好从附近农村雇人，工资太低，仅仅一些年纪大的农民愿意干，年轻人是不会接受这个营生的，在城里，哪怕蹬三轮，也能挣个两三千块钱。好在这些年纪大的巡线工都是本地人，都有自己的苹果园，一年收入不菲。

洛川富县一带的苹果种植已经成为本地一项支柱产业，种苹果致富的人比比皆是。在富县的交道塬上随处看见农村崭新的房屋，以及院子里停着的汽车。与陕北以北很多农村的凋敝形成鲜明的对比。那里主要依靠油煤资源使得一部分人迅速发财。但是更多的，与油煤产业没有什么关联的农民却依旧贫困。贫困与乍富形成一种紧张的对峙关系，鲜明的对比，谁也说明不了谁，谁也掩盖不了谁。我觉得健康的富裕应该是这样一种均衡的状态，如果一个地方贫富差距过大，产生的问题将会源源不断。

跟我们一起巡线的老王，也有自己的果园。一提起自家的收入，他很是满足，儿子女儿都大了，在城里工作，自己习惯农村生活，不愿意进城，每年果园的收入比儿子的工资还多，果园的营生也不是很忙，就捎带着做了巡线工。"嘻，权当锻炼身体。"他说。

我觉得他的选择是对的，我越来越看不出城里生活有什么好，那种喧嚣与浮华只能让人越来越寂寞。其实看看人的表情就知道，每一个人，在强大的城市面前都显得那么脆弱，那么无力。

任何一项工作都有它的困难，巡线最大的困难就是寂寞。这也是年轻人不愿意干的一个原因。你想想啊，一个人在规定的线路上，天天月月年年就那么走，没有伴儿，一天也说不上几句话。再美的风景也因为熟悉而淡然无味。

天终于放晴，我们要翻一座山去高家河村。上山好走，下山难，几乎不敢朝下看，只顾瞅前面巡线工老郭的脚后跟，一眼瞅定，他刚刚踩出的脚窝儿，一脚踏上去心才稳当一点。忍不住朝下窥探一眼，几乎要晕眩，赶忙回眼再看人家的脚后跟。晴好的天气，太阳渐渐威猛，汗水流进嘴里，一股子咸津津的味道。一根刺加苗猛地刷打在脖子上，被汗水一浸泡，痛得钻心。

巡线工老郭说，这条管线一直护理得很好，水工保护到位，一般下雨都能安然无恙。又指一指旁边长庆油田的管线，说那里发生了一起打孔盗油事件，亏得我们的巡线工老冯及时发现，赶紧给他们报了案，才免除了一场重大案件。

老冯是谁？

那不是？老郭朝山下一指。

山下，平坦的川地里，雨后的大地干净清新，万木明媚耀眼。玉米雄赳赳气昂昂地站在河边，一派军人气概。万千浓绿中闪着一点红，那是穿着红色工衣的老冯。河边洁白的小屋便是他的家。

老冯是高家河村人，但天天住在巡线房里。小白屋内打扫得干干净净，被子叠得整整齐齐。老冯早已经把茶水沏好，他早已等待多时。

白云飘飞，凉风过耳。一只小蚂蚁忙忙在地上爬过，不知道有什么急事。一切令人想到世外桃源等美好的词。

"老冯，你老婆真勤快，把屋子里收拾得这么干净。"我说。

话没说完，引来一阵大笑。老郭下巴一扬："老冯的老婆在那儿。"

对面河边的玉米地，庄稼生龙活虎，中间有一个小小的坟墓，上面盖满了青草。

我才知道，原来夫妻二人已经是阴阳两隔。

回过头瞧着他，他长着一张憨厚的四方脸，五十多岁的样子，额头上已经爬满了皱纹。

很快，这件事成为一个话题。

老郭和老冯是熟人，开玩笑道："晚上睡下，怕不怕？"

"不怕"老冯憨笑了一下，"刚埋下还怕呢。"

"你老婆你还怕？"大家都笑了。小王年轻，扬着脖子笑得欢。

老冯也跟着笑，眼圈却微微发红。他老伴儿一直有病，在农村，家里有个病人意味着什么，恐怕人人都明白。

"西安、延安都跑遍了，五六样病在身上，肝炎、胆结石、结肠炎，治不好，最后也不知道究竟是哪个病要命的。反正钱花干了，人也没留下。"他慢慢说着，陷入回忆。

本地的风俗，人殁了，生前的衣物要烧掉，叫她在"那边"穿用。谁想，烧那条紫花棉裤的时候，摸着里面硬硬的，裤腰里竟然藏了八千元钱。

这笔钱不是小数目。老冯说，当年他俩结婚，做了两条妆新棉裤，一条紫花的，一条蓝花的。粗心的儿女们翻出来这两条旧棉裤，一股脑儿都要烧。老冯阻拦说，要留着要做个念心儿。想着两条棉裤是当年结婚妆新的，不由拿起来多摩挲了一会儿，却意外发现老伴儿留下的这笔遗产。

小王开玩笑："那你当时高兴坏了吧？"

老冯回避众人的目光，脸上还继续着那憨厚的笑容："我那人受坏了。"浓郁的洛川口音。"我那人"是陕北人对爱人的称呼，暗含着一个人对另一个人的接纳，一个人对另一个人的投奔。两个生命彼此根植，密不可分。此刻她躺在河流的对岸，不知道听见这话了吗？

大家很快转移了话题，老冯不再是谈论的中心。我发现，他的眼泪还在眼眶里打转转。两个人相依相伴，走着走着，那个人没了，剩下的只好自己一个人走，肩上扛着巡线工的寂寞和中年丧妻的孤独。我虽不能感同身受，但是也能体察那份人生必经的痛苦。

一条蚰蜒开着火车蜿蜒而来，一路迤迤逦逦，试图爬到老冯的脚上。他低头一跺脚，虫子跌了个大马趴，急忙掉转车头逃走。

他回屋里拿出几包麻子，请大家吃。麻子是本地特产，嗑麻子难度比嗑瓜子大，一般人嗑不了，只好连皮带仁一股脑儿吃了。本地人却会这项高难度技术活儿，圆溜溜的麻子丢进嘴里，一会儿"噼里啪啦"脆响，薄薄的皮儿嗑出来，芳香盈满唇齿。

"解心焦哩。"他说。

我们还要继续巡线，等爬上山坡回望，他还站在那里，小小的红点儿分外醒目。

在刚才他诉说如何为妻子求医问药的时候，我忽然想起一个月以前的事：我们在定边县一个叫作黄湾的村子为一个大学同学送葬。

她也是患病多年，苦苦挣扎着活，半个身子不能动，40岁的人俨然老妪。记得念大学的时候，有一次，她和我一块上街，逛街对于念书的学生而言，仅仅是为了看看花花世界，腰包是空的，买东西是奢望。回来的路上，她忽然对我说："你的下巴长得好看。"从小到大，没有人表扬过我，我是在丑小鸭的自卑中慢慢长大，一时不知道该怎么接口，扭过头去，看见榆溪河流水汤汤，岸边芦苇荡漾，一望无际的美。

无形的手将我们远远地推开，只能站在阳间眺望二十年前的她，回想那些藏在记忆深处，那些温暖的点滴。

她的死亡令同学们难以接受，很多人掉眼泪，荒凉的黄湾，一抔小小的坟墓被一层薄薄的红砖压着。本地风沙大，压砖是为了防沙。谁能料到她一个江南女子，最后的归宿竟然是毛乌素沙漠。她的丈夫站在沙地里，长久地沉默，几年的操心劳累已经早早谢顶。永世不能相见的痛苦，我们不敢说自己能理解。很多事不经过亲身经历很难知道究竟是什么滋味。

老冯的心焦，我们也同样难以体味。能做的，只是回身向这个丢失在时间深处的人招招手。

今天，我们的任务是踏勘北头村到杜家河之间的管线。
一同巡线的小严，原来在西安一家化工厂工作，后来效益不好，大批工人下岗。他就是第一批报名到陕北的工人。

说起刚来时，小严说真的不习惯，想不到陕北和关中地区的生活差异居然那么大。头一天，大灶师傅做了荞面饸饹，按照陕北人的习俗，来了客人吃饸饹表示欢迎之意。几个关中小伙子也暗喜，想着好好吃一顿面。关中人一天不吃面就好像短个东西。

谁知道，大师傅端上来一盆子黑乎乎的东西，心下诧异，又不好意思问，只怀疑大师傅不讲卫生，怎么把白面弄成这黑不溜溜的颜色。只好装作肚子痛。

后来，和大家混熟了，才知道那东西叫作荞面，降血糖降血脂，好东西。

大家也讲小严他们几个的笑话：头一次上山巡线，觉得好玩新鲜，东看西望，什么都稀罕。下山就不行了，那斜坡看着有70度，一眼望下去几乎是刀削斧劈过一般，不由地头晕腿软。陕北人轻车熟路一溜烟奔下去，几个关中小伙子圪蹴在悬崖上不敢下来。探着脖子干着急。

最后不知道谁急中生智，削了几根硬木棍子当作手杖，才勉强下了山。小严说："现在不但上山巡线跟陕北人一样行走自如，就是吃饭也习惯了，陕北人吃的粗粮多，有益健康，他们几个比刚来的时候还胖了好些哩。"说的几个人都笑了，嚷嚷着要减肥。高队长说，不要减，天天爬山难道还不顶锻炼吗？

一路说一路笑，走路就不觉得累了。一只野鸡噗噜噜从草棵子里飞出来，拖着长长的尾巴。一只灰兔子支愣着长耳朵立在小路中央，来了人也不跑开，两只红眼睛圆圆的愣愣的，看起来很萌。

小严要打，旁边有人制止，一跺脚，呵斥一声，兔子醒过来似的，一蹿跑了。

我奋力朝草丛里拨拉，看能不能发现一条蛇。老惠说，蛇有灵性，知道这条路上有人常来往，它就不在这儿停留，和人是井水不犯河水。

高队长忽然指着路边的一个台地说，这里有隐患，要赶紧挖一条排水沟。

我们看不出问题，忙问怎么了？小高说，这一带有小气候，有时候下骤雨，水流一急就会在土质酥软的台地上冲出一条壕沟，直接影响到地下管道的安全。

小严说，干脆斜挖一条排水沟引到水渠里，几个人比比画画讨论了半天。

我趁空拍照，这是陕北最美的季节，天空晴朗，浅绿深翠的植被覆盖着山峦，完全颠覆了外地人对陕北的偏见。远处的高速公路像轻盈的虹桥，横跨杜家河，路上的汽车小小瓢虫一般，在半空中位移。

我问巡线工老惠的日子怎么样。老惠一口清涧话，说一年大概八万。我替他算账，再加上巡线工资，一年怎么也过十万了。不错啦！

老惠笑着点头，又叹口气说，两个娃娃，两个老人，都要花钱呢。娃娃念了高中，正是费钱的时候，每次回家都要钱，说是学校要补课。老人年事已高，得了肺心病，天一冷就喘不过来气，常常要上医院。如今上医院是个什么概念?

我理解，便无语。每个人都有自己的特殊处境。高家河的老冯要面对中年人的孤寂，杜家河的老惠要肩挑一家人的生计，而我，内心的烦恼密如牛毛。

人人都不容易。

老惠拿出一罐红牛饮料让我喝，我没喝。看得出他有点儿失望，我不知该说什么好，这一罐饮料5块钱。我觉得应该替他俭省着点儿。

杨白劳

门哗一下推开，卷进一股风，杨白劳从外面进来，进门的瞬间，屋子里黑了一下。

他拿起我桌子上的那只雕花玻璃杯，一仰脖子，只听见咕咚咕咚的，仿佛深水潭里丢了块石头。

我只好再重复一遍：杨白劳，共用一个杯子是不卫生的。他把杯子放下，抹一把嘴，一脸宽容：没事的，我又不嫌你。

他把胖大的身躯丢进沙发里，不出三句话又开始给我显摆他的小发明。这次说的是他们站上搞出来一种新型过滤器，比买来的好，又耐用又便宜。他特别强调"便宜"二字，我好笑：正常的成本嘛，干嘛抠抠索索的，老太太上街买菜似的。

这个你不懂，他手一挥，一说起技术就换了个人似的，一副睥睨群雄的姿态。

你算个账，咱们一共18条线对不对？一共大大小小40个站对不对？你算一算，一年下来用多少过滤器？

我脑子里加减乘除一番，却算不出来，只好眨眼。你算不出来吧？他很得意，脑袋不由地晃来晃去，告诉你，一个惊人的数字！如果我们的过滤器能推广，节约不少钱呢？

说到钱字，他嗓音里明显有一种喜悦，手臂挥舞着，像搂住一大包钱。

我照例是当头一瓢凉水："切，瞎高兴！"

杨白劳其实是他的绰号，因为担任输油站站长，大家简称他杨站。这个绰号的来由，据说是因为他技术精湛，各场站有了问题大多叫他去排除故障。公司有个不成文的规定，管线出现故障，如果是外单位人排险，就要给人家报酬，本单位人就不给。自己人嘛，干了也是白干，所以得了这个名儿。至于他本来的名字似乎被人忘记了。

我跟杨站认识好几年了，那一年，他的输油站获得了一项挺重要的荣誉，我们便去采访。

一进场站大门，觉得走错地方了，围墙跟前几垄高高大大的向日葵一片金黄。旁边的菜地里种着辣椒茄子芫荽西红柿，让人恍惚回到田园生活。几个人搁不住嘴馋，钻进地里摘了几只红彤彤的西红柿吃起来。还是那银色的万方大罐和金黄的管线告诉我们，这里的确是个输油站。

整个场站，不管是站控室还是外输泵房，一例的干净整洁，手摸摸玻璃，才知道它的存在。外输泵房前面，一个身着工衣工裤的大个子给一排年轻员工比比画画不知道说着什么。我们说找杨站，那胖大汉子便微笑着，快步走过来。

自我介绍完后，我问他刚才给大家讲什么，他说是新员工上岗，讲讲本站的工艺流程，还有安全操作规程。看他嘴巴那么利索，我窃喜这次采访大概不费力了。

谁知，当摄像师把三脚架支好，摄像机的小灯一亮，这位刚才还滔滔不绝的人，就跟换了一个似的，结结巴巴，红头涨脑，眼神飘来飘去，手脚不知道往哪里放。采访了几次都不成功，只好叫他放松一下，调整调整状态。他说想去屋里躺一躺，我完全理解。在我们这个企业，别说普通人，就是好多领导一面对镜头就发怵，所以我们的采访很困难，领导不到万不得已一般是不会接受采访的，可是宣传部的头儿又不管那事，采访不来东西，还要挨批。说你干活不动脑子，不懂得沟通。这叫老鼠钻风箱——两头受气。

等了好长时间，我估摸着他大概调整得差不多了，就去找。进了门看他踱来踱去，念念有词，谁料想一看见我们几个又是话筒又是摄像机的，"咚"一下栽倒，晕了。

这事成了一个笑话，都说有晕车的晕机的晕船的，就是没有晕采访的。后来常常有人跟他开玩笑，拿一支铅笔举在他嘴巴前：杨站，采访一下。拿腔拿调的，惹得众人大笑。他也跟着笑，别人笑完了，他还在那儿嘿嘿嘿。

可是这个看起来没心没肺的人，其实很会耍鬼心眼。

有一次到我办公室里，看见我在喝咖啡，说：喝咖啡不利于健康。我不理，扔出一句：活那么长干什么。他压低嗓子：告诉你一个秘密，喝茶能减肥。我还是不理。他忽然很正气地说：改天我请你喝茶，让你见识一下上好的乌龙冻顶。

我没听说过这个名字，觉得很高端。好奇心被勾起来，便答应去。

果然是个很安静的去处。茶喝到一半，茶馆老板笑容可掬地进来，说，欢迎你参加我们的捐助活动。我一愣，杨白劳也咧着嘴笑，解释说，原先茶馆老板多年来资助一个乡村小学，在黄河岸边。这件事，我看过报纸上的报道，那些孩子有的已经上了大学呢。现在，为了资助更多的学生，老板想出了一个办法：来喝茶的人，如果自愿，出钱办一张卡，然后可以免费喝茶，直到相当于卡里的那笔钱用完。而那笔钱直接用于助学。我有些犹豫，他忙拿来一个照相簿，打开一看，是茶馆老板和学生的照片，杨白劳也在其中，实心眼地笑，满脸白牙。老板不住地说，你们石油人就是心眼好，杨站长给我介绍来不少好心人呢。

话都说到这个份上了，还能说什么？事关石油人的荣誉，只好刷卡。

喝完茶回家，电梯里挤进不少人，我站在他前面，装作给人让地方，后退一步，高跟鞋端端正正踩在他脚背上，只听背后"吱"一声，众人都看他，他五官都挤在一起，痛苦万状。

前年夏天，我们的一条新建管道快要投运。这是件大事，我们就去采访。

输油首站的施工现场，平素一样的紧张繁忙，机器的轰鸣赶走了荒凉山沟里的寂寞。耀眼的焊花飞溅着，刺得人眼睛瞬间失明。工队正准备安装鲁尔泵，作业马上就要开始了。

忽然，一个黄头发的外国人走上来，他摸摸泵体碰口，举起手指细细地看，杨站便给他比画：没问题，都吹扫过了。黄头发紧绷着嘴角，不理不睬，一派傲慢。这条管线用的是德国鲁尔泵，黄头发是厂家派来协助作业的。

工人们有些茫然，你看我我看你，不晓得他要干什么。杨站连比画带说：你放心，我们吹扫了三次了，保证没问题。黄头发犹疑地看看他，灰色的眼珠子斜了斜，一点都不隐藏心里的不屑。

他放大嗓门又重复了一次。黄头发还是摇头，眉毛拧起来，气氛变得有些紧张。这时，他急了，向前一步，伸出三个指头，晃一晃，改变了说话腔调：三次，你的，明白？

嗬，这家话居然会日语！

有人"吭"一下，憋不住笑了。

可是死板的日耳曼人毫不让步，或许他对中国工人的技术精度压根瞧不上。不知道找谁要来一些面粉，活起面来，我们都纳闷，这哪里是技术工人，分明是厨师嘛。也没法问，语言不通。半天，周围的人渐渐散去，只有杨站他们几个还立在那里观看，一动不动，脸色都很难看。

面和好了，黄头发用面团在焊接点沾来沾去，洁白的面团渐渐变了颜色。我们一下子明白，还有杂质！鲁尔泵是高精尖，一粒灰尘也容不得。如果焊接点上有杂质，那就给以后的生产运行埋下了隐患。

焊接安装顺利进行。人们把提在嗓子眼里的心，款款放回肚子里。我们的照相、摄像、发稿都在预计中完成。只是我注意到他没在现场。

事毕，我去找他。果然，他灰不溜丢的躲在一边。看来，德国人用那块面团打击了他的自信。

半晌，他慢慢地说：啥叫作高标准，严要求，我今天才知道。一脸的黑胡子越发显得人憔悴。

我安慰他：咱们国产泵的技术精度就没那么高，按说，吹扫的已经很干净了。

羞耻。他眼睛疲惫地朝前看着，弱弱的一句。

过了很久，在他的办公室里，书柜上摆放着那块面团，已经焙干了，硬如石头。上面的指纹清晰可见。

锦心文华

文华像一朵乳白色的云，柔软，安静。

和她说一会儿话，心就会静下来。一杯茶，不知不觉一段光阴溜过去。有话说一说，没话就窝在沙发里。有一句，没一句，并不觉得有什么不妥。每每想起来，那段光阴竟是那么温润、体贴。

文华性格沉默，话少，算不得秀口，但是算得上锦心。什么东西一经她的手，别是一样滋味。

一天，她捎给我一小罐草莓酱，早上抹面包吃。闻闻那股细细的清香，搁不住嘴馋，便在办公室里打开尝了一口，真是口角噙香，比买来的好多了。忍不住再尝一口，正好同事进来，便请她品尝，一会儿工夫，部里的女孩们纷纷举着小勺进来，个个欢呼雀跃。说我这里得了好吃的，要尝尝。最后只丢下一只空罐儿。我打电话给文华，她笑着安慰："没关系，我再给你熬。"过几天，果然又送来一瓶。这次学精了，藏在抽屉里，一个人吃。

我认识她是缘于一次采访。

那一年，在阳山罐区，差点发生一起安全事故，亏了她奋力排险，才避免了祸事。

那时，我并不认识她，只是听说了这件事。辗转从输油处得到了她的电话，只说我想见见她，约好在她家里见面。

一进门，看见桌子上堆着一大幅十字绣，还没完工，刚才她正刺绣。我有些好奇，便过去展开，陈逸飞的一幅油画便铺陈在面前，是《夜宴》。

黑沉沉的背景下，女子们雍容而温婉，衣衫鬓影暗暗透着奢靡，可是眉目间却流露出一股隐隐的愁，耳边似乎能听到管笙齐作。毕竟是十字绣，亏她怎么绣的？这样逼真、传神。

文华说自己是典型的宅女，休班回家，没事就绣花。见我对十字绣感兴趣，便从里间拿出另外一幅绣品，是俄罗斯画家克拉姆斯科依的《无名女郎》。一样的唯美风格。女郎高贵典雅而满怀思绪，俄罗斯冬日黄昏的莫名惆怅，完美地用绣花针表现出来。我惊讶于她的艺术感觉。要知道她只是一个输油站的普通员工。

文华听了我采访的由头，睁大了眼睛，看着我，惊讶地问：我觉得这是很正常的呀，换作你不是一样吗？我老老实实地说：我会害怕的。

她笑了，很斯文的。细细的眉毛，弯弯的眼睛。过了一阵儿，便开始给我们讲那天发生的事。

其实，那天出事的罐区不属于我们公司，而是一家兄弟公司的。两家公司业务往来频繁，罐区工人彼此很熟悉，平时有个什么好吃的，也是你给我送一点，我给你送一点。上下班一起相跟着，说说笑笑的很融洽。

那天正好她值夜班，主要工作就是"打点"。每过一个钟点到各罐区巡检一次，看看有无异常情况。这几年，油价一路飙高，一些人不惜铤而走险，想尽各种办法盗油，任何一个异常状况都要刻意留心，不敢马虎。打完所有的点，查看完罐区正好一个钟头。已经是下半夜了，草棵子里的鸣虫都睡了，一切静悄悄的。

她睡不着，失眠是经常的。并不是牵挂家里。家里是用不着担心的，门一锁，饿不死小板凳。儿子大了，在百里之外一个偏远的输油站工作。

忽然，一股细细的刺鼻的气味冲进鼻腔，发辣，发酸，眼睛不由地流眼泪。怕是哪里跑了油气？她忙走出值班室，只见兄弟公司的员工咕咕咚咚往大门外跑，说是要去打电话求援（高危行业，储油区不能打电话），又说一座万方大罐由于阀门误操作，现在情况危急，恐怕要冒顶。

一时间脑子里一片空白。不知哪里来的勇气，她扭身朝罐区跑。

"你不要命了！"后面有人在喊。顾不了考虑那么多，只是拼命地跑、跑、跑！亏了两家业务来往的多，对彼此工艺流程熟悉，没费劲就找到了那条管线的阀门。脑子里什么想法也没有，完全听凭本能，全身气力扑在阀门上。平时强壮的男子才搬得动的阀门，她竟然转得生快。一圈、两圈、三圈。腔子里有个声音在喊：快、快、快！

千万不能冒顶！如果发生冒顶，万方大罐里的成品油就会像一锅开水似的溢出来，就会直接流入延河，污染水体。更要命的是，轻质油只要碰见一丝火星子，就会发生闪爆，阳山区几十只储油大罐将会连环爆炸……

当她用尽最后一丝力气，将阀门完全关闭时，才感觉到天旋地转，知道已经油气中毒，挣扎着跟跟跄跄走出去，强令自己千万别倒下，地面的油气浓度更高，更危险。可是已经支撑不住了，四肢瘫软，意识在一点一点抽离，脑子里一片模糊……

醒来的时候已经在医院里，张开眼睛四下里望望，忽然想起了什么似的，一把拉住护士的手："没有冒顶吧？"护士一头雾水，旁边负责照看的同事却知道她的意思，忙回答："没有，都好着哩。"

在医院住了半个月后，大夫才允许出院。

我问她怕不怕，她回答："怕，想起来后怕哩。那会儿顾不上怕了。"说完笑了。嘴角上翘着，满脸都是融融的笑意，暖暖的，如铺满一窗子的阳光。

早年的文华是享富贵的人，我看过她的一张照片，高挑的个子，长发披肩，很有台湾三毛的味道。旁边是她丈夫，一表人才，年纪轻轻就当上了一个要害部门的一把手。

可是不久，他便得了一场大病，为了治病她四处借钱，看尽了白眼。从高处跌落到尘埃中，更让人一蹶不振，还不如当初就是平常人。我常想，她得用尽多少心力才能把那些戳心戳肺的事整理好，捋顺摆平，捆扎打包，让心里安稳下来。可她竟也做到了，脸上静静的，不让一丝烦乱挂在眉眼上。和我们一起，总是说一些高兴的事，仿佛她遇见的事情都是满意的、快乐的。

儿子在偏远的小站工作，回家特别不方便。我便说，你给公司立了大功，不妨给领导提个要求，把儿子调到你身边，好照顾一些。她却笑着说：我觉得挺好的呀，你想，现在大学生就业这么困难，而我的儿子顺顺利利就有了工作，我心里盘算我是个有福的人。说话的时候，文华的眼睛亮亮的。

我知道这是真心话，我们都不屑于虚情假意。

我俩并不常见面。每次去她家。一杯淡茶，一段光阴，五脏六腑被洗涤的干干净净，从头到脚滴滴答答流淌着清水。

蝉歌

夏日午后，太阳正毒，风一吹，院子里的槐树唰啦啦翻出一片白。蝉歌轰然而起，拼了命似的。睡意正酣的人翻个身，很快又掉进黑甜乡。

有人敲门，一阵紧似一阵，那架势，不把人从梦中拽出来就不罢休似的。开门一看，是蝉。

蝉似乎永远都想不明白，什么叫作眼色。每当我们责怪她没眼色，她便很冤枉："天呀，咋又把你们几个神神给得罪了？"陕北人说谁怪癖，敏感，多事，无中生有，就用"神神"这个词来形容。微微的揶揄，暗含着贬义。

我说：所谓有眼色，就是别人午休的时候，你不能去打扰。还有呢？她的眼睛定定地看着我，黑幽幽的瞳仁，里面能看见忍住笑的自己。

就是这样，你能做到这一点就好了。

蝉是我们学校的代课老师，学校师资不够用，一个熟人帮忙介绍，她便成了老师。

过了几天，午夜时分，电话铃突然响起来，凶神恶煞，吓人一跳。顾不得穿鞋，赤着脚跑去接，心里胡乱盘算，怕是父母那里有什么事？手就不由地哆嗦，电话也拿不稳。

"我睡不着，咱俩去操场看月亮吧。"话筒里传来蝉沙哑的嗓音。

我把电话一挂，拔了线。

第二天，下了课，她到我办公室，叫来另一个好友评理，结果又是被我们批了一通，还是没眼色。

她自卫："你们这些没情调的人呀，那么早就睡觉，老太婆似的。"

我便回敬她："半夜游荡的是什么呀？"

"女鬼呗。"好友帮腔。

几个人就开始笑。她也笑，这一笑不要紧，嘴张的太大，后槽牙都能看见。

我们批评她不像个女人，她自卫："扭扭捏捏就是女人了？"其实她自我感觉相当不错，尤其得意嘴边的一颗黑痣，"喏，美人痣。"下巴一扬，口气很自豪，并背诵起某散文作家的一段文章："山坡上的小木屋，就像女子唇边的美人痣，给寂寞的小山平添了一份秀丽。"那腔调，俨然这篇文章是描写她似的。

可是我知道，她快乐的天性背后，一个人要面对所有的日子。

小地方的人都喜欢探问别人的私人生活，关于她的这一点引来了不少拐弯抹角的探问，她只是言顾左右，很快转移话题。问的人也扫兴，就像咬一口包子，还没咬到馅，就囫囵吞下了肚，稀里糊涂的，啥味道也没尝出来。不甘心却又不便追问。

其实，我也很想知道，但我没问。

她倒不讳言自己的故事，我们一喝酒，她就开始讲情感故事，女一号当然是她，那个男的永远是帅哥白马王子。她多次强调，就是喜欢帅的，看见长得好看的男子便有些奋不顾身。我说不喜欢帅的，绣花枕头一个。遭到她的哂笑：你是对自己没自信吧？

她开始讲自己如何对那个男孩子一见钟情，上大学的第一天就迷上了他。苦追三年，那男孩与她倒是交往过一段，无奈毕业分配的时候，分了手。她喝一口酒，慢慢咽下，好像把那些往事也咽下。

后来呢？

后来，打听到他结了婚，妻子贤惠，孩子可爱。和所有这类故事一样，伤心的只是自己。

"你们不知道，那时，我多么快乐，每天下了课，抱着书本，在他们教室旁边等他，所有的人都知道我在追他，都笑我。但是我不在乎。我一看见他就高兴得不行。"说着，脸上放出光彩，好像又看见那个男生。

冬日傍晚，买来一碗羊肉汤，她舍不得吃，特地给男友端过去。男生宿舍离女生宿舍足有一公里远。手脚冰凉，心里却欢喜的要命。一屋子的男生笑啊闹的，抢吃抢喝一通。

那个男孩子却淡定得很，在一边看书。

"你们知道不？掏心掏肺地对他一场，这是我最快乐的事。"

她微醺，脸色泛红，眼睛又黑又亮。喝多了就开始唱歌，我们都喜欢许巍的歌：心中那自由的世界，如此的清澈高远，盛开着永不凋零，蓝莲花……她跑调，我也跑调，唱着唱着都笑了。再喝一杯。

爱情故事多半是无果之花，灿烂地开过，无奈地谢去。很多人把它夹在日记本里，或者丢弃在一边。然后，眼睛一闭，一个猛子扎下去，全身心地陷入日常生活的泥淖里。那些事永远不再提起，或者干脆把它当作一段弯路。

可是，她不。总是一再地和我谈起爱情这个话题。她说，爱情就是要让人回味的，就像家乡，就是要让人怀念的。

我说，竹篮打水一场空。

她便说，那也不一样，出门旅游一次回到家里和根本就没有出过门相比，到底是不一样的。

我承认，她的谬论有一点道理。

前一段故事是浪漫主义，后一段就是现实主义。后来年龄大了，结婚了。按说是归队了，成了大众一员。剩下的就是过日子，年复一年日复一日。一眼能看到十年以后的光景。可是又不甘心，想着自己挣钱，不用靠着男人。不顾已怀了一个小生命，跑出来找份工作。

陕北有句俗话：嫁汉嫁汉，穿衣吃饭。意思很明白，女子就要靠着男人，向男人展手要钱，是天经地义的。可她宁愿十步一啄，百步一饮。日子虽然艰难，可也快乐。

于是，穿着波西米亚风的长裙，披着齐腰的长发，自己提水，做饭，晚上备课到深夜还乐此不疲。眼见的一天天显怀，她还跟没事人一般，上山下坡，连走带跑。学生们也喜欢她，爱学她的课，数学期中考试的平均成绩，竟然比平行班高了6分。

夏天的傍晚，我们的学校四周静悄悄的，只听得她坐在院子里唱歌，直吼吼的嗓子，严重的口音，让人想笑，又有些笑不出来，她真是有心劲啊。

事后跟她说，别动了胎气。她说没事，我要让我的孩子跟我一样乐观自信，笑对生活。

我们又损她：别跟你那么夜叉似的就好了。

她也不理会，继续唱歌。出门唱进门唱。做饭唱扫地唱。大家都说她活得真有心劲啊。

还是遇见了麻烦。初冬的一天，一个学生上课说话，被她批评。那学生表示不服，歪着脖子。我们这个子弟学校，正式老师他们尚且不放在眼里，何况一个临时的。她便罚他站到门外，这也是老师唯一的一点权力了。可是麻烦就来了，下午，学生家长跑来闹事，说她的娃娃从小就金贵，没受过这号罪，凭什么叫娃娃站在门口受冻？

我们刚开始还给她解释，后来她鼻子里喷着粗气，干脆放话："我们家的娃娃是托付给你们照一下罢了，并不指望你们教他什么。长大了找工作，哼，肯定比你们教书的强。"她说完，金鱼眼睛扫了一圈，这一扫，把轻蔑均匀地分配给了每个人。

家长的这个态度是有传统的。我们这个学校，老师一旦和学生发生冲突，家长们就会到厂里告状。厂里会把这个矛盾转到校长那里，校长觉得这些事影响了学校形象，便迁怒于老师，嫌老师多事。久而久之，精明的老师就不管学生了，任他们在课堂上睡觉的睡觉，说话的说话。

精明人太多的地方，往往弄不成事。虽然还有少数责任心强的老师在认真上课，但学校的教育质量渐渐地滑下去了。

那天，那家长结结实实地发了一场飙，声言还要到厂里告状。也没等到她告状，当晚，蝉就收拾东西。我也没劝，她应该回家了。我记得她临走时，慢慢地说："不出十年，这个学校就会消失。"当时想着也许很渺茫，可是后来，老师们能有几分奈何的，纷纷跳槽，生源也渐渐减少，最后这个石油子校当真就解散了。

算算时间，恰好十年。

单身女子

朋友指给我看：哎，那个就是丽娜。

顺着别人的手指，看见马路那边一个穿旗袍的女子，徐徐行走。改良旗袍恰到好处地勾勒出她的苗条，裙下摆稍大，沾一点时尚元素，保持了一份对生活的热情。我一直认为衣服是有语言的，能说话。而这个女子好像是从民国某个江南小镇穿越来的。

这个就是传说中的女站长？

朋友却冲马路对面喊："丽娜，过来，有人找。"女子转过身，看见了我们，笑一笑。朋友看看我，眼神里的意思很明确：没错，就是她。

我有些微微的失望，她不像一个站长。按照我的经验，在企业，只要是大小当个领导，没个剽悍劲儿不行，否则根本拿不下来。集输站的工作尤其难弄，我经常看见那些收油女工和拉油车司机为了一点点计量上的误差，就嚷天骂地扯着嗓子吵架。而且女人当领导，时间久了，多半就会熏染成女汉子，举止豪迈，言语粗糙。酒桌上一端起酒杯，男人们纷纷丢盔弃甲，败下阵来。一开起玩笑，比男人还扎实到位，旁人只有冒虚汗的份儿。

而她不是。人长得好看又会穿衣打扮。下了班，练练瑜伽、喝喝茶。别说不像个领导，和一般的石油女工都不一样。

"不和人一样。"在陕北是贬义的。和人一样是安全的，没有人挑剔你。和人不一样，就像一群绵羊里头的山羊，一眼就可以挑出，迟早会遭到指责。

她是一个话题女人。一个女人有话题不是什么好事，谁愿意天天表扬别人呢？喜欢聊的多半是别人的飞短流长。

首先是穿衣打扮，女子都是天生的时尚达人。收完了原油，没事大家坐在一起，说不上三句话就会聊起穿衣打扮，每个女子对时尚都有心得体会，但是一样的衣服，丽娜就能穿出不同：总是和大街上最流行的装扮保持一定距离。但这个距离又不十分远，或者发饰，或者手链，流露那么一点点的时尚元素。

羡慕之余，总会有人撇撇嘴，咱怎么能和她比？钱都花在衣服上，一家大小喝西北风呀？

就是！咱们可是全全乎乎的一家人，哪能恁自私？还要考虑一家大小哩。

既安慰了自己，也不忘随口拿话打人，解解心里的气。女人多半这样，见不得别人比自己好，总得把人压下去，保持心里的优越感。

丽娜和其他女工们不同，她是个单身。据说二十多岁的时候，孩子刚刚生下来，就和丈夫分手了，一直单身到现在。单身女子的私人生活总能引来别人的兴趣，粗鲁的泵油车司机，从驾驶楼里探出半个身子，语出双关：女人都是花朵，时间长了也要浇浇哩。

她淡定得很，脸上红都不红，对答一句：浇也轮不上你浇。倒弄得那些糙汉子有些不会对答了，一阵尴尬，脸部肌肉不知道该怎么摆放，只好嘻嘻哈哈一阵就过去了。

旁边的收油女工们却听出了别的意思，相互一对视，点一点头：哦，人家过得不错呀。心里那一点点优越感立刻化成了醋水水，冒起一串串酸泡泡。鼻孔喷出一股子轻蔑：哼！

关于她的男朋友，是个神秘人物。大家在没人的时候要讨论的，一会儿这个说：看见她和谁谁谁一起吃饭。一会儿又有人补充：谁谁谁给她从外地捎回来一条阿玛尼围巾。说归说，谁也没见过，一阵风，闲话都不见了。清净几天，又有新的制造出来。她也不理睬，可能是习惯了。

中国人说：三个女人一台戏。外国人说：三个女人顶过五百只鸭子。在集输站当站长，没有两把刷子是不行的，这里女工多，不好管。更重要的是能调到原油集输站的，多一半有各种各样盘根错节的关系。可是，她竟然也拿下了。没有别的办法，只有一件，干什么活儿都抢在前头。别看丽娜出了门穿是穿、戴是戴，上了班可是一丝儿不马虎，工衣工裤，一顶工帽压在眉心。头发收拾得利利索索，不许一根露出来。远看，根本看不出男女。检修大罐，她戴一副油手套，猴子上树一般，手攀脚蹬，蹭蹭蹭爬到罐顶。暑热天气，脸上、脖颈里都是汗水。油气蒸发量大，浓重的气息熏得人头昏眼花，可她就是能撑下来。男职工一看，还有什么可说的？乖乖地干活。女的就更不用说了，当站长的干在前面了，自个儿只有好好干的份儿。

有一次晚上开会，她领着孩子来了，开会时间很长，孩子趴在桌上写作业，写完一个人在旁边过家家玩，很乖，不声不响的。不知什么时候居然趴在长椅子上睡着了。丽娜看见了，轻轻给他盖上一件工衣，继续开会。

过了很久，我们聊天，说起那天的事情，我说你真辛苦。她笑了：我觉得很正常呀，都这样儿。

"很正常呀。"是她经常说的一句话，似乎一切烦难都能被这四个字化解掉。因为计量上的事免不了和司机们你多我少地争较一番，问题一解决，立刻回嗔作喜，脸上看不出一点点波澜，似乎个个司机都是她的好哥们。

女工们的谈话离不了男人娃娃，矿区的男子喜欢喝酒，早上竖着出去，晚上横着回来。女人觉得委屈，免不了流泪诉冤，她会劝解：很正常呀。人总得有个爱好不是？女人们听了心里能稍稍松快点儿。

相识那么长时间，我从来没见她发火，似乎在她眼里，没有人间烦难。历来让领导头疼的集输站，竟然被她整理得顺顺溜溜，一匹缎子似的，没人炸刺儿。

　　我一直想问的是关于她的私人生活，不是想窥探什么，只是觉得人生是需要伴侣的。否则拿什么抵抗孤独？她莞尔一笑：两个人的孤独才是真的孤独。我不知道该怎么回答，只好说：你这人真的跟人不一样。她说：我这样其实挺好，真的。

老人

那时，刚发现他耳聋了，我们打算给他买个助听器，就去西京医院。搀着他过马路，稠密的汽车像呼啸的子弹，在我们前胸后背嗖嗖而过。我们辗转腾挪于车流中，感觉是在枪林弹雨中逃命。

过了马路，才松了一口气。他微笑地看着我，眼神里充满了感激，还有一点点羞赧。我懂得他的心理，为自己连累了我们而感到抱歉。在那些车主的眼里，一个耄耋之年的人上街干啥，为什么不好好在家里待着？上街就是扰乱交通秩序！是呀，在这个慌慌张张的城市里，谁会关心一个步履蹒跚的老人呢？谁会体谅老人上街的艰难呢？

而此刻，我们守在他的床前。

他艰难地呼吸，嘴半张着。因消瘦，喉结显得异常粗大，急促地上下滚动。

我的手轻轻地握住他的。这是一只老年人的手，青筋突起，肌肉塌陷，布满了老年斑，因早年的劳作，手指微微变形。过年的时候，陪着老人打麻将，我仔细不碰到他的手。

他的手是笨拙的、丑陋的，摸牌的动作异常缓慢，令人微微的不耐烦，不留神碰到，砂纸一样粗糙。

此刻，我将手轻轻覆在他的手背上，至少，要让他知道，在告别这个世界的时候，并不遭人厌嫌。

他的手没有动，五指并拢，手背上还打着点滴。

这是一只怎样的手啊，三十岁，拖儿带女，从遥远的安徽到陕西腹地。在苦寒的黄龙山，依靠这曾经灵巧的手，修锁修笔，修理一切家中常用的物品。换回来菲薄的毛票，养活一家老小。而这手艺全是靠自个儿摸索出来的，并没有真正拜师学艺过。

过去的一切挣扎与苦痛，在后来的描述中也只是三言两语，可是设身处地想想，那需要多大的胆量和勇气，盲目地奔波，疾病和饥饿，被称作盲流、黑人，以国家的名义粗暴地驱赶，长期在白眼歧视中忍辱偷生。

我不止一次地听到婆婆对艰难岁月的描述，在公家的驱逐中，又冷又饿的一家人躲在别人废弃的土窑里，孩子发着高烧，没有一点吃的。他出去找，发现了人家地里收过白菜后丢弃的菜梗。就是靠着这些已经算不得食物的东西，硬是讨了一家人的活命。

深秋，田野里的玉米一片金黄，可是，路过人家的玉米地，他一再告诫孩子们，不能掰玉米，那就算是偷。"穷死不为盗，饿死不做贼。"这是他教育孩子说的一句话。

多年以后，我听到这句话，设想自己处于饥饿状态会怎样？不掰人家的玉米？恐怕做不到。凭什么让我挨饿？今天，我们已经丢弃太多的准则，或者，我们的心里压根就没有了什么准则。一切皆有可能。

我把想法说给丈夫，他沉默半天，说爸一辈子都在恪守那些老规矩，一举一动都是。他只念过三两年私塾，却藏了不少诗书在腹内。早年家庭豪富一方，婆婆至今还在念叨那大平原上的三百亩好田，儿孙辈也开玩笑叹息，说要是搁在今天，那三百亩好田该值多少钱？买楼房还要这般煎熬？说要是太爷爷不要抽大烟，那咱们今天该多有钱？还用得着起五更睡半夜的上班？

谁知道呢？白云苍狗，世事变幻莫测。三百亩好田让祖辈挥霍一空后，他就在贫寒中挣扎，却也躲过了斗地主分田地的灾难。

我从来没有听他叹息过三百亩的好田，却常常听见他吟咏诗词，记得有一次，他吟咏《论语》中的句子并且品评一番。我感到惊讶，一个挑着担子游走于乡间的手艺人，居然也可以这样高雅。后来，经常听到他脱口而出的诗词文章，使我明白，原来真正的文化人倒不一定是洋洋洒洒下笔千言者，却有可能是隐居在民间或引车卖浆之流。一个被文化浸润的灵魂，即使沿街叫卖即使弯腰耕种即使面目黧黑即使手脚粗糙，却仍然是美的。

吊瓶里的液体还在一滴滴注入他的身体，可是眼见他呼吸渐弱，腕部的脉搏忽然变得宏大有力。那些药液已经没用了，他衰老得就像一片秋天的树叶。

我们所能做的就是陪着他，在死亡的边缘。目送。

所有的人在默默流泪，有的已经泣不成声，想想平时对他的疏忽，我的内心充满愧悔。长期以来，衰老使得他渐渐丢失了听力、记忆力和行走的能力，随之不再开口说话，最后，连儿女们都不认识了。都以为他已经糊涂了，啥也不知道了，也就不再和他说话。他也从不参与家人的谈话，总在一边打瞌睡。这个家族曾经的顶梁柱渐渐边缘化，成为一个若有若无的存在。

过年的时候，孙子们趴在他耳朵上喊话的时候，他顶多微微点头，好像对一切都同意，叫吃饭就吃，叫喝水就喝，叫睡觉就睡。连保姆都说，这个老人好伺候。谁知道前几天忽然开口说话，安排自己的后事，言语之清晰让人惊异。原来，他的心里什么都知道的啊。大家平日对他的轻忽，他是明白的，但是选择了原谅。

时间一分一秒过去，我能清晰地感觉到生命渐渐抽离他的躯体。此刻我才明白，伴随他的逝去，他与我们的缘分也就结束了。

死亡是一把剪子，剪断一切。

丈夫不止一次地对我说起一件事：那一年，他在一个叫作崾岘的地方给人家修理门锁，人家给了两个包子当作工钱。他冒着风雪，一路急行，到家叫醒了两个已经睡熟的孩子，从怀里掏出尚还温热的包子……

　　每次说到这里，哽咽得说不成话。

　　此刻，面对亡灵，面对满堂儿孙，丈夫又说起这个故事，在静默的灵堂里，每一个字砸在地上溅起微微的尘土。所有的人哽咽无语。

　　而我，好像看见了很多年前，他怀揣热包子，疾行在回家的搅天风雪中。

温暖与照亮

每一次路过延安七里铺，总是不由地看那座小楼，看了又看。很多年了，它还在那里。

它有个好听的名字"文艺之家"。

在这淡黄色的小楼里，收藏着我生命中的十个月。那是一段闪亮的日子，饱满而结实。一并收藏的，还有那些回响在楼道里的跫音，那是写作者来访；还有那些愉快的谈话，那些笑声；那些窗外咕咕细语的鸽子；那些在昏黄的电灯下阅读过的稿件，那些从窗外射进来的阳光以及漂游其中的细尘。

记得第一次上这座小楼，是一个暑假。我领着三岁的孩子。

小楼五层是《延安文学》杂志社，主编是曹谷溪。

诗人曹谷溪，他的名字在很多人那里辗转传说，诗人，多么优美的词汇。

也许别人认识他很容易，但是对于我来说，认识他很不容易。

在陕北，曹谷溪是文学的代言人。那时，觉得他和文学在另一个世界，非常遥远，与我生活的石油小城没有交集。

那一天，当我走进这座小楼里，脚步轻轻，四周一片安静。孩子却毫无顾忌地开始咿呀唱歌，我连忙制止她，可是她反而尖叫了一声，我吓了一跳，使劲乖哄，这才让她住了口。

五楼的楼梯口挂着陈忠实的一幅书法作品："文学依然神圣"。立刻感到一种强大的气场扑面而来，皮肤微微刺痛，似乎无数小针扎着。暑热的天气，忍不住打了个寒颤。

曹老师身穿白衬衫背带裤，诗人气质，待人很和气，毫不拿架子。他说，看过我寄来的作品，很好的，但很稚嫩。我想不到他居然表扬我，有些吃惊。

其实，在决定来访之前无数次想象过：他拿起我的文稿，也许会哧地笑出来："这也叫文章？"或者"你不适合写作！"那么，我将会立刻放下手中的笔，与写作告别。

和我的臆想完全不同，腔子里的心才稍稍平静下来。

屋子里还有一个女孩，我们坐在沙发上很认真地听，我注意到，他的鬓角已然挂着星星点点的霜雪。他坐在宽大的椅子里，转过身，逆光，看不清脸，认真地对我们说："文学需要热爱，就像自己的恋人一样。你想象一下，一个小伙子看见自己的恋人在山峁上站着，他从陡峭的山路往上攀爬，希望能与她见面，尽管爬山满头大汗，你说他感觉到的是累吗？不是，是幸福！"

说着，他激动了，站起来，身体挡住了窗外的阳光，屋子里一暗。旁边的年轻姑娘，忽闪着美丽的大眼睛，说："我懂了，曹老师，我回家去好好写呀。"

而我，什么也没有说。

以后的日子里，每天晚上孩子睡熟以后，我在灯下写作。青春便不再荒凉，每一天居然有了暖意。

他的那番话仿佛点亮了一盏心灯，很久以来，每次感觉到看不见前途，不想再坚持，想要放弃的时候，那盏灯就会亮起来，小火苗倔强地一闪一闪。

因为一件公事，曹老师来到我的石油小城，对我说，希望能想办法请个长假，来延安文学杂志社学习。这句话对我来讲好似佛语纶音，一时以为是听错了。

我早就知道那座小楼被誉为陕北文学界的"黄埔军校"。许多业余写作者都是从那里走上了文学道路。于是，费尽了周折，2002年3月，我请假来到小楼，开始了十个月的学习。

记忆里，曹老师总喜欢坐在他那宽大的椅子里，一边叼着烟斗，一边和我们聊天。窗子外的阳光，正好打在他的背上，给他镶了一个金色的轮廓，烟斗一明一灭，不时腾起烟雾，隔着烟看不清脸，但那些话却异常清晰地印刻在脑子里。

有一次他讲笑话："两只狮子领着一个小狮子在草地上散步，碰见了一头母猪领着一窝小猪娃。母猪便嘲笑狮子：看，你们两个才领着一个，而我，领着一窝。狮子叹口气：我的固然很少，可这是狮子啊！"

他讲话慢慢地，自己不笑，却逗得大家哈哈大笑。过了一段，忽然悟出他的意思，其实，他想告诉我们，写作要有精品意识，作品不在于多而在于精。

他很少讲抽象的理论，但在轻松的谈话里，不经意间，总会让你悟出写作的道理。

中午大家一起吃饭，我们喜欢吃辣椒，他便讲怎么做油炸辣子：买新鲜的大葱，把葱胡子连根切下，洗净，晒干，然后切成细末，掺和在干辣椒面里，再加一点盐，烧红的油一泼，那个香呀，直冲脑门。尝一尝，那个味道啧啧啧。

讲完了，看见我们愣愣的，便大腿一拍，恨铁不成钢地："娃娃们，我是给你们提供素材呢，将来你们写小说什么的，说不定能用得上！"大家相互看看，嘿嘿地笑。

多年以后，这些话没有用在小说里，却使我悟到什么是"细节"。初学写作，往往热衷于宏大叙事却忽略了细节的营造，作品的架子搭的十足却难免简单粗陋。其实，细节往往支撑着作品，决定着作品的质地。我说给他，他叼着烟斗，慢慢地说：对嘛，就是这个意思。

他总是在不经意间给我们讲写作的道理，可惜有很多时候，在我们没心没肺的笑声里，那些有价值的东西便被忽略了。

十个月的学习对我来说非常难得。大量阅读来稿开阔了眼界，悟到文学的多样性以及个性写作的必要，从而也建立了自己的文学自信。在他的关照下，我的第一本书《弱水三千》出版。虽然稚拙但敝帚自珍，格外珍惜。

如今，曹老师已经白发斑斑，年过七旬，但温厚慈祥，儒雅热情，与众多的老人完全不同。看到他，会由衷地感到文学对人的滋养。关于他，随着一步一步地走近，逐渐了解到，当年他也是一个文学青年，靠着不懈的努力，从小山沟里走向自己的文学殿堂。

他不止一次地跟我们讲起年少的经历：高中毕业后，曾在农村给公社干部当炊事员，白天在厨房里做饭，晚上伏在小炕桌上写诗。想想看，几乎让人有种穿越感，白天是炊事员，晚上是诗人。白天是形而下的物质，晚上是形而上的精神。在地老天荒的陕北，荒诞却真实。而他真的化蛹为蝶变成了诗人，让理想落地生根开花。

他喜欢用轻松的口气说自己的故事，那时，我们也就只当听故事。在后来的日子里，忽然明白，他的故事其实在激励我们，在鼓励大家不要放弃。这个典型的理想主义者，甘愿一生走在追逐理想的漫漫长途，犹如逐日的夸父。对后来者而言，他是榜样，是标尺。

他说过的话很多很多，如果真的听懂，都会受益无穷。譬如，曾经告诉我们说：写作要葆有一颗安静的心。过于急迫或者浮躁都会对它造成伤害，使它长成一个侏儒，永远丧失长大、长高的机会。我相信他的话，这是一个浮躁的时代，谁不浮躁谁将会成功。

父亲的战争

母亲打电话说，你爸爸最近给联合国和国家主席写信，呼吁世界和平，还叫你回来给打印寄信呢。

放下电话，我不由地好笑，联合国都管不了的事，你一个退休邮递员就能管得了吗？

不过，我还是马上回了一趟家，这几年，父母年纪大了，身体不如以前，我得经常回家看看。

一进门，父亲就问：电视上说，南海局势紧张，是不是要打仗啦？我点点头又摇摇头，最近南海形势紧张，一打开手机，微信上都刷屏了，各种喊打声。

"娃娃们，千万不敢爱那个打仗呀，你们以为那打仗是个好事？要死人的呀！你忘了那个胡伯伯，截了一条腿，那就是仗打的呀！"

父亲又开始了一千零一次的车轱辘话。

小时候，我们兄妹四个一和小伙伴打架，回来不问是非曲直，先吃父亲一顿棍子，还要上两个小时的"政治课"，教材就是他参加的那一场中印边境自卫反击战。

"打架和打仗一样都不是好事，要爱好和平。就说我们那时候吧，咱们和印度人打仗，7天5夜急行军穿越喜马拉雅山谷，零下30多度，人累得边走路边睡觉，要不是老班长那军用水壶里的一口酒，我早就叫冻死了，哪里还有你们！你看胡伯伯不就是冻掉了一条腿吗！"

胡伯伯我记得，他截了一条腿，架着拐杖，隔三岔五就来我们家找父亲聊天，一瓶廉价的高脖子西凤，就着一小碟花生米或者腌萝卜，一聊一个下午，聊天的内容几乎不变，就是那场中印边境自卫反击战，他们的嘴里反复在念叨着，在7天5夜的急行军中，在折多山的大雪崩中，在收复邦迪拉的战斗中，那些死去的战友。好像不是他俩在喝酒，而是跟很多战友在喝酒。

有时候两人会争论，父亲就专门刺他：要不是你不听话，腿也冻不掉！胡伯伯拍拍那条仅存的腿，眼皮耷拉着不言传，好像也在后悔。

穿越喜马拉雅山谷，风雪打在脸上，像是用刀子割肉，脸皮痛得失去了知觉，大家吃辣椒抗冻。连天疾驰，在寒冷和疲惫中，很多人走着走着就睡着了，辣椒噙在口里也不管用了。

天黑下来了，部队连夜翻山，后面的人扯着前面的人的后衣襟子，木然地在山路上走着，前面一停，后面的人立刻在几秒钟内就睡着了。情况危急，一旦睡着了，战士们就会被冻死的。老班长急得没法子，推一推这个，摇一摇那个，一个劲地吼喊不叫睡觉。

胡伯伯那时候小，才18岁，特别调皮，给老班长扯谎说要去解手，偷偷扯一扯父亲要一块去。父亲老实，只说不去，胡伯伯就一个人去了。

他不是解手，只是偷着找了一个避风的崖缝，倒头就睡了。

老班长怕战士冻伤，掏出军用水壶，让大家一人喝一口烧酒，那是他从关中老家带来的宝贝，说是西凤酒。平时，他总也舍不得喝，只是偶尔打开盖子闻一闻，抿一抿，然后，小心翼翼地藏起来。父亲从小在枯焦的陕北长大，没喝过烧酒，不会喝，就跟喝米汤一样，大口呼噜一吸，只觉得一股子火苗从嗓子里直窜下去，烧得肚子里放了一把大火似的。呛得直咳嗽，肺子差点咳出来，却也咳嗽精明了，把瞌睡给丢了。

天黑，伸手不见五指，等大家找到胡伯伯，沉睡中他的一条腿已经冻坏了，后来只好截肢。那次还有几个战士，在短时间的沉睡中，冻掉了耳朵和手指头。

我们渐渐长大，他的故事却不见更新，而且年纪越大越爱讲他这一段历史。用妈妈的话说，那些陈年老账呀，连棒子也打不到耳朵门里。我们个个听得烦，耳朵里快要磨出茧子了。

可是，他却时不时地穿越到半个世纪前的那场战争里，叉腰站着，学着毛主席的湖南腔调："尼赫鲁把刀架在了我们脖子上，我们也就忍了，现在，人家要往下砍呢，怎么办？我们不能忍了！这一仗我们要打出新中国的威风，起码要保30年和平！"说着，脖子一梗，大手一挥，大有主席风度。

大家相互丢个眼色，翻翻白眼，皱皱鼻子，表示对他的不屑。很长时间里，我们都感到纳闷，一个退伍老兵，一个乡村邮递员，咋就那么爱谈论战争？

父亲浑然不觉孩子们长大了，也不再用崇敬的眼神看昔日的战斗英雄了。他却深陷在喜马拉雅的冰天雪地里，久久不能自拔：

我们的部队抄贝利小道，急行军从后方包围提斯浦尔，那天下午，大部队沿着山腰一条盘山小路挺进，这一带全部是悬崖绝壁，乱石陡坡和一眼看不到底的深涧。一个战士不留神一脚踩下去，连人带石头"哗啦啦"滚下山去，万丈深谷，根本就看不见底。那个小战士刚刚参军，大家都不知道他的名字，只晓得是河南人。

大家一边走，一边嘀嘀咕咕骂那个贝利。这哪里是路，简直是鬼门关嘛。贝利小道，是英国人贝利开辟的一条险道，穿越悬崖绝壁，艰险绝寰。印度人死也不敢想象中国人能从这条道上包抄过来，因此，他们就根本没有防备。那条路确实难走，脚下是万丈深渊，山顶上是万年不化的冰雪，白花花一片，太阳一照，耀得人眼花。战士们得了雪盲症，眼睛又疼又痒，什么也看不见。

父亲说，战士们走着走着，那脚就不是自己的了，脚和鞋冻成一个冰坨子，完全失去了知觉。老班长的酒这个抿一口那个抿一口，一天下来还有小半壶。父亲才知道，大家都舍不得喝那救命酒，仿佛只要水壶里有酒，大家就有底气。

父亲不止一次地说，那时候小，又老实，只有他美美地喝了一大口，肚子才暖和起来。

我们一个一个地溜走，先是哥哥，装作上厕所，抱着肚子，皱着眉毛，偷偷溜出了门，门上的钌铞儿哗啦一声，算是成功逃亡。接着妹妹又悄悄溜走，几乎无声无息，连我也没发现她几时消失的。

也许年纪大了，父亲没有从前的脾气，只是自顾自讲他的故事。我不忍心溜走，都走了，父亲只好对着墙说话了，老年人的寂寞是真的寂寞，我常常从他们的眼神里发现那种难以描述的落寞，不管曾经多么风光的人，老了，腰弯了，耳朵背了，不能和别人顺畅地交流了，就成了多余的人。我只好硬着头皮听。

父亲浑似不觉，还在兴致盎然地描摹 50 年前那些细节，往事仿佛还在眼前。

提斯浦尔的印度军队做梦都不会想到，中国军人会从背后包抄过来。当天夜里，他们还在睡梦里，突然十几个中国士兵破门而入，枪口、刺刀齐齐对准了他们，把那些锡克贾汪（雇佣军）都吓坏了。战斗一开始，他们还顽抗，可是战士们一声："give up, no harm！"

"hands up！"

雪亮的刺刀直直逼到眼前，那些印度兵只好举手投降。

忽然，一个红胡子锡克兵回身抓起机枪，一梭子子弹打在了老班长身上，瞬间，他肚子里的肠子流出来，老班长将肠子抟一抟，塞回去，举手一枪，红胡子锡克兵应声倒地。

老班长牺牲了，尸骨永远地留在了喜马拉雅的崇山峻岭中，陪伴他的，只有那个空空的军用水壶……

后来，我们渐渐明白，听父母唠叨也是一种尽孝。父亲一旦开讲，我们再麻烦也会认真听，时不时地问一些问题，表示出很感兴趣的样子。以至于一回家，父亲就要和我们讨论什么朝鲜问题，钓鱼岛问题，南海问题。有一次，父亲很哲理地对我说，我们打仗是为了不打仗！有我们在，世界才能和平！

慢慢地，我感到要重新看待这一代人，他们身上有一种强烈的家国情怀。好像天下的和平都和他们有关似的。

80 岁生日那天，点燃生日蛋糕上的蜡烛，孙子要爷爷闭着眼睛许个愿。末了，又好奇地问爷爷许了个什么愿，父亲忽然有些赧然，看看四周的家人，小声地说，想去西藏祭奠一下老班长。说完，几乎用一种小心翼翼，生怕被拒绝的眼神瞧着我们。我知道，他是不想连累儿女。可是西藏太远，80 高龄的老人恐怕无法成行。商量来商量去，父亲听从了我的建议，就在本地遥祭，精诚所至想必英灵一定能感应到。

清明节那天，我们到凤凰山顶祭拜。父亲小心翼翼地倒了一盅酒，说：老班长，你看，南海局势又不稳定了，国家离不了我们这些军人！有我们在，国家才能和平！来，咱们喝酒，这是你最爱喝的西凤酒，咱们当年的救命酒！

说着，父亲高高擎着酒盅，恭恭敬敬地对着西南方湛蓝的天空拜了下去，一股酒的洌香立刻弥漫在清风和草木之间。

我决定将那些写给联合国和国家主席的信寄出去，不管人家理睬不理睬。一个80多岁老兵的心愿是不能被敷衍的。

白发石油

十年前，在北京的一个文学聚会上，我和一位作家聊天，他问我哪里人，从事什么职业。我告诉他说来自陕北，是一名石油人。他脱口而出另外一家石油企业的名字。以为我在那里工作。我告诉他说我是延长石油的。他瞪大了眼睛，说根本就不知道这个名字。

我是个记者，出于职业习惯，就开始大讲我们企业的百年史，什么"中国陆上第一口油井"，"毛泽东题词埋头苦干"，"抗战时期养活边区政府"等等，他听得十分入迷。末了，冷不防问了一句：既然你的企业有这么多传奇的故事，为什么不把它们写下来呢？

这件事让我的心动荡不安，很长时间来，总是不时地想起来他的话。作为一个写作者，对这个企业应该负有一份责任。可是，我总觉得还欠点什么，仅仅是写一个故事吗？

"言之无文，行之不远。"再好的题材，如果写成了宣传稿，恐怕离文学也就很远了。

那么缺点什么呢？

很久以来，我企图寻摸那一点缺乏的东西。

直到我遇见她。

那次，我去看黄河，晚上住在一个同事家里。女主人年过六旬，黑发里夹杂的白发已经看起来非常醒目。但是，她收拾得很干净，蓝色小方领上衣平平展展，家里几乎一尘不染。陕北人就是这样，家里穷归穷，却爱干净，简单破旧的几件家具擦拭得干干净净，太阳照进来，满满一窑洞的阳光。我喜欢爱收拾的女人，我觉得一个人如果到了不收拾自己的时候，可能对这个世界已经全无兴趣。试想，一个对世界没有兴趣的人，怎么可能有趣？

我就和她闲聊，才知道她曾经是油矿的第一批女工人。20世纪60年代初，她被下放回农村了。老人提起当年的事情还是心怀不满，觉得她的下放很不应该，本来下放名额已经满了，但是，当时的领导想超额完成任务，这样就会得到上级的表扬。于是，她们几个女工也被打发回家。

不言而喻，农村和工厂完全是两个世界，在油矿工作的时候，她们刷牙，洗澡，看电影，上夜校识字扫盲都是平常事。可是回到农村之后，一切就完全不一样了。

有一首民歌唱道："过了一回黄河没喝一口水。"黄河岸边其实是极度缺水的，眼睁睁看着一条大河流过，就是喝不上，岸边的人们主要靠驮水。据说，本地人嫁女儿娶媳妇有个重要指标，就是家里有没有驮水的驴。要是有，媳妇就好娶，若不然，谁家女子嫁过去就糟糕了，试想，天天从深沟底下驮水，是个什么滋味？

因为水来之不易，用水自然就是一件极为谨慎的事，刷牙，从来不需要。洗脸，一家人只用一碗水，年轻女子、媳妇只拿毛巾的一角沾沾湿气，在脸上抹一抹便是洗脸。洗澡基本上一辈子就两次，一次是刚生下来，一次是死后。民间有句话形容水的珍贵，来了打发要饭的是"宁给一碗油，不给一碗水。"

但是，她不是那样。

她刷牙，洗脸都很讲究认真。这些生活的细枝末节使得她与众人区别开来，但是，她倔强地保持着这种区别，直到从一个妙龄少女变成华发老妪。

更重要的区别是，她供养四个孩子念书，两个女孩中途差点因为交不了学费而辍学。老伴说，女孩子念到中学毕业就满可以了，不要供了吧。

她不。

后来她的一个女儿成了我中学的同事。提起当年母亲艰难供书的情形，泪水盈盈。

无疑，她的这些观念和做法都来自于那个小小的油矿。那个让她又爱又恨的地方。它所给予她的文明的熏染，深刻改变了她，虽然她又回到了农村，但是她所接受的理念，使得后辈得以改变命运。

很多石油人给我描述第一次见到电灯，第一次打电话，第一次看电影，第一次听广播的情形。小油矿给予来自农村的青年多么多惊奇的体验，每一次惊奇都好像是打开了一个美丽新世界。一名已经退休的老工程师跟我说，第一次听到留声机，他就怀疑里面藏着个能说会唱的小小人儿，后来，人家修理留声机，他就凝神观察，看小小人儿在哪里藏着。

自然没找到小人儿，但是，留声机的神奇却激发起一个农村孩子对科学的兴趣。之后，他成长为一个机械工程师。

很久以来，我像海绵一样吸收着关于这个白发老油矿的点点滴滴。在一次同学聚会中，我得知一个同学的远房叔叔是延长石油的老员工。20世纪30年代，他受命赴疆，在遥远的帕米尔高原寻找油源，有一次，因为风雪天气，误入邻国，差点被当作间谍引发一场外交冲突。那个时候，国家受难，百姓受难，延长石油人凭着一腔报国热血，踏遍千山万水寻找石油，希望拯救这个灾难深重的国家。

后来，他回到了延长油矿，可不知什么原因又被开除回家，从一个勘探技术人员变成了扛着锄头的农民。可是，在新疆寻找石油的那段经历，让他一而再，再而三地追忆。他总是喜欢给孙辈讲故事，那阳光灿烂的天山脚下，那风雪弥漫的帕米尔高原，停留着他的青春，他的爱情。

他爱上了一个维吾尔族"羊岗子"（姑娘），可是姑娘的父母不喜欢他，他们说，汉族人太狡猾。这是一个爱情悲剧，可是，小孩子们天真的笑容，让故事涂上了轻喜剧色彩。后来，孩子们长大了，也不爱听他的故事了。他就跟大树讲，跟庄稼讲，跟看院子的狗讲，更多的是一个人叨叨。村子里的人笑道："看哪，那个老头子憨了。"

当我知道了这个老人后，请假驱车去采访，可惜，太迟了。他已经去世半年多了。村里人眨巴着眼睛问我："他是你的亲戚？"

他是延长石油人血脉的上游。

许许多多的故事堆积在心里，日日夜夜翻腾不已。故事的精神内核都指向了一个方向，那就是工业文明与陕北人的关系。

很多人说，黄土高原上的陕北人，一方面深受农耕文明的影响，勤劳刻苦，节俭内敛。另一方面深受草原文明的影响，豪迈奔放，爽朗洒脱。其实，从延长油矿诞生之日起，当工业文明的曙光照耀陕北大地的时候，一切就改变了。工业文明同样也深刻地浸润了陕北人，这种润物细无声的滋养可能更加深刻。

如果我们认为延长石油对于社会的贡献仅仅限于物质财富层面，那就严重地低估了它。事实上，它丰富了陕北人的精神世界，陕北人包容的性格，开阔的视野，对外面的世界至死不渝的好奇心，总想跑出去闹一番世事的梦想，无疑深受工业文明的熏陶。

昔日小小油矿，今天已经变成了一个令人仰望的存在。在国内同行业中，有了巨大的存在感，这是石油老前辈们筚路蓝缕、艰苦创业的结果。回望走过的路，110年，这个白发油矿实在不容易。他的奋斗历程既是一部光荣史也是一部心酸史。每一代石油人的心里大概都藏着一部长篇小说。

小良

想起小良，脑子里先浮出的是她进门的情形。

人没进来，包包先进来，钉满亮片的包包一闪一闪，发出幽暗的光，黑色蕾丝短裙一转，上面的亮片一闪一闪，像过年时节街道旁边的树。高跟鞋甩脱，套上拖鞋，麻利地系上围裙，一打帘子进厨房做饭。

那几年正流行蕾丝，大街小巷到处都是穿蕾丝裙子的姑娘、嫂子和大妈。小良穿蕾丝不难看，毕竟年轻。

这几年，城市里多了一个新群体，她们来自农村，有的是陪读妈妈，有的是保洁员，有的是保姆。她们也跳广场舞，也穿时髦衣服，可能是急于摆脱农村生活烙印在身上的痕迹，很多农村女子一旦进城比城里人还潮，流行什么穿什么，似乎完全融入了城市。

可是，仔细观察一下到底还是不同，比如，她们也穿蕾丝，可是总穿不出蕾丝所要表达的那种华贵感，一看就是地摊上的廉价货，毛糙糙地起球、结疙瘩。她们也穿超短裙，可是，超短裙适合纤细的身材，那长期劳作锻炼出来的粗壮腰身总有点违和感，衣服和人完全两路。她们也穿长筒靴，可是磨坏了的鞋后跟总是外倾着，走起路腿呈 O 型，全然没有长靴的那股子帅气。

总之，衣服是一种语言，替主人说出一些话，可是，她们和衣服之间很隔膜，相互之间不买账。最明显的是手的粗大关节和一贯的高喉咙大嗓门让人很轻易地就将她们从人群中剥离出来，一望而知是刚到城里来的农村人。

小良是邻居家的保姆介绍来的。来家那天，穿着一件鲜绿碎花裙子，黑色紧身裤，嘴角挂着一个大大的燎泡，一进门就喊我姐姐，口很甜，没和我说几句话就挽起袖子准备做饭。

几天试用期下来，父母很满意，小良人勤快干净，眼睛里有活，做饭做得不错，渐渐的，母亲也认可了小良。原来雇保姆的时候，母亲嫌费钱，说死说活不要，现在干什么事都是叫小良小良的。小良轻快地答应着，本来也不多的家务活被她一阵子脚踢手拨拉就干完了。

母亲满心欢喜身边这个可心的保姆，也爱和她拉拉家常，聊解老年人的寂寞。小良呢，是个聪明人，知道老年人爱拉话，拉话总比干活轻松吧，要是不拉话就那么干坐着，主人会找一些活儿叫她干，总之，保姆不适宜于闲着。于是，小良就和母亲天天有拉不完的家长里短。

渐渐地我也知道了小良的家庭情况，丈夫也到城里打工，装修工一年挣个十万八万的。小良的钱夹子里装着丈夫的照片，大花眼，高鼻子，微微的卷发，是个典型的陕北俊后生。小良一闲下来了，常常翻看手机里家人的照片，我就想，她是个幸福的女子。

一天回家，忽然见沙发上坐一个大男孩，是小良的儿子。原来孩子不爱去学校，念书也是三天打鱼两天晒网的。小良只说等歪好混个毕业证，再长大一些就出去跟车。本地有很多油矿，需要泵油车司机，虽然活儿苦一些，但是挣钱不少，也算个好活路。那孩子天天来，来了就看电视，尤其喜欢打打杀杀的片子。一进门就听见满屋子乒乒乓乓，拳打脚踢的声响。

母亲不高兴了，嫌烦。

小良人乖巧、识眼色，那孩子也就不来了。有一天小良告诉我说，家里还有一个小儿子正上学，早上要吃饭，以后想要迟点过来。我答应了，但是心里不舒服，觉得她怎么得寸进尺呢，我雇过很多次保姆，很多人就是用这种方法试探你的底线，摸你的脾性，知道你好说话，便天天捏出一些理由来，不是要求加工资就是请假。她似乎有一点令人讨厌的精明。

后来小良就十点左右才来家，渐渐十二点才来，理由是孩子还要吃中午饭，干脆中午饭也做好再来。

母亲的身体渐渐康复，小良的工作也就慢慢减轻，母亲咕哝道："来半天时间挣一天的工钱。"母亲还是心疼钱，天天挂个脸不高兴，我就辞退了她，以后需要的时候再说吧。

小良走的时候客客气气的，主动把包包里的东西倒出来，让主人家一一过目。这是规矩，但我阻止了她。后来街上偶遇，她依旧还是一口一个姐姐地叫我，看不出来一点点负气或者不满。

过年时节听到邻居家的保姆提到小良，我随口问了一问，她在哪里干活？那邻居家的保姆盯了我一眼，"怎么，你不知道？"那眼神很奇怪。

做装修工挣大钱的男人根本不存在。

实际上，男人因盗窃坐了牢。

年轻时候的小良长得好，那个男的花样百出地痴缠，百依百顺地讨好，要天上的月亮不敢给星星。可小良娘家不同意，嫌弃他没个稳定的职业。小良呢，要死要活地跟，和家里父母兄弟都闹翻了。

女大不中留，留来留去是冤仇。家里没奈何，一枝花就妙妙地扎进了穷窝窝里。

婚后，生活才显露出狰狞的一面，男人的来钱路是公交车上当小偷。嫌钱来得慢，又开始盗窃地下电缆。小良刚刚怀孕，男人就进了班房，她只好给人家当保姆，娃娃丢给农村娘家。好容易男人释放了，两口子还没过上几天安稳日子，男人老病复发，又去偷油。陕北有很多油矿，那几年油价高，宁夏、内蒙古都有土炼油厂。他们偷来原油，贩卖给油贩子，挣几个辛苦钱，大钱让油贩子挣了。没干几年又进班房了，这次判的重，11年。

更要命的是第二个孩子还在肚子里揣着，小良又查出来胃癌。如今上医院是个什么概念？家里仅有的钱被医院像吸尘器一样迅速吸走。

离婚也闹过，农药也喝过，种种能想出来的办法都用过了，生活的难题还是摆在那里，一点儿也没有解决。男人在监牢里给她带口信，离婚把娃娃都带走，我不要！

没奈何，小良做了胃切除手术不久，又开始找活路。两个男娃娃都上学，正到了费钱的时候，她只好做两份工。我才知道她为什么总是找借口迟点来家里。

我暗自愧悔对她的偏见，总以为她贪占小便宜。天知道怎么就偏偏摊上这么个男人！

可不是，旁观都是明眼人！邻家的保姆说，当初一同出来的小姐妹都劝，那个男人帅是帅，可是没职业整天游手好闲，走东家串西家，一张嘴太能说会道了，能把死的说成活的，黑的说成白的，麦秸说成黄金，可得当心呀！小良笑笑说，酒盅盅子里量米，鸡蛋壳壳里点灯我也不怕，只要他对我好就行了！一脸的幸福，把别人的口都给堵上了。

我问她小良现在的情况，她摇摇头：不容易，给人打扫卫生呢，十冬腊月攀爬在窗子上给住家擦玻璃，满手都是冻疮，红通通的直流黄水水。还有那俩男孩，都不爱学习，大的已经辍学在家，将来咋办啊！

我想起她那蕾丝裙子，想象着她攀爬在大大的窗户上奋力擦玻璃的样子。

长城的女人

我们去长城采访。

此长城非彼长城。它不是秦始皇修的那个，也不是孟姜女哭的那个。只不过是吴起县一个默默无闻的乡镇，因为穷，声名远播。念大学的时候，班上第一次办元旦晚会，买了很多糖果零食，一位男同学没见过橘子，不知道该怎么吃，竟拿起一个张口就咬，女同学看见了，笑得肚子疼。原来这位同学是吴起长城乡的。从此我就牢牢记住了这个地名。

这几年，我们企业在长城搞石油勘探，成绩还不错，好几口探井都打出了油。作为企业的记者，我第一次搭车来到大山深处作采访。

长城地处吴起自于山区，降雨稀少，山大沟深。先前在这里生活的老乡几乎与外界隔绝。我们的勘探队员一路上讲笑话：汽车开过来，老乡没见过，惊呼：哎呀，你们的牛咋家跑得那么快！还不吃草！

笑话不算啥，还有更离奇惊险的呢！

勘探队员晚上借宿老乡家里，老乡倒是很热情，让进了暖呼呼的窑里，可是，一条大炕，全家老老小小男男女女都挤在炕上，怎么睡呀？这让城市里生活的人感到别扭。没法子，野外工作只好将就着。

晚上，家里那个漂亮的大女子不知什么时候挤过来挨身睡下。一会儿翻个身，白白的长腿无意间搭在勘探队员身上，一会儿胳膊撩过来，软软地放在勘探队员胸膛上，小伙子吓得一宿没睡。

"操心吧你！"说着，男同事挤着眼睛笑。只听说长城穷，没想到穷成这样，来了个普普通通的勘探队员竟成了人家姑娘心中的白马王子。

至于吗？

一路上大家都在讲故事，主要内容就是长城的各种穷，一切形容词都难以表现的彻骨之穷。

不过这些已经是前几年的了。现在，坑坑洼洼的乡村公路已经拓成了宽阔的大路，不过还没铺上沥青，车一开过去，立马尘土飞扬，好像路上翻滚着一条大黄龙。这几年，哪里有石油，哪里就会修路，路边就会生长出一些小饭馆、小商店。石油钻机钻探到哪里，哪里就有活路，老乡们给井队搞基建、送水、送料，就有了来钱路。

那些小饭馆、小商店分外惹眼，墙体刷得白白的，招牌做得大大的，老远就能看见，什么"亚细亚饭店""寰球餐厅"，名头很夸张，其实只不过是小小的土坯房。过路司机吃顿饭、买包烟，就能让小店的主人有钱可挣。只不过那些招牌上的错别字实在多，"炒面"写成"妙面"，"炝锅面"写成"轮锅面"，"饸饹"写成"河捞"，倒是蛮有气势。我们一路走，一路看，一路笑。忘记了出差途中的颠簸和乏味。

快到中午了，肚子早就饿得咕咕叫唤。这荒郊野外的，也只能到路边小店里吃了。司机老王提议，翻过这座山，前面那儿有一家饭馆挺红火，咱们到那里吃饭。我们当然都听司机的。司机都知道哪里的饭好吃。

很快翻过一座山包，远远地看见一个白房子出现在山峁峁上，高原的灿烂阳光下，白房子那么耀眼，大红字招牌远远就看见了，上面四个大字：红艳饭馆。不用说，老板是个女的，芳名红艳。

果然，远远瞭见有车过来，一个中年女子一打帘子，从门里出来了，"快进来，歇一歇，累坏了吧？"一边说一边挑起绣着双喜字的门帘子，把我们往屋子里让。老板娘身着韩版短上衣，头发烫成时兴的烟花烫，两只玫瑰金耳环随着她的动作一晃一晃的。只不过到底是乡下，比起城里女人到底粗糙些。

刚把茶水倒上来，还没安插停当，院子里又来了一辆拉油车，背后也跟着一条大黄龙，不待黄尘散去，司机楼里"嗵"一声跳下一个壮汉。"喂，老板娘，端一盆洗脸水，热热的！"

红艳忙忙答应一声，招呼着出去倒水。屋子里早来的几个客人又在催饭，红艳一边热情地应答着："就来就来"，一边又给我们把茶水续上。

大家相互看看，递个眼神，不错，是个好饭馆，当记者的常年奔波在外，经验告诉我们，哪个饭馆热闹，哪个饭馆的饭就好吃。

门外的壮汉洗毕脸进门来，一股子寒风跟进来："哎呀，听说你老牛吃了个嫩草草。"一屁股扑塌在椅子上，椅子压得吱吱响。

"哎呀，好兄弟哩，不敢瞎说！"红艳还是笑眯眯地，不过我看出来她脸皮微微发红。

炒面很快端上来了，"妙面"。谁咕哝了一句，大家想起招牌上的错别字，忍不住笑起来。果真是妙，很香。不知是饿极了还是当真厨师手艺高，一大盘面条，个个吃得香，我连减肥也忘记了，不多功夫，四个人的盘子里干干净净。

两个男同事还要添饭，我就出去溜达。初冬，陕北已经很冷了，背阴处寒气逼人，但是艳阳高照，向阳山坡暖烘烘的，一个老汉圪蹴在那里晒太阳。我就跟他聊天，老汉说饭馆可把钱挣啦，这二年山上打出来了石油，拉油车也多了，做生意的人也多了，红艳就卖了家里的两孔窑，也开了饭馆，天天生意红火。

中午正到饭时，饭馆门前这会子已经停了好几辆车，司机们来来往往，洗脸水泼在地上，泥呼呼的一大摊子。

"你说老板娘卖了家里的窑？"

"是哩嘛！"老汉慢悠悠地回答。

原来，红艳的丈夫给人家帮工打窑，结果窑土塌下来给压死了，丢下两个娃娃。在农村，寡妇熬儿最可怜，最穷的时候，连个买盐的钱也没有。一村子的人都说，这家子算是完了！

村子里来了钻机，轰隆隆的钻机塬上坡下到处钻探，地上不长草，地下必有宝，原来，这个穷地方地下埋着一个油海。有了石油就有了公路，有了公路一切就活泛起来了，村子里的人有了挣钱的路子。有人给钻井队打零工，有人给井队供水、供料，还有人开饭馆。红艳咬咬牙，把窑洞卖了，也学着开饭馆。

正说话间，又来了一辆拉油车，司机刚从车上跳下来，红艳已经忙忙从饭馆里迎出来，又是倒水又是拿笤帚给他扫尘，眉梢眼角一股子压抑不住的高兴劲儿。小伙子黑黑的脸，牙倒是挺白，瘦长身条，裤子上有斑斑的油迹子。红艳嫌水不热，又提来暖壶给脸盆里添，白白的气浪升腾起来，从她身边缭绕而过。隔一会儿，又从屋里拿一条雪白的毛巾搭在脸盆架上。

同事们吃完了饭，都出来了，我们立刻上车赶路。司机老王肚子里藏不住话，一上车迫不及待地八卦起来，原来，红艳刚交了一个男朋友，就是门前刚来的那个小伙子，俩人年龄相差有小十岁。

据说，小伙子头一次来饭馆吃饭，老板娘在饭碗底下埋了一大块炖羊肉，小伙子要的是素面，吃到最后发现不对，正要问，一抬头看见红艳倚在门框上，偏着头儿望着他抿嘴笑。小伙子是个明白人，一时间脸红了，只埋头吃饭。后来每次路过，红艳就单锅另灶给他吃最好的。这一切自然瞒不过走南闯北的老司机们，大家就开玩笑瞎起哄，到最后俩人好上了。

"嗨，真是个好婆姨，眼窝花大花大，又利索又能干，谁娶了谁有福气！"老王说。

锉心

一把锉刀，一块钢板，年轻的学徒埋头于机床锉呀锉，单调的磨铁声充盈于耳，工坊的窗户上，一束阳光照进来，恰恰落在机床上，铁屑子闪闪发亮，工房里静悄悄的，只有锉刀"嚓嚓"作响。

一年 365 天就是这个活儿。

我和摄像师小王一起去采访一个有名的巧匠，宋卫东。

那几天，正赶上入冬以来最冷的天气，很多地方下雪了，北方的冬天干冷干冷，巧匠所在的化工厂临着洛河，河面上的风里又夹杂着湿气，形成了河边特有的阴冷之风，风吹进了骨头，双腿微微发酸发困。

这是一个新建的化工厂，粗大的管道像一条巨龙，从头顶上盘旋而过，里面发出巨大的噪音，感觉有千军万马在内厮杀。11 月的天气，路边迟开的月季一片浅红紫粉，但是不旺相，艳丽中粗头乱服之感，让人惋惜它们生不逢时，生不逢地。

一个壮年男子从马路对面走过来，直觉就是他，电话里那个嗓门响亮、语速很快的男子应该有这样魁梧的身材。果然，他走过来笑着向我打招呼。

宋卫东，一个关中平原土生土长的技师，有名的能工巧匠，短短的寸头，鬓角些许白头发，一双不大的眼睛，眼神清亮，憨厚里透着聪颖。

一个发明家，聪明是必需的，宋卫东就是一个灵人。他的徒弟任小军说，啥样的机械设备看一眼基本就知道原理，汽车出了什么问题，听一听发动机就知道问题出在哪里。至于家用电器更是闭着眼睛也能修好。

你就听他吹吧。宋卫东边说边笑着打断任小军的话。

我从小听爷爷讲，干什么都要讲个天赋，光说勤快还是不够的。小时候村子里有个铁匠，胡子都叫炉火烤焦了还是不会看火候，打出来的镰刀怎么也不快，割麦子两下子就豁了牙子。爷爷因此常常感叹，灵人快马天生成。

宋卫东的许多发明获得了国家专利，有一项抽芯机技术更是了得，化工厂每年检修，时间紧任务重，原来的抽芯机一天下来只能给四台设备抽芯，还把工人累得七死八活的。他的抽芯机能抽二十台，人力物力节约近五倍。

听了他的故事更觉得钦佩，觉得自己整天写写画画干的都是些虚头巴脑的事，我把这个想法给他一说，他笑了，声音很响亮：我们一看见文字脑瓜盖子都发麻！各干一行嘛！他这么一说让我又觉得很舒服，安慰不少，在我们行业，出效益的是技术，文字似乎没什么用，作为一个摆弄文字的人，在发明家面前多多少少有些价值的虚无感。

路过一堆设备，说这个就是抽芯机。他扯开上面的防尘罩让我看，一条庞大的钢结构设备，上面的链条让我想起坦克的履带。这是他们一钉一铆亲手制造的，购买同类设备要四十万，自己造仅花了七万。

我们要给他录现场工作的镜头，对此，我是早有准备的，我们企业肯下苦干活的人不少，可是，很多人一旦面对镜头都会犯一种病：晕镜头。好好一个人，刚才还眉飞色舞，口吐莲花，一看见摄像机镜头，立刻语无伦次，磕磕巴巴。症状严重的一头栽倒，不省人事。

宋卫东倒是大大方方的，一点都不慌张，面对镜头侃侃而谈，我想可能是采访多了，练出来的。接下来采访他的团队，任何一个人只要面对镜头几乎都是一气呵成。我有些惊讶，当然更高兴，省事不少。

接下来要拍图像，可是不凑巧，那天正好碰上上级单位检查卫生，几处施工现场都是歇工状态，宋卫东带着我们去热动力车间，说只有那里正在施工。

一进车间厂房立刻感觉到不适应，巨大的轰鸣让耳朵立刻失聪，说话要扯着嗓子，几句话就感到嗓子生疼，一阵子猛烈咳嗽。忽而头顶上那些巨大的管道发出"咝咝"的声响，好像是漏气了。让人无端地恐惧，生怕一不小心发生什么事故。这绝不是多余的担心，石化是个高危行业，任何一个微小的误操作都会导致一场不可想象的后果，就在前一天，江西一个电厂发生坍塌事故，一次死了 74 人。想想都可怕。

宋卫东好像看出我的心思，说习惯了，听了 30 年，天天听也就听聋了，要是哪天听不见噪音还睡不着哩！

热动力车间正在进行维修改造，员工们在拆装设备。里面的扬灰呛鼻子，刚进来的人忍不住要打喷嚏。

"这是我们这里最帅的技师，就拍他吧！"一个二十来岁的小伙子站在面前，戴着头盔看不大清脸容，但是能看到脸上还有青春痘，见了生人有些害羞，手脚不知道往哪里放。可是干活不含糊，参加全国钳工技术比武荣获第八名。

拍图像却很不顺利，摄像师小王胖，扛着笨重的摄像机，沿着狭窄的楼梯爬上来已经是累了一头汗，高架上地面狭小，身子都转不开，只好侧身半跪着拍焊工电焊的场景，电焊的弧光散发出一种魅惑的颜色，瞬间即逝，人的眼睛在强烈的刺激下瞬间失明，很伤眼。

徒弟小任说，师傅宋卫东带徒弟很有意思，头一年啥也不教，就是干一样活，锉刀锉铁。徒弟难免暗自嘀咕，以为师傅不想给教技术。可是不敢问，只好日日趴在机床上锉铁，厚的锉薄，薄的锉出各种花色，圆的、方的、三角、花朵。最难的是半寸厚的铁片锉成七巧板，接口严丝合缝，一丝都不能错。一丝是什么概念？ 0.01 毫米。通俗地说，比一根头发丝还要细。

有的人耐不住寂寞就离开了。

宋卫东说，不是让他们锉铁，是锉心。把一颗活蹦乱跳

的心锉得静下来，锉得世界上什么都不存在了，只有眼前的
铁板。

有了一颗沉静的心之后，徒弟们才开始学手艺。

我刚进厂的时候，心里也是不安定，那时候大家开始做
生意，我的同学有的当了白领，有的当了大老板，我心里也
慌慌的，觉得自己当个小工人没出息，不免想这想那的。我
师傅看出了我的心思，就说，当工人不丢人，手里有了绝活
儿，就丢不了饭碗。我就从当钳工开始，干什么都比别人认
真，比别人好。最后才有了现在。他慢慢地说。

灵性的铁

我去采访一位劳模，他是一位工人发明家。

之前先跟劳模的领导见了面，谈了谈我们的想法。领导一边抽烟一边不屑地说：那有个啥嘛，不就是闹了几个没名堂的发明，哄一哄不知道内情的人！说着吐出一个烟圈，好像一个渐渐变大变淡的"O"。我打算先和劳模见见面再说。

劳模叫王建国，他和一般工人有个很大的不同，一般工人不善于言辞，来了陌生人很少说话，即便说也是简短几句话，倒不是冷漠，只是拙于表达，或者还有一丝丝羞涩吧。

但是王建国不一样，很能说，一路上我已经大体了解到了他的身世。43年前，14岁的他只是一个黄河岸边学木匠营生的小孩。为了讨生活，他干过很多工作，木匠、煤矿工人，后来进入我们这个石油企业，成为一名石油工人，一步一步成长为一名发明家。

我心里很高兴，我觉得一个人能说会道，真是个优点，至少不要茶壶里煮饺子。可是，他却和我经验中的石油工人那么不同，具体什么也不好说。

他领着我先去他的工作室参观，里面摆满了他的发明创造，很多东西要不是他介绍，简直不知道是做什么用的。

"别看这些黑乎乎的铁疙瘩，都有灵性哩，会说，会笑！"王建国说这话的时候，手里托着自己的一件新发明，一个万能扳手。他的表情很柔和，好像一个刚做了父亲的人在看着新生儿。

他的工作室不足六十平方米，好像是由一个个奇思妙想构成的新世界。如果不是石油工人，完全不认识它们。经过了他的灵感和巧手，它们不再是冷冰冰的铁疙瘩，他赋予了它们新的生命。

我问他，是不是越发明脑子越灵活？他笑着点头："可有意思啦，连吃饭睡觉都能忘了。"

石油行业是个高危工种，危险处处存在，工人们每天和各种危险打交道，时常有人会在事故中受伤，严重的还会失去生命。王建国说，刚参加工作时候，一次施工中，吊卡的螺杆突然松脱，砸向地面施工的人，在重力加速度的作用下，小小的螺杆威力巨大，那位工人的头部受伤缝了54针。这件事促使他发明了吊卡锁销，小小的装置锁住了危险，井场上再也没发生那样的事故。

这样的小发明很多，别看小小的一个改动，却等于是给工人们的头上打了一把保护伞，从本质上保证了安全生产。

一个只念过小学的人，发明专利达71项。他是怎样化茧为蝶，由一个普通人变成发明家的呢？

有人说，热爱是最好的老师。一个人的心在哪里，哪里就会有收获。平时在生活中，王建国的生活简单到了极致，别人有了钱买房子、买汽车，而他的心完全放在了他的第二个世界里，在这个世界里他的灵感纷呈，各种想法源源不断涌现出来，仿佛有一种诱惑力促使他完成一件又一件的发明，别人有，他的巧，别人巧，他的优。

希腊传说故事里有个痴情的皮格马利翁，天天对着一尊美丽的大理石少女像歌唱，石头终于被唤醒了，化为一个鲜活的少女。王建国天天研究那些铁疙瘩，铁疙瘩也被他赋予了生命。

用他的话说，铁疙瘩就跟娃娃一样，有感情哩。

在一次处理事故井过程中，由于封隔器不收缩，拔管时造成井下油管拔断，原油持续往上喷，一连打捞了十多天，仍未见效，矿长、队长急得团团转，简直是热锅上的蚂蚁，王建国大胆地向队上提出："给我 3 天时间，我改进一套打捞工具，试一试。"大家怀疑："你一个小工人，修改打捞工具一无图纸，二无样品，说得倒轻巧！"

他独自一人来到工房里，把自己关起来，用了两天两夜时间，改制出一套新的打捞工具，第三天他带着自制的工具用了两个小时就成功处理了事故井，当天恢复了生产。

这件事为他赢得了普遍的尊重，那些讽刺和挖苦收敛了不少。

但是，反对的声音常常在耳边萦绕，妻子便是一个。吉亚丽有一肚子的话："他整天钻在那个黑屋子里不出来，对

娃娃都没那么大的耐心！两个娃娃上学，他从来没有参加过
家长会。"

面对妻子，王建国低着头，一声不吭，刚才给我们介绍
他的发明时那股子侃侃而谈的神采不见了。

吉亚丽是个高中生，王建国也为当年自己能追到一个文
化水平高他很多的老婆而感到自豪。"那时候我老婆可是镇子
上数一数二的俊女子！"言语间，男人的骄傲溢于眉眼之间。

吉亚丽一脸怨怼，并不领情："我们的第二个孩子刚出生
26 天，我还在月子里，每天要给孩子洗尿布，不能出门去，
我那刚刚一岁多的儿子拿着小牙缸，一小缸一小缸地给我从门
外的水龙头上接水。你问问他在哪里，他趴在车间机床上！娃
娃上学了，我骑着自行车送两个娃到学校，娘们三个掉在路边
的污水沟里……你问他在哪里？"说起这些过往，她忍不住哽
咽，眼泪扑簌簌流下来，不夸张地说，跟自来水差不多。

当着外人的面被妻子数落，王建国的脸上有几分尴尬。

"军功章里有你的一半……"

"我不要！"吉亚丽这几天腰痛，王建国忙于工作，连
陪着妻子看病的功夫也没有。吉亚丽拿手擦了一把眼泪，一
手扶着腰，走了。

我想，任何人都能理解，一个女人长年累月带孩子的劳累
和孤独。如今，孩子们都大了，远在北京工作。丈夫沉浸在自
己的那个发明创造的世界里，远离了人群和社会，别人家有的
房子、车子，他们家统统没有，至今夫妻两人住的还是职工公

寓，孩子念大学的钱是银行里贷的款，年前刚刚还完。

熟人口中的王建国多少有点可笑，不通人情世故，儿子谈了个女朋友，一个杭州姑娘。订婚的时候，王建国两口去杭州，说是顺便看看这人间天堂。到了亲家那里，一看，嗬，房子这么大！王建国居然跟亲家提出，既然你们家里这么宽敞，那我们就不住宾馆啦，就睡在你们家的沙发上。亲家两口儿面面相觑，没见过这么"实在"的人。只好点头答应。儿子生了气，嫌老爸给自己丢了面子，很长时间不和他说话。

熟悉的地方没有风景。厂子里的工友都说王建国憨着哩，不知道给自己刨挖银钱，借着领导来参观，顺便提提条件也不算过分嘛。单位领导更不以为然：闹那些玩意儿干啥，吃饱撑得没事干了！

如今工作中有了故障都习惯于请外援。一个职工搞发明创造就把领导的财路断了。想想也是，不请外援，领导们咋进账呢？怪不得领导们提到他不怎么感冒。

好容易有个领导赏识他，给他一辆车，没想到领导一走，本单位的小领导开始作难，不给加油。理由是领导只是给了车，就没说给油嘛！王建国不吭气，还是默默搞他的发明，好像不知道别人作难他，给他难堪。

"世界上总要有一些肯吃亏的人，人人都精得要命，那还了得。我的工作能让工人减轻劳动强度，更加安全，我就觉得值了。"他笑着给我说。

黄河边的女子

艺术家冯山云的布堆画里，女子们个个身材壮硕，乳房饱满。脚板手掌异常粗大。头发长长的，在风里飞。仿佛一蹦从画里跳下来就能推磨做饭。

我问他为什么这样表现黄河边的女子。他说，有一次在南方看见女子在水田插秧，裤腿高挽，腰身窈窕，好像是豆芽，白嫩水灵。相比之下，黄河岸边的女子特征立显，她们是洋芋土豆，陕北人的当家菜。

在黄河岸边，这些洋芋土豆般的女子，在自己的日月里生活着，不一样的际遇，一样的操劳。

我是在碾盘村遇见她的，一笑一口白牙。说话快，说着说着气不够用，缓一口又说。浑身透着一股子麻利劲儿。也许见多识广，没有普通乡村女子的羞怯忸怩，见了陌生人，大大方方问好，亲热劲儿好像是老早就认识。

她叫郝秀兰，二十年前嫁到黄河岸边的碾盘村，现在孩子在县城里上高中，她是陪读母亲。

碾盘村的人晚上睡觉梦里都是黄河的涛声，站在硷畔上，抬眼就能看见大河浩浩荡荡从山崖下走过。过去这里来往着陕晋客商，算是一处热闹繁华地。村口有个楼门，楼门上是关羽庙和观音菩萨庙。可能在乱世，人们最大的心愿就是保佑平安吧，关羽一柄青龙偃月刀会让人安心一点，而观音娘娘更不用说，救苦救难大慈大悲。旅人过河上岸，沿着一条小路，进入楼门之后就是碾盘村了。这里住着冯、郭、郝三大姓人家，每一姓的院门前都有一个大碾盘，久而久之就有了这个村名。

如今，和中国所有的乡村一样，碾盘村也无可奈何地凋落下去，村里人都搬走了，住到了县城或者更远的延安。很多窑洞大张着口，院子里长满了蓬蒿。硷畔上的碾盘落满了枯叶和灰尘，边缘的凹痕是当年坐在这里歇息的人们磨镰刀的印迹。如今，人迹全无。只有树上的喜鹊喳喳喳叫着，打破村庄的寂静。

她的出现使这个村庄生动了许多。因为村子里只有几个老人了，难以见到其他人，更不用说这是一个年轻活泼的女子。

碾盘村要说和其他村庄有什么不同，就是这里有一个小小的博物馆，近几年来，土地逐渐撂荒，人们进城打工，黄河边开发旅游业，那些昔日耕地劳作、纺线织布的用具收纳进了这个简陋的博物馆，向人展示农业文明时代的日常生活细节。

郝秀兰管理着博物馆。一有客人来，这个陪读母亲就会从城里赶回来，熟极而流地给我们介绍窑洞里陈列的物件，那些小油灯、纺车、织布机、木桶、连枷像一个链条展开了农村女人生活的细节。

在我看来，女人和生活的关系更为真实。这些物件让我想起逝去多年的祖母。

我的祖母是一个纺织高手，白天上山劳动，晚上就着灶头的余火纺线织布。她能干强悍，美丽聪明，是我的血脉的上游。如今她早已谢世，没想到，我却在黄河边遇见了昔年的她。

在这个小小的博物馆里，那些碎片一般的往事纷纷复活。我看见了年轻的祖母纺线织布的样子。记得她曾经说，一天纺三斤（棉）花，三天织成一匹布，靠着卖布养大了三个孩子。如此艰难的生活也没让她变得粗糙，她的头发永远油光水滑，院子永远干干净净，炕上一尘不染，酸菜缸也擦得光光亮亮，不许有一点儿灰尘。她织的布密实匀称，每根经线一贯到底，不许有丝毫的粗细不匀，否则整个布匹都疙里疙瘩。一个人穿着疙里疙瘩的衣服出门，会让别人笑话的。

我在心里暗暗的感激工业文明，否则，一个女子的一生为了生存而操劳就很劳累了，遑论其他，恐怕连喘口气的工夫也没有。

我的猜想是错误的，在博物馆内我看到了布堆画，这是民间创造的一种独特艺术。

生活不管多么艰难，人总会寻找一些快乐，做一些无用但愉悦的事情。用碎布头作画就是为了完成心灵的愉悦。这种自娱自乐也许就是艺术产生的本质原因。

郝秀兰和冯山云一样，都是布堆画艺术家，风格基本是沿袭传统路子，色彩艳丽，形状夸张。民间艺术给人最大的惊讶就是高天流云般的想象力，无拘无束，自由自在。

我喜欢一副鬏髻娃娃。女娃的两个鬏髻变化为一阴一阳两只鸟儿，眼睛幻为两朵石榴花儿，嘴巴是一只展翅的蝴蝶，坐在一朵莲花上，莲花是吉祥如意的象征。整个画面充满浓郁的生活味道，浓艳欲流的用色，色彩之间的对撞，却并不显得生硬，反而有一种跳荡感。

陕北的冬天，草木萎黄，山川枯槁，布堆画的亮丽反抗着过日子的乏味，是对生活的滋养。

她说，过去的女子闲暇时间做这个耍。

天哪，还有闲暇？有人这样惊叹。

刚才那个展室里各式各样的农具似乎全部在诉说着生活的艰难，几乎每一样东西都要出自于双手。她们除了上山劳动，回到家里还要推磨做饭，纺线织布，生儿育女。即便今天，女子们从工业文明中获得很大解放了，哪一个不是依然忙得要命？

见我喜欢，她问我要不要，要是要的，可是经验告诉我，在旅游景点一定要杀价，她张口六百，我拦腰一刀，她不卖，我也一脸淡然。如今，商品经济的熏风迅速让黄河岸边的人们精明起来。

可是，她还是热切地希望我能买她的画，不停地诉说着制作的辛苦："做一幅画可费工夫哪，熬油点灯的。我还有两个念书娃娃……"说到这里，她住了口，可能觉得再说下去，自己就会矮一截。

这些布堆画，如同多年前祖母的纺织，成了养家糊口的方式。我理解她的心情。

买卖还是成交了，我们都做了让步。她说，上次来了一批北京客人，一幅布堆画卖了六百哪！言下之意，并没有漫天要价，而我捡了一个大便宜。

无数次在旅途中，买了那些好看却没什么用的东西之后，慢慢得出一个自我安慰式的结论，我买的只是一种记忆。记忆中也包含她，这个黄河岸边的女子。

在乾坤湾看到一长溜卖东西的大妈，脸上双颊的高原红是昔日劳作的记忆，结实的身板，圆圆的大脸，活像冯山云的布堆画里那些洋芋土豆一般的女子。眼睛里却闪烁着娴于应对的精明之光。她们扯着嗓子吆喝着贩卖红薯干，炒豆子，打开袋子热切地请我们品尝。我注意到她们的手指关节粗大，这是长年重体力劳动留下的印记。小小一袋豆子或者红薯干卖到十块钱，价格不菲，有人在咕哝，如今农村人变得越来越精了。

回头想想郝秀兰何尝不是？早已经不是我们一厢情愿的想象，毫无例外沾染了生意人的气息。

可是，生活这个大题目在那里摆着，过日子没钱怎么行？供孩子念书在如今是个什么概念？

她们并没有义务守着那些古老的传统，等待外人的光临和赞赏，不论什么时候，把日子过好才是最要紧的。

晚上住在黄河边，看了一部纪录片《桑洼》，反映黄河边的人们日常生活状态。对片子里的一个女人印象深刻，腊月临年，晴好的中午，坐在院子里剪窗花，剪刀一弯一弯剪出一个灵巧的小鸟，嘴里哼哼着小调儿，没记住歌词，大致意思是一个叫作丁菊花的女子和姐夫的风流故事。看得出女子脸上微微羞涩却又津津有味，这种故事好比盐，能将白饭一样平淡的日子调剂得有声有味。哪里都有这样的故事，在陕北大地能留下姓名的女子，大都有一段与众不同的情感经历。

那一年去临镇，访问传说中的女子"摇三摆"，她早已去世，只留下一张黑白相片，五十多岁了，眼睛还是水灵灵的，她的真实名字没有留下来，只是因为走路脚步轻盈，有如风摆杨柳，得此绰号。一生情事不断，很多人爱过她，她也爱过很多人，被众人明里憎恶或者暗里艳慕。弹三弦的流浪艺人将她的故事四处传唱，成了陕北地区的一个名人。

兰花花、四妹子、摇三摆还有这个桑洼的"丁菊花"她们共同承担着"盐"的作用，给黄河岸边寂静的生活里，增加了很多回味。

返回的路上，郝秀兰搭我们的便车回县城，孩子念高中，她还要给他做饭。我问她碾盘村里的博物馆谁管？她说，两头跑，有事了人家打电话提前通知，她就跑回去变成讲解员，没事的话就回县城变成陪读母亲。

她说话快而急，一口气说完，长长地出了一口气。我注意到她的红色上衣的衣襟后面沾了很多土，可能是做农活蹭上的。车到了县城之后，她微笑着和我们告别，下了车，立刻融入人流中再也找寻不到。我甚至怀疑，汹涌而过的人群里，真的存在那个会做布堆画，会剪纸、会唱民歌的郝秀兰吗？

我和朋友在电话里闲聊，把这些事情告诉了她。她正为情感上的事深陷烦恼。因为貌美，追求者甚多。造成了她很大的苦恼，如今，年已三十还未婚嫁，家里人难免忧心忡忡。她对我诉说道：个个不如意。

我相信她的烦恼是真的，绝不是别人想象的那般矫情作态。有时候太多和没有几乎可以画等号。

人的烦恼真是花样繁多，黄河岸边那些女子们，比如郝秀兰，奔波于城市和乡村之间百般忙碌并津津有味。可能根本想不到，人间还有这一类烦恼。

卖菜的老杨

不知不觉的光华路两边就形成了一个菜市场，刚开始只有老杨一家，那时这个新小区里的住户不多，我也想不起来老杨是什么时候到这里的，好像是夏天吧，那时，光华路还很冷清，他的架子车就停在路边，车上是常见的黄瓜、西红柿、小白菜等等。

老杨是个面善的人，人很木讷，一张诚恳的脸，比走街串巷的小贩那些伶牙俐齿的吆喝更让人放心。渐渐地，成了他的老顾客，下午下班回家，他一见我常常是笑笑，算是打了招呼，我若是买菜，他会实实在在告诉我，今天的西红柿不咋样，建议我别买了，买些其他的菜。或者黄瓜有些苦，是嫁接的等等。而同样卖菜的小高，就完全两样了，无论拿起什么菜看看，他都会一声声地说，刚刚来的菜，可新鲜的呢。比如刚拿起胡萝卜，他就会说，脆生生的胡萝卜，早上刚从地里拉来的。拿起黄瓜，他紧接着又说水格灵灵的黄瓜刚摘的，有些时候，辣椒都打蔫了他还会一个劲地说，看这绿个峥峥的好辣子，市场再没有比这更新鲜的呢。我算不上个好主妇，不会像那些精明的人那样，眼睛像探照灯似的在菜堆上寻来寻去。往往听卖菜的建议，他说什么新鲜，我就买什么。时间长了我发现还是老杨待人诚恳。

老杨其实算不上个好生意人，手大。卖菜总是末了给人再添上一些，秤杆高高翘起，秤锤都站不住，还生怕人家看不见，高高举着让人看。要是多一二两就干脆抹去，算都不算。相比较小高就显得精明得多，他总是一个劲地说自己的菜新鲜又便宜，捎带着说隔壁几家的菜怎么怎么不好。称斤两的时候，往往称还没站稳，就手脚麻利地一压秤杆，急急地报出钱数，亏他脑子快。别人也懒得细算就按数付钱，事后了回头一想总是多算了那么一点，算啦人家也不容易，再说，谁还好意思回头讨要呢。

渐渐地，买菜的人多起来，水涨船高，卖菜的也就跟着多起来，光华路的两边慢慢红火起来，有些人就安营扎寨了，白天卖菜、卖水果，晚上就住在路边。

渐进年尾，一天比一天冷，我上下班常常看见那些卖菜的人站在路边，穿着军大衣还冻得瑟瑟发抖。做买卖的时候，那手都伸不展，给人找零钱，手抖得半天抽不出一张毛票。

老杨因为来得早，占据了有利地形，临近过年前后，我发现他居然在路边搭起了一座简易房，那房子说不上是什么材质，好像是一种泡沫材料，看着不怎么结实，房顶上是彩条塑料布蓬着，窗户上蒙着透明塑料薄膜。不管怎么说老杨的摊子也算是颇具规模了。

好像是一个学一个的样子，不久，光华路两边搭起了好几个这样的小房子，有的卖菜，有的卖水果，还有的卖小吃，一时间这里颇像个市场。

冬天，老杨的房子里搭了一个火炉，稍稍能抵御外面的寒风，可因为房门大敞着，实际上还是很冷，老杨一天到晚地穿着那件黄色军大衣忙来忙去。一次我去买菜，拿了东西才想起手上没带钱，老杨憨憨一笑，说，下次吧。谁知道我竟然给忘了。每次上下班路过，只是和他点点头，过了很久，有一次不知道为什么忽然想起来，觉得自己太粗心大意了，谁不知道对于一个做小买卖的人来说，十几块钱算是一笔钱呢！我赶忙到楼下还给他，老杨还是陕北农民那种特有的憨厚，笑笑说，没有了慢慢还。我想起前一段时间去超市买东西，手里提一大堆东西在收银台排队等候，我是个爱胡思乱想的人，一边排队等一边想其他事情，不想手里提一只扫帚竟忘了交给收银员扫码，待已走出时，她和我几乎同时发现了这个事情，没容我反应过来，她一声断喝，厉声叫我："哎，那个女的，你怎么不交钱就走！"人头攒动的收银台前所有的目光都聚焦向我，我感到自己真的像做了什么亏心事似的，赶紧回身刷卡。收银员挖了我一眼，那是一种审判的眼神，含义很清楚："装什么，这样的人我见得多了。"

我在众目睽睽下狼狈出逃，跑出超市一个人站在大太阳下，愣了半天神才恢复平静。

后来想，不守信用的人太多了，也怪不得人家那种态度。而老杨，他似乎一点都没有想到人家要是忘了给他还钱，该怎么办？

光华路的市场越来越红火，有时候卖家电的也来这里，搭起个舞台，一些女孩子在上面又唱又跳，旁边一个男人手持麦克风大声吆喝夸说家电怎么怎么好。当然，围着看红火得多，真正掏钱的少。来卖菜的农民也越来越多，竞争越来越激烈，往往相互之间开始压价，主妇们买菜的时候货比三家，挑拣又好又便宜的，一天下来，老杨他们的收益也越来越微薄，不过和他聊天会发现，老杨还是很高兴的，有一次，他很骄傲地对我说，这几年卖菜，他给儿子把媳妇也引过了，要是还在农村里受苦，媳妇还不知道什么时候才能引哩。陕北民间有个默契，父亲给儿子把媳妇娶了就算是把责任尽到了，父亲老了儿子要给他养老送终，所谓老子欠儿子一个媳妇，儿子欠老子一副棺木。

老杨的责任其实刚刚开始，当天气渐渐热起来时，在他那简陋的小房子里增添了一个孕妇模样的女子，她日渐隆起的腹部预告老杨快要当爷爷了。

我们都开玩笑地说，小孙子叫爷爷可不是白叫的，以后老杨还得好好挣钱供孙子在城里念书的。老杨憨憨一笑，显然他对于大家的说法也很赞同，要是小孙子真的能在城里念书，那就是城里人了，再也不用下地里受苦，戳牛屁股了。老杨说，他们那个村子里的人，只要稍有奈何的统统进城了，农村实在挣不下钱，打的粮食卖不得几个钱。

老杨似乎越来越勤快，门前常常拿个破扫帚扫得干干净净，一双皲裂粗糙的大手把蔬菜码得整整齐齐，叫人看了舒服。他的儿子和媳妇有时也过来帮忙，帮着拿东递西的，听说儿子在不远处的一家小区收废旧物品，一天下来也能挣个大几十的。

好像是一夜之间，光华路两边大大小小临时搭建的房子上都被写上了大大一个"拆"字，原来，这里要新建一个居民小区，上面说了附近这些建筑都是非法的，要立即清理。对倒是对着哩，可是大家买菜到哪里买？没有人能说出个子丑寅卯，该管还管不过来哪，谁管这些小事情？

我看见老杨和其他人一样，在早已被掀掉屋顶的房子里整理那些没有卖完的蔬菜，蔬菜上蒙着灰尘，他站立在废墟里收拾东西，动作机械，周遭一片仓皇，全然不见了以前的劲头。看见我咧一咧嘴，像是努力地笑又没有笑出来，我也想和他打个招呼，又不知道该说什么好，心里说不出来的酸楚。

我不知道老杨最后去了哪里，是回到了村庄，还是继续在城市挣扎，好让他的孙子将来能在城里念书。

拾荒者

她手里拿着一根棍子，在垃圾箱里奋力地搅动，黄尘扑漾起一股一股的。她的眼睛专注地瞅着里头，希望能发现什么东西。小小的个子够不着盛放垃圾的铁罐，努力地踮着脚，显得很费劲。

差不多每天我都能看见她，矮矮的个头，白头发上永远顶着一块暗褐的旧手帕，常穿件褪色的马甲，却看着还算齐整，比一般拾荒的人要讲究些。脸容上也没有那种素常见的，似乎想要讨好谁或者自惭形秽的笑，看谁的眼神都是平静的。如果没见她捡垃圾，你多半还以为是一个普通的农村老太太。她大概有六十多岁吧，或者七十多岁？

我发现，现在即使对一个人做年龄上的判断也很困难，马家湾周围卖菜的多一半来自附近的农村，黧黑的脸色，粗手大脚的，猛一看以为他们年龄很大，就老头儿、老婆儿地叫。待熟悉了，拉拉话，才知道其实年龄满不大，有的还不到五十。与之相反的是城里人，有的女人长靴短裙，走路一跳一跳的，妙龄少女的感觉，远看还以为是个小姑娘，走近前，已经是一脸乱七八糟皱纹的大妈了。

我不知道她打哪儿来，估计周围人也没有注意，至于怎么称呼，更是不知道。陕北人有个习惯，对她这个年龄的老妇人，且不知姓不知名的，多是称"老婆儿"。多了一点略略的卷舌音和"老婆"的意思就相差的远极了。

一个六七十的老婆儿，以捡垃圾为生，自然引起了别人的同情或好奇。一般说的话，要么是无儿无女，要么是儿女们不管。人老了，需要倚靠。有时候，我看着老婆儿趴在垃圾箱上翻捡那些破纸盒、酒瓶子，就想，不知道我自己老了以后是什么样子？一眼看见靠儿女是不现实的，眼下，一个孩子要管四位老人，管得过来吗？回头来又觉得好笑，我就是这么一个喜欢杞人忧天的脾气，多少年了都改不了。以后怎么样，是老天的秘密。我怎么知道呢？

哪怕一个馒头，老婆儿每天要靠自己的双手去挣。好在马家湾的居民多，每天会产生大量垃圾，用不着满城里的转。时间长了，我发现，拾荒的人很多，即使在这个行当里仍然存在竞争。有几个壮年人，可能是刚离开农村到城里扎脚，一时还找不到合适营生，就先干这个。只见人家脚踢手拨拉，一阵子就捡一大堆什么纸箱子、酒瓶子，偶尔还有衣服，皮鞋等有用的东西。老婆儿和他们相比，显然落了下风，有时，忙着上班的人，手里提个纸箱子或者其他什么，那些手脚快的，忙忙跑去接了，省了人家的工夫，自己也拿了现成。老婆儿就不行了，她没有那么利索，只好费劲八百地翻呀捡的，脚下小小一推杂物，不晓得能卖几个钱。

家里要扔一些东西，有一双鞋，我总共没穿几天，白扔了可惜，便先趴在窗户上看那老婆儿在不在，若是在了，就下楼拿给她。她接过来后，眼睛里露出感激的神色，嘴里低低地说："好人"！我有些赧然，不过是弃物，哪里能担起如此美称。

我经常在路边遇见她，像个老熟人似的，见面笑一笑。有一次，我准备出门，站在路口等出租，偏偏半天没有一个车影子，正等得不耐烦，看见她在瓜摊上买西瓜，只见她挑啊挑的，卖西瓜的汉子替她挑起一只，说："老婆儿，这个瓜好。干脆我给你切开。"老婆儿忙制止："吃不了，我一个人嘛，你给挑个小小的。"

卖西瓜的汉子满瓜摊翻，终于挑出来一个小西瓜，看上去只有足球那么大。老婆儿很满意，让汉子给她称，汉子连称带报价，"八斤八八六块四，给上六块钱算了。"

老婆儿从衣襟里头摸进去，半天摸出来几块毛票儿，一张一张捋平整，数了半天才递给了旁边早都等得不耐烦的汉子。汉子连数都没数，一把塞进了放钱的红塑料袋里，老婆儿有些着急，"你咋没数数？""数了数了，你老人家还能差下不成。"老婆儿却坚持叫数数，汉子没法子，把塑料袋里的那一把攒成团的毛票票拉出来，数了半天说，"一分洋都不差。你老婆儿还能短下我的不成？"

老婆儿拿塑料袋把西瓜装起来，慢慢说："是哩嘛，不敢给你短下了，我是怕短下你的钱哩。"说完话，小心地提着瓜走了，卖瓜的汉子在背后悄悄笑说："这老婆儿，个家儿也穷的，还怕短下我的钱哩。"

旅游见闻

其实，刚下了飞机我便注意到他俩，在出站口听见在一大堆南腔北调里他的腔调很特别，那种浓郁的乡音，一听就是陕北人。

我的耳音特别好，甚至能听出来是陕北哪个县的。只听得那个男的说，你真漂亮，那个空姐都瞭了你一眼呢。女的说，人家看谁不可以吗？语气里有股子矜持劲儿。男的说，哪里，人家看你是因为你比她都漂亮，她嫉妒你哩。女的咯咯地笑，听得出很得意的笑。我没回头瞧，只听音声猜度，男的大概已经不惑，女的正值青春年少。

导游站在门口等，手里举着小黄旗，我发现干什么工作时间长了总会不知不觉地沾上职业味道，比如一个教师或者公务员，还不等张嘴，光凭衣着基本能猜出来，其实也不是猜出来的，可能是鼻子发挥作用给嗅出来的。导游身上有一种"油"味，虽是第一次见面，但丝毫没有陌生感，满面笑容对每一个人点头微笑，那种笑是从眼睛里流露出来的，让人感到信赖。

的确，在一个千里之外的陌生地方，有一个可以信赖的人，那种感觉让人踏实、放松。我看见一群人里，有的低头摆弄手机，三四个小时的旅程关闭了手机，说不定有什么要紧的事情呢，手机用惯了总有一种依赖感，别说几天，就是几个小时没有信号人就会莫名惶恐，担心有什么事情发生，漏了自己。还有抽烟的，也是憋得难受，这会子猛吸，有个中年人，一口吸下去烟卷就缩进半寸，微微闭了眼，良久烟雾从鼻孔徐徐喷出，袅袅上升。脸上简直如醉如仙。导游探长脖子数人头，数来数去短两个，大家彼此都不熟，互相看看，歪歪头想想，又无从想起，只好耐心地等。

半天，大家都有些焦急，可是导游脸上还是一片阳光，可能耐心是导游的必备素养，有人在叹气，暗暗含有一丝丝不耐。他便讲起明天的行程安排、注意事项。都是些熟极而流的话，面面俱到，丝丝入扣，大家可能会遇见的问题都想到了。

那两个人终于到了，匆匆的脚步由远及近，众人的眼光像是被一根线给牵住了似的，扭头侧脸向来路上看，是刚才走在我背后的那一男一女。

这时，我才看清楚那个男的看上去四十多岁，身背一个皮包，相当考究。看看牌子，爱马仕。女的很漂亮，但看不出年龄。现在基本上二十五到五十二之间的女人的真实年龄，为了避免踩雷，一般人见了女人，都是尽量把年龄说小，说错了，没有一个女人会因为别人把她看小了而郁闷，那反而是一种令人愉快的恭维。男的大概看见大家都站在出站口等待，便有些不好意思，不知向谁解释："哎呀，刚才寻茅房寻了半天。"说着从烟盒里抖出一支烟，点上。

我们要去的第一站是千岛湖，好似天下的水都汇聚到这里了似的，满眼无边无垠之水，在清秋的风里浩浩荡荡，向天边涌去。我们的船在水上迅速前行，游客们站在船头忙着拍照，似乎想把真个千岛湖带回家去。玩了好长时间大概看水看乏了，人们纷纷回转，船头的风也太大了。我还在船头，听得背后说话，回转身却看见那个漂亮的女子，朝我走来，风大听不清她在说什么。

女孩对我说，咱们摇这只船。说完她劈开两腿一左一右使劲，半天船不见丝毫动静，她似乎有些气馁，双手叉着腰，胸脯一起一伏地，有些不服气，有些没奈何。显得单纯而又有些孩子气。

那个背着名牌包的男子出现在甲板上。腕上的金表在阳光照射下，一闪一闪有些刺眼，看见女孩摇船，他便岔开两条腿开始一左一右使劲。船微微有些晃，渐渐幅度越来越大。男子越加力，女孩子笑着拍掌，嘴里喊好呀好呀的。男子看见女孩笑着，自己也开心起来，咧开嘴笑了，一排黄里见黑的牙齿像传说中阿里巴巴的深山洞穴。

这种时候，外人还是最好闪开，免得让人家看着眼黑讨厌。船头只剩了他俩，那女孩的头发在风里飞扬。男的笑着说什么。

　　船舱里的游客开始打扑克，几个人饿了，和导游商量着在船上吃饭。千岛湖的胖头鱼一条 80 元，几个人和船家搞来搞去的，没个停当。终于说妥了买三条，便宜一点，好歹能让让价大家心里也是个平衡。不一会服务员忙着上饭上菜的，船舱里飘着一股浓郁的香气，本来没胃口的人也来了食欲。一起来的人多半是老人，这次出远门大都是儿女孝敬的。自己收入不怎么高，花钱格外仔细，恨不能一分钱攥在手心里攥出水儿来。虽然大家并没有说非吃这鱼不可，可是一起来的怎好和人家另式另样，少不得一起吃饭，两个老太太边说，这鱼有个啥好吃的？淡不溜溜的，吃着还没有家里做的好呢。说归说，大海碗里的鱼还是很快被吃光了。大家都说到底是南方，做鱼比北方人强远了。

　　那个中年男子和女孩一起进来了，导游忽然有些紧张，可能刚才忙乱着搞价，忘记了点人。男子却并不介意，叫过来服务员，说是也饿了，有什么好吃的？服务员急忙推荐拿手菜胖头鱼，还没等讲好价格，男子手一挥说赶紧做去，服务员急忙扭身朝船头的厨房走去。做好！临了，男子又冲她的背影喊了一声。

　　导游这才从那头走过来，很有经验地说："其实价钱还可以搞一下的。"男子点了一根烟，瞟了一眼导游说："麻烦钱也不够的。"既这么说，也就没人再吭气了。女孩好像很怕烟味儿，脑袋一偏，小手把飘过来的烟雾赶了赶，男子将手里的烟猛吸一口，然后隔着舱门扔出去。

　　总少不了那些人造的景点，千岛湖上据说有个蛇岛，导游撺掇大家去看，但蛇那东西总是令人瘆得慌，因此没几个人响应，大家嗯嗯啊啊的就是不问门票的事。女孩子忽然轻声说了半句："来都来了嘛，""对对，就是就是，来都来了，咱头都磕了还短作揖？"男子立即响应。有了这句话，导游就开始统计人数，要看的就上岛去看，不看的就在船上等。就像春天的河床，冰块一点一点消融，刚开始没有几个人，渐渐地大家好像觉得来也来了，不看就好像有一点点空没有被补上，总是个遗憾。人就这么慢慢多起来，导游还算满意，脸上挂着笑意，忙忙跳下船去看票。

　　那个男人和女孩挤在前面，男的很有把握的样子，指着一条细长的蛇，说，快看，美女蛇。女孩使劲伸长了脖子，在哪。在哪？半天也没有看出个所以然。男子停了停嘿嘿地笑，女孩抬起头看着他，微微有些嗔意，瞥了一眼，说讨厌。

　　渐渐情况就明显了。在高速公路旁的服务区"唱歌"，导游刚开始说叫大家唱歌，几个老太太纳闷，好好的半路上唱什么歌呀，后来，渐渐反应过来，原来是上厕所。那个男子要是去唱歌，那个质地不错的包就会拎在女孩手上。而女孩的粉红色风衣也会搭在男子臂上。后来，男子和女孩吃饭坐在一起，大家好像心照不宣似的，谁也不去他俩跟前凑，总要留一点点空余地方。坐车的时候，好像商量好似的，各自找各自熟了的人，谁也不去坐在他俩的身边。

　　两个老太太开始嘀嘀咕咕研究起这两个人之间的关系，在周庄，一队一队的游客拥挤在一处走不动，她俩在后边聊天，这一个说，说是两口子吧，刚开始还不太像，听见说话客客气气的。说不是两口子吧，走路厮跟着，比两口子还亲近。另一个说，两口子才不厮跟哩。这一个说看年龄也不像两口子，男的四十大几了，女的二十五六不过。另一个说，现在的人谁晓得哩。两人你一言我一语，随着人流缓缓朝前。旁边不时有游客从人潮里挣脱出来，坐在河道边的茶馆喝茶，本来是旅游找轻松的谁想人多得能把人挤成照片。

　　那个男子和女孩赫然在座，一边是拥挤的人群，一边是略略宽绰的茶座，所以显得有些引人注目，况且，女孩子肤如凝脂，坐在茶桌旁有一种江南水乡的韵味。好像她本来就是周庄的一角风景。不时有目光从人群里投出，含义丰富，男子低头喝茶，大概他渴坏了。女孩子若有所思地手托桃腮远眺，背后，两架小桥跨河而过，古旧但轻盈。夕阳下的河水好像给敷了一层浅浅的金，缓缓地流淌。

　　上海是这次江南之游的重头戏，头天晚上，导游就在大巴上宣布了上海游的基本内容，什么黄浦江啦，东方明珠广播电视塔啦，还没有说完，那个中年男人发话了：喂喂，咱们去不去南京路呀？当然去。啥时候？明天下午。哦。男人满意地向后一靠。导游的眼睛只看着他，好像只有他一个要去似的。其实旅游逛街并不是大家心心念念的事，如今买东西哪里都能买的着，还要大包小包千里路上往回背不成？可是来了嘛，逛逛也行呀，何况是上海。因此逛街成了大家可去可不去的事。不过既然今天已经有人特意问及，谁也不好意思反对了。

一下车头一家就是一个大型百货公司，橱窗里陈设着一个女式手表，偌大的黑色丝绒座上，孤零零地，越发显得金光璀璨。好漂亮呀！女孩赞叹。好的还在里面哩。男子说着挽起女孩的手臂走进旋转门，大家也鱼贯而入，买不买先看一看再说。

里面果然琳琅满目，各式各样的女表，看看价格不由吐舌。一个老头儿指着一只表对老婆儿说：这个还便宜，才500。大家凑过去一看都笑了，不看看后面有那么多零！老婆儿笑着说，把你卖了也不值那个数数。老头也笑着，嘿嘿，跟咱那搭的手表一样样价，咋价就这么贵？

牌子，关键是牌子。中年男子说。

忽然，女孩发现了什么，尖声叫着：好漂亮呀！大家忙凑过去看，真的，是很漂亮，还不能说漂亮，简直是一只无与伦比的手表，金色。表盘简洁，造型优美流畅，镶钻在射灯下熠熠生辉。看看牌子，有人认出来了：浪琴。

女孩扭头仰起好看的脸看男子，眼神里充满期待。男子眼睛像射灯似的盯着手表，半天挪开目光。笑一笑：这有什么？等遇见了好的再给你买。不嘛，就要这一个。女孩子噘嘴。然后问身边的人，你说好看吗？大家都笑着，我无意回头，男子背转身冲众人挤眉弄眼，把舌头一伸。大家脸上僵笑着，谁也不说话。我本来看着表还真的不错，这会子却不能张嘴。

一阵沉默。女孩的话掉在了地上。

走吧走吧，这才是头一家，后面还有好的呢。说着，男子拉着女孩的手，走了。

几天的旅游很快结束了，本来大家都说什么都不买，结果上飞机的时候都是大包小包，女孩子也买了不少东西，本来嘛，女子哪有不爱逛街的？在萧山机场托运行李时，男子招呼着大家，很是热心，几天功夫大家都混熟了，在候机厅，拿着手机互留电话，那几个种苹果的老农很热情地说，等苹果熟了，欢迎大家来品尝。男子也很真诚地说，有空到西安，希望大家来自己的公司作客，请大家喝酒。说完一阵豪爽的笑。

两个小时以后，飞机平安降落，刚才还在一起的熟人，忽然像一杯水倒进了沙漠，顷刻就不见了，满眼都是陌生的脸孔，在等机场大巴的当口，女孩在我身边出现，我还以为你们都走了呢。我心想，这话应该我说。女孩的东西实在不少，光纸箱子就有三个，等我们把那些大大小小的行李都塞进大巴底舱，不知不觉已经是汗淋淋的了，我直起腰，拿手将脸上的汗擦干，随意向别处一瞥，看见那男子开着车闪过，车里有个年纪相仿的女人。女孩正好背转身，没看见。

秋子如水

她站在那里，两条长辫子很随意地垂着，眼神柔和、平静。整个状态很松弛。我原本有些小紧张的心也跟着松弛下来，心里暗暗提醒自己：哦，她就是《寸断柔肠》《我跳舞，因为我悲伤》的作者冯秋子啊！

十年前，《寸断柔肠》在我的床头放了很久，成为每晚要读一读的书。不过，从来没有想过与作者晤面。在我看来，她那么遥远，根本不可能和我的世界产生交集。是的，她属于另一个世界，远离这个尘土扑面的黄土高原。

我所在的石油企业邀请一些著名作家学者采风，我们是作为业余作者位列其中，认识她应属十分偶然。

刚开始，我称呼她"冯老师"，她话不多，很和气，脸上始终挂着笑容，不是那种积极的，热烈的笑，而是一种，怎么说呢，是一种温和的笑，棉花一样松软，干爽。我感觉她很放松，走路轻盈，言语温和，不疾不徐，舒张有度。

拜谒黄帝陵是其中一项重要活动。新修的黄帝陵更具一番宏大气象，她对建筑更有兴趣，不停地赞叹着建筑之美，一边走一边不停地拍照，我注意到她喜欢拍一些不怎么被人注意到的细节，比如：被清晨的阳光拉得细长的人影，一片金黄的叶子…渐渐的，她落后于大家。别人都参观完回车上了，她犹豫着该不该到祭祀大殿看看。我便说，好容易来了，就去吧，我陪你。她好像特别怕麻烦别人，急急忙忙上去转了一圈就下来了，我心里说："冯老师，你不用那么着急的嘛。"可嘴上没吭气，觉得她太客气。一个不愿意麻烦别人的人，要是给别人添了麻烦会很不安的，算了，还是随意的好。我想。

几天下来，忽然感觉，她的随意背后有一种很认真的东西，那就是与众不同的品味。衣着随意舒适但并不潦草，她穿普拉达，但没有名牌惯常的咄咄逼人感，还是那么熨帖自然。我心里暗想衣服就是人的语言，穿久了沾了人的气息，会替人言语。

一次我们走路，她忽然对走在前面的王彦敏说："姑娘，你的衣服不是这个穿法……"话还没有说完，就拿手要替她拖开后下摆的衣褶，无奈缝得很结实，拖不开，她干脆弯腰用牙咬，费了半天劲，才弄开，又替她把后摆散开，整个衣服立刻显得很洒脱。

彦敏有点不好意思，小声道谢。她就像做完一件家务活一样，一脸轻松。我想要是换作我，肯不肯深弯下腰，用牙给人拖线头呢？这个简单的问题，还真不怎么好回答。

几天下来，越来越觉得她好看，就是这么奇怪，有些人初看好看，越看越不好看。有些人是初看不打眼，越看越觉得好看。她吃饭一粒不剩，盘子里干干净净，说，不浪费别人的劳动。我注意到她喜欢老提起"别人"，不麻烦别人，不打扰别人。走路总是脚步轻轻，生怕给别人制造噪音。上车提箱子总是自己提，连年轻人帮忙都不肯。夏老师的座位前面放着一桶水，我们谁都没有注意到，她不吭不哈的提到一边去，说，这下你就舒服一些。看不出来，这样文雅甚至柔弱的女子干力气活居然也这么在行。

我心想，一个心里有别人的人怎么会不好看？

不料想路上出了事故，在榆能化参观，落在后面的秋子不小心一跤绊倒，踝骨骨折。

我赶过去的时候，大家已经将她扶起来，见她脸色苍白，嘴里不停地说着对不起。我知道她是觉得惊扰了别人，心里不安。

我心里很自责，其实，在下车的时候，凭着一种职业的敏感，所谓危险源辨识能力，我觉得车停的位置不对，车身和人行道之间刚好能放进去一只脚，这是很容易崴脚的。可是，我却没有给大家提醒，心存着侥幸，哪能那么巧？

要是我回头给大家提示一下，或者这个事故就不会发生。现在，一个疏忽导致了她受伤，她痛得眼泪都出来了，眼睑很虚弱，半闭着，嘴里不停地轻声说，给大家添麻烦了，真是对不起。

在医院简单地处理了之后，决定由我护送回北京，晚上的飞机。

我永远都不会忘记我们在飞机上的交谈。飞机飞得很高，在云彩之上，秋天的长空，阔大无垠，半天红透，心跟着辽阔起来。

不知从哪里开始，可能是为了忘记疼痛吧，我们谈起一些很私人的问题，爱情。

生活中，无数人、无数事实已经明确地告诉我，世界上不存在爱情。初涉人世不服气，总想着或许在世界的某个角落，有那么一个人的存在。找呀找的，过尽千帆皆不是，心渐渐地累了，气也渐渐地泄了，不想再和这个世界较劲。

可是她说：有。

说的时候眼神坚定，神色坦然。好像她看见了它就在那里。

我没有说话，转过头看窗外，暮云之上，晚霞无边无际地燃烧，天空艳丽得出奇。要是站在大地上，也许只能看见黑沉沉的乌云，可是，在飞机的高度，在这超越了云彩的高度，我看见了美，跟爱情一样的美。

第五辑

将进酒

　　原来，岁月中所经历的一切悲苦，都被时间发酵成了酒，细细品味，竟也如同酒一般甘醇芳香。

将进酒

一

洞藏幽暗，酒海杳深，原浆酒储存在岁月里寂寞等待，重楼严锁的佳人待字闺中。

举木勺舀入，感觉酒液似乎有种张力，抗拒侵入，须加点力气在手臂上。木勺潜入酒海深处，涟漪骤起，恰似大水走秋风。

将酒倒入一浅盏，小心翼翼捧在掌上，一股醇厚之气扑面而来，轻啜一口，一匹丝绸滑过咽喉，一线热流冲进腔子，倏然半途消弭，不见踪影。舌尖味蕾全部舒张，捕捉那气息，似乎千百种味道在里面，丰满、厚重、华美，在齿颊间回荡。一时间找不到一个匹配的词对应这种感觉，便只是赞叹道：香。

还想说，却无语。那么多的词汇知道不能胜任，纷纷隐身。其实，香是不能描述这种感觉的。香字太单纯，解释不了内里的厚沉，积贮了整个夏天的阳光雨露，似一部经典著作般的厚重，每一个字，每一句话都值得咀摸半晌，与自己的心率产生共振；香字太张扬，像一个爱显摆的人，有点什么好处恨不得让人都知道，希望引来别人羡慕。而酒却是分外内敛含蓄，像一块美玉将体内的光芒隐藏起来，只将温润谦和示于人。香字太跳荡，几乎还有些轻佻，不能隐喻那种暗藏的奢华，我忽然一下子明白，古代祭祀天地、封禅大典，今天婚丧嫁娶、接风洗尘为什么要饮酒。酒表达的是最诚挚的敬、最虔诚的爱。

就像我们对很多事情的命名一样，张冠李戴，以讹传讹。世界上没有一个词能准确无误地描绘酒的味道。只能说，酒是味道之上的味道。

不料，脚底下却有些飘了，似乎踩在棉花上。没有了定力，把持不住方向。令人愉悦的晕眩，脉管里的血液似乎在呼啸，有想唱歌的欲望。眼前的一切并不那么真实，真实的是那些储存在记忆里的酒。

原来，岁月中所经历的一切悲苦，都被时间发酵成了酒，细细品味，竟也如同酒一般甘醇芳香。

摸一摸那陈年的酒海，辨认出是红柳编成的骨，里里外外用细泥抹了几层。据说做酒海是有讲究的，红胶泥和着猪血，再放了陕北人糊窗户用的麻纸、鸡蛋清细心搅拌均匀，再往红柳上抹好几层，这样才能抵挡得住时间。如今，用手轻轻一摸，细细的土屑纷纷落下，一股微微的土腥充满鼻腔，还有沉淀在岁月里酒香。哪怕再结实的东西还是抗不过岁月啊。

二

酒不是粮食。粮食也不是酒。二者之间有一道天堑，然而，粮食确实是酒的前世，或者说酒是粮食的今生。

我想象着粮食，最好是高粱，我喜欢的一种植物，浑圆朴实、最有土地的气息。

秋天，湛蓝的天空下，高粱长成了，高高的个子，摇曳在一望无垠的田野。它们成熟饱满，吸纳了阳光和大地的滋养。每一粒籽实充满了力量，迫不及待地谷壳里蹦跳而出，从今天开始，它们独立了，作为高粱，每一粒都有自己的前途和方向。

可以选择的道路很多：譬如，作为种子，期待来年的另一场丰收；或者粗陶碗里的农家饭，被黝黑的大手捧着，作为一顿普通的晌午饭；又或一盏细瓷杯子的酒，在某个喜庆的宴会上，被人恭恭敬敬地端着，献给尊敬的人。

正如每一个人所必经的选择那样，里面充满了犹疑、徘徊和不确定性。当然，大多数高粱会成为农家炕桌上的一顿饭，简单扎实，一帆风顺地完成了作为庄稼的使命。

没有错的，粮食的命运轨迹自古以来就是这样的。

然而，一个群体中，总有一些不肯走寻常路的家伙。因为颗粒饱满、品质优良，它们注定要成为酒，以物质的形式参与人的精神世界。

从前，酿酒是纯手工活，人的肌体和酒亲密接触，人的灵气也自然而然地渗入了其中，比如一只灵巧的手把原料抓在手里，轻轻揉搓。在指尖的起落间，酒与人便产生了交流，人的汗液、心情融入其中，甚至秋日的阳光，田野的一场风，农家小院的忙乱都会进入酒，成为一种味道。

在一次次的筛选剔除中，杂质渐渐减少，剩下的籽实如同那些酒坊里的精壮汉子那样，粒粒紫中透亮，辉映着喜庆的微光。

饱满、结实的粮食在碾盘上跳荡，蹦蹦跳跳的青春一望而去的是锦绣前程，红地毯在地上铺着，一步一步走上去，轻盈妙曼，无数羡慕的眼光，照相机咔咔作响，前程似锦啊前程似锦！满心满意的骄傲和喜悦。等在前方的是鲜花着锦，烈火烹油，还有什么比这个更美的呢？选择了这一条路是多么幸运啊！

忽然，一只巨大的石碾压过来，瞬间，痛楚周身弥漫，想不到在锦绣前程中还要经受这般煎熬。高粱和大麦、小麦、豌豆、大米种种粮食被掺杂在一起，大地像陶轮一样翻转。在粉身碎骨的劫难里，彼此进入，难以分开，你中有我，我中有你，各自的独立名号也将被撤销。现在，它们只是一堆造酒的原料，灰头土脸地胶着在一起，名叫酒醅。不管彼此喜欢还是嫌恶，都要天天黏在一起，就像陕北人说的，一个锅里搅稠稀，再也无法分开了。

三

闷热的酿酒坊，阳光从高处的小窗子透过来，形成一个个细长的光柱，打在十几个精壮汉子的肩背上，汗水流成了细细的溪流，随着劳作的节奏，在阳光里面一闪一闪。汉子们挥舞铁锹奋力搅拌，肩臂上的肌肉隆起像一座小山似的，长期在酒坊间劳作的人都练就了好膂力，一只手可以举起一只碌碡。酒曲还有麸皮或者稻壳搅拌其间，尽力搅匀，不留一点疙瘩。然后挥舞的铁锹将其铲入一个个一人多深的窖内。在窖内将要进行的事情是"酝酿"。

请注意"酝酿"一词，《现代汉语词典》的解释是："造酒的发酵过程。比喻做准备工作。"这个词和人类造酒的历史一样漫长。几千年过去了，它渐渐从酒坊里的俚语变成了典雅的文言，存在于典籍里面。不过，在陕北，今天即使是目不识丁的山里老农也会使用，把它作为日常口语。一大家子凑在一块商量族中大事，几个旱烟锅一明一灭，大家默默无语，主事人催促，老大，你先说。老大嘴里噙着烟嘴，慢悠悠道：甭急，酝酿酝酿。足足一袋烟工夫，肚子里酝酿成了，才慢慢开口，当然，一开口，话就有了分量，不能落到地上。

酒的酝酿其实很讲究，要有好窖泥，据说窖泥是酿酒的关键。好的窖泥原料来自水田里的淤泥，把淤泥从水田里取出，加以苹果、梨子等反复拌和，使它们的清香揉合在泥里面。当酒醅进入窖内，浮面要盖一层厚厚的散发着臭气的窖泥。

那些曾经在阳光下生长的粮食是怎么都不会想到如此境地，如此不堪，窖泥劈头盖脸盖住了最后的光线，难道一生就要这样度过吗？

等待。唯一可做的事情便是等待。

在等待中酒醅渐渐发生了变化，那些原本毫无干系的东西，试图沟通、融合。窖泥中那些不可捉摸的气息渗入了酒醅，这不是简单的叠加，而是一种神秘的转换。没有谁能说清楚那里发生了什么，一种新的滋味便诞生了。很多事情就是这样，不能用常识去解释。

四

在一只巨型蒸屉里，粮食将要在这里脱胎换骨。

酿酒的汉子运足气力，挥舞木锨将酒醅铲入大蒸锅，就像命运之神拨弄众生一样，随意、自然、不假思索。

甑片之下是来自远山的泉水，只是一顿饭工夫，安静清冽的泉水咆哮起来，掀起湍急的白浪，似千百头雪狮子奋鬣扬鬃，一切狰狞可怖，恍惚地狱一般。谁能知道在历练成酒的路上，这般艰难，只好闭上眼睛听天由命。热汗源源不断流出、流出、流出，蒸腾的白气随着一只细小的管道渐渐凝结成流质，一只大木桶等在这里，它将迎接酒的诞生。

一盏细瓷酒杯，或者一只粗瓷大碗，还未沾唇，那味道像一支先锋队，抢先攻占鼻腔，急、烈、冲，把所有的味道都压下去，就像杨玉环回眸一笑，令六宫粉黛花容失色。太鲜丽、太炫目，夺人眼球，存在感太强。一时，竟有千百种感觉，秋日爽朗的高原，湛蓝天空下劳作的身影，扶犁黑手上毕露的青筋，打谷场上，连枷声声，山鸣谷应。

现在，一掊粮食变成了一滴酒，就像唐三藏西天取经，终于修成正果。再也不是单纯的果腹之物，它化蛹为蝶，蝶变而仙，直接进入了人的精神世界。所谓酒后吐真言，酒是打开人内心的一把密钥。

然而，历练还没有结束。正如一把宝剑要经历淬火才能削铁如泥，吹发即断。酒还要放入酒窖洞藏，一个远离了喧嚣、热闹的所在，地穴一般暗无天日，与阳世毫无瓜葛，或者被世界遗忘。在漫长的日子里，在漆黑的酒海中，渐渐醇化。把张牙舞爪的个性折回去，藏起来。把血气方刚的赳赳武夫磨砺成儒雅敦厚的白衣秀士。将直露浅白的脾气隐藏起来，将张扬刚烈修剪平整，学会了从容不迫，隐忍柔韧。所谓谦谦君子，温润如玉。

酒在舌尖上缠绕，醇厚纯粹、意味深长，似千言万语却不知从何说起。暗合一个人在夜静时分，打开内心宝藏，摩挲那些只属于自己的东西，肚子里的酸甜苦辣镌刻在心灵深处，回味久远。所有过去的日子，只是一个字：香。苦也罢、甜也罢，都被记忆收藏，在岁月深处闪着幽暗的光。

杜甫的鄜州

　　陕北是个缺乏书香的地方，迥异于江南。

　　在江南，很多名胜古迹沉浸在浓郁的书香里，比如岳阳楼、滕王阁、杭州西湖。只要你站在那里，森然强大的气场使你明白，为什么江南才子遍地，而陕北多出造反的英雄。

　　当然，事情总是有例外的。这些例外，使得世界更加有趣和丰富。江南也会有英雄，而陕北，也会皴染几笔书香，为粗粝生涩的朔方添一点秀色。

　　我说的是富县。

　　我觉得它的旧称更好听：鄜州。"鄜"这个字是专门为这方水土所造。如今，这个高度约略的时代，一切都被简化，语言学家大概觉得没必要为一个小地方专门造个字，太浪费。于是，鄜州简化为富县。我想，富县人会为这个新名字感到难为情的，典型的名不副实。

　　沿着葫芦河上溯，是江南水乡般的风景，两岸郁郁葱葱的绿树，似乎把空气都染绿了。伸出手，手是绿的，一笑，牙齿都是绿的。稻田里，嫩绿的秧苗好像被一把梳子梳过，规规矩矩排列成阵。水田里倒映着蓝天白云，一派田园气息。

如果说壶口瀑布代表陕北的豪迈，那么鄜州则象征着陕北的书香。原因是杜甫曾经来过。

羌村，鄜州一个小小的村落，安史之乱期间，杜甫曾经带着一家老小逃难流落至此。宽厚的陕北收留了他们，因为远离繁华，躲过了胡人的刀兵。

"今夜鄜州月，闺中只独看，遥怜小儿女，未解忆长安。香雾云鬟湿，玉臂清辉寒，何时倚虚幌，双照泪阑干。"

当我们翻开唐诗，鄜州的月亮仿佛从那时起，就一直照着，照着破碎的人间，照着思念的妻子，照着远行的丈夫。这片月色充满了深情与真挚。千百年来，深深打动着人们的心。今天读来，仍然为之掩卷长思。

关于月亮的诗篇很多。几乎每一个诗人都有自己的月亮。月光下，有人看见家国之痛，有人看见故乡，有人看见爱人。月光是一个人心上最洁白的白，思念是一个人心上最沉重的重。直到今天，陕北人读到这首《月夜》，仍然能够感觉到一种贴肤的亲切，在鄜州，那银色的月光下，陕北铺满了温暖的情意，诗歌的芳香浸润着人们的心灵，仿佛杜甫从未离开。

其实他的生活却没有这份诗意。每次想起杜甫，总觉得从异乡到异乡的奔波中，他始终是拖儿带女，步履沉重。从来没有诗人的洒脱与轻捷。

李白的诗里，今日歌咏燕山雪，明日举杯邀明月。到处有朋友，到处有美酒，到处有宠爱，到处有夸赞。他的感情不会寂寞，他不会为家庭和子女所羁绊。居无定所，萍踪漂泊，才是诗仙的风度。一篇又一篇的诗歌被世人争相传阅，从市井到宫廷都有关于他的传说，他是一个有趣的话题，丰富的谈资，连皇家也对他充满了兴趣。总之，他卓然出尘，没有丝毫的人间烟火气息。

而在杜甫的诗歌里，总有放不下的人间拖累。在很多诗篇里都有家人的影子："娇儿不离膝，畏我复却去"，"平生所娇儿，颜色白胜雪"，"却看妻子愁何在，漫卷诗书喜欲狂"，"烽火连三月，家书抵万金"。

家人是他甜蜜的负担。曾经有禅师劝其遁入空门。但他在一首诗中给出明确的答复：参禅悟法之后，自己钟爱的诗歌可以放下，不再吟咏；一生嗜好的酒也可以放弃，不再贪杯。但是割舍妻子儿女，却是不可能的。

就这样，他在拖儿带女的生活里，劳累并享受。

拖累，会让有的人陷入生活的泥淖，逐渐被淹没。可是，他的诗歌恰似从泥淖中开出的莲花，饱满生动。即使隔了一千多年，仍然能闻到诗歌中的香气，那是人间欢乐的情味。

安史之乱爆发后，杜甫觉得，危难时刻理应报效朝廷。兼济天下，是他自小的志向。作为一个儒家知识分子，这是内心的自觉，也是必然的选择。于是，将家人安顿在鄜州的羌村之后，北上效忠皇上。

可是，远不是想象中的那样。在朝廷里虽然谋得一个八品小官，但他很快遇到了麻烦。因救援房琯，与皇上的意见相左，又不懂得圆融通达，乖巧地转弯，结果遭到了皇上的讨厌。他是那种笨拙的人，和这个世界的周旋中，左右都不逢源。无奈，被人家打发出来，只好灰溜溜回家。

为了当官，杜甫曾蜗居长安，多次向皇帝献赋，为贵人写诗。这个官来得不容易，可是，很快就丢了。十年所花费的心思顿时归零。事实上，那些归隐山水的，哪个不曾在名利场中红头热眼地搏过？比如王维、陆龟蒙等等，只是没有赢。杜甫也是一个输家。

那么，只有回家。只有家人不会厌弃失败者。回家的路途遥远，他向别人借马，人家不给，只好步行。靠着双脚的丈量，一步步从长安向北，走了好长时间才回来。甫一见面，家人惊怪：你怎么还活着？乱世的重逢让人有一种荒诞感，原以为他已经死了。

虽然在陕北居住时间并不长，仅仅一个月。可是，自从他的双脚踏入陕北，很多事情便有了变化。在羌村，他写下著名的《羌村三首》，自此，陕北便与诗人有了某种关联，不再与诗歌绝缘。直到今天，陕北人提起杜甫仍觉得亲切，因为他来过，他写过。这里有他的呼吸，他的脚印。延安的杜甫川因他而命名。每次路过，我就觉得他还在那里，一千年前的雨还下着，他还在那个石崖下避雨。

从对长安繁华世界的热望追逐，到成都浣花溪旁的寄情山水。他似乎一步一步向后退，退至自己的家里，退至自己的内心。既然兼济天下的梦想难以实现，写诗就成了安顿内心的方式。杜甫有诗：语不惊人死不休。在我看来，苦吟的背后是快乐。写诗的快乐，隐藏在艰难里面。失意漂泊的一生，是诗歌照亮了他，满足了他，也快乐了他。

每次翻阅杜甫的诗卷，总能体味到他的真挚，柔软的心肠使他不仅关注家人、朋友，更关注天下苍生。为他者的痛苦而痛苦，仿佛天下的苦痛都与他有关。而那些诗歌，读来令人眼眶发热，喉头发紧。一千多年的大浪淘沙，这个养不活儿女，仕途上处处碰壁的人，他的名字却，成为历史的天空里一颗恒星。

小小的羌村，因了杜甫的《羌村三首》，它的名字便镶嵌在唐诗里，成为一个诗意的村庄，一个坚硬的存在。每年，总会有一些人，来到这里，追寻他的踪迹，追寻诗人撒播的遗香。而陕北，也因为他，散发着岁月的醇香。

张载的陕北

陈忠实的去世，让《白鹿原》再度被追捧，重读这部经典，我发觉关中学派的大儒朱先生才是小说中的灵魂人物，他是传统文化的隐喻，无所在而无所不在。白鹿原上发生的一切似乎与他没有关系，然而一切都与他有关。他的遭际就像一面镜子，倒映着传统文化在一个乱世的命运。

如果说朱先生是关中学派的传承者，那么张载则是其开山鼻祖。作为哲学家，张载属于小众，很多人不知道。但是，对陕北地域文化略有研究的人却都知道他的存在。因为他曾经来过陕北，在一千年前的北宋。

一直毫无原因地喜欢北宋，如果人可以选择，我愿意穿越到北宋。为《清明上河图》里那份繁华与富裕，还有微微的"乱"。不是天下大乱，只是微微的、适度的一种"乱"，乱中含有自由的意思，人可以有很多选择，不必整齐划一。

很多时候，过于整齐划一的价值取向令人窒息。如果人可以自由地选择生活方式乃至生命方式，也许幸福就会在不经意间降临人间。参差多态，乃是幸福本源。北宋的读书人似乎活得很滋润，想考取功名，当个官也可以。不想官场混的，埋头学问也可以，比如张载，回乡半耕半读，成为一代大学问家。最不济的，优游人间，柳永那样的状态也不错，号称白衣卿相，烟花巷里的锦绣文章照样可以传世。

经济的繁华与选择的自由，使得这个时代人才辈出，张载便是其一。

张载来过陕北，他曾经担任云岩的县令，时间虽然不长，但对陕北的影响却格外深刻。他将文明之种播撒于黄河岸边，并使其根植与滋长对陕北人民进行教化。

今天的云岩只是宜川县的一个小乡镇，破旧的房舍，稀少的路人，毫不起眼。路过几次，无端觉得这个名字好听，有一种古意，与陕北众多略显简陋的地名相比，似乎多了一份文雅与灵秀，让人无端地联想到"云无心以出岫"的诗句。

同在黄河岸边，云岩无法与壶口瀑布相比。壶口是黄河的一段华彩乐章，风头盖住了云岩，甚至盖住了整个陕北。而云岩那么寂寞，那么偏远。远方的人，驱车千里看壶口，而对路边的云岩小镇，恐怕连看一眼的兴趣也没有。昔日文明昌盛之地，今天已经淡出了众人的视线。

在很多人眼里，虽然陕北有民歌剪纸腰鼓等艺术存在。可是，你得承认，文化底蕴还是稍薄了一些。陕北人说，这得怪孔子，当年圣人布道，此处偏遗漏。不知是偷懒还是忘了，或者，容我私心忖度，也许瞧不起。

不过，还好，我们有张载。

我曾经在西湖边遇见过张载。万松书院里祝英台与梁山伯是永恒爱情的象征，自然万人瞩目，情侣们争相与之拍照留念。从古到今，各种艺术手法反复演绎着他们的故事，即便在陕北，也有瞽目的说书艺人弹着三弦，走村串户地传唱，引得无数人为别人的爱情洒自己的眼泪。而万松书院两旁历代大儒先贤的雕塑前鲜有人驻足，有很多名字，那么生涩、拗口，不为人知。关学大儒张载也在那儿寂寞地立着。

也许哲学远在生活之上，属于无用之用。于是，一千年来，张载被高高搁置起来，尘封于历史发黄的书卷里。这一切让人感慨，做学问真是寂寞，生前寂寞，生后寂寞。

后来又去他的家乡眉县探访。在那里，才知道那句气象夺人的"为天地立心，为生民立命，为往圣继绝学，为万世开太平"的话原来出自张载口中。

知识分子何为？很多人试图回答，我觉得张载的回答最具有中国风格，中国气象，从根本上回答了知识分子是做什么的。

实际上，张载也是这样做的，在陕北，他致力于将儒家的主张与解决民生紧密连接在一起，一些做法直到今天仍然具有鲜活的生命力，比如，他注意听取民间的声音，每月初一必召集乡里老人到县衙聚会。常设酒食款待，席间询问民间疾苦。某项政策有什么不合适，立刻就能得到反馈的信息，从而修改。我觉得，这简直是最早的政治协商制度。密切联系群众，应该是由他首创。直到今天，这个做法还被当作一个政党存亡的生命线，还具有强大的生命力。比如，县衙门发出的告示，他每次都召集有威望的乡贤达人，反复叮咛解释，让他们充分理解政策并转告乡民。他智慧地用社会贤达力量管理民间秩序，避免了政府手伸得太长，管得太多而出力不讨好的尴尬，也减少了政府的运行成本。同时，留出足够的空间，让乡民自治能力得到充分发挥，将众多细碎繁多的民间矛盾及早化解。这些政治智慧今天看来仍然具有极强的现实借鉴意义。陕北先民幸运地接受了儒家文化的熏陶，于是，崇尚礼仪，有了文明教化；尊师重教，有了耕读传家。

今天的宜川一带，婚丧嫁娶施行的还是他设计的那套"夫子礼"。在烦琐的规程里，融入了儒家的教化之功，有了公序良俗，有了文雅礼道。真正将学问用于实际。将人们的生活安排得井井有条，也将人们的内心打理得妥妥帖帖。学问，在这里不再是冷冰冰的书本，而是沾着新鲜的露珠，散发着热腾腾的生活气息。有温度的学问就是活的学问。

我曾多次翻开关于张载的文字，想象他这个人，甚至觉得他也不像一个做学问的人，他本质上是一个热血青年，21岁那年，正是宋夏对峙期间，边地延安经常打仗，老百姓颠沛流离。宋朝的软弱退缩让他怒发冲冠，投笔从戎，一个人步行到延安，拜见了戍边将领范仲淹，要求当兵打仗保家卫国。亏了范仲淹慧眼识人，觉得张载参军无非军营里多了一个小卒，而少了一个做学问的人，就劝他回家做学问。这样，才使得历史上多了一个哲学家，少了一个武将军。

张载先后三次出仕，均不顺利。之后回家种地，闲暇之余写写文章，做做学问。因为他的这种生活方式，后世才有了"耕读人家"一说。

我觉得，这是一个人最好的生命方式。

在陕北，张载的横渠遗风影响深远，因为他的存在，陕北浸润着儒家文化的雨露。今天，我们明显地感觉到，尤其是宜川一带人的行事风格似乎与陕北地域很多地方不同，少了粗豪，多了温雅。几个宜川人在一起，便会形成一个气场，不张扬，不浓烈，笑容斯文，语气柔和。他们是非典型性陕北人。

特别是教育，更是宜川人的骄傲，一个经济并不发达的小城，教育却办的有声有色，每年考入重点大学的不在少数。引得周边地区的家长们纷纷将孩子送来就读。本地人尊师重教，学风浓厚。宜川人羡慕别人有文化，家里的孩子念书争气，考了好大学。却很少心红眼热谁家挣了几套楼房，谁家出了个有钱人。

有句话说：历史是由人民书写的。我觉得有很多时候，历史是由某一个人书写着的，一个地域也可能因一个人而发生根本的扭转。

陕北遇见了张载，是幸运的。

沈括的石油

你知道吗？中国的石油，最早发现于陕北。

这是一个秘密，隐藏在历史的深处。很多人睁大了眼睛，充满了疑问：陕北，应该是民歌的陕北，剪纸的陕北，或者是闹革命的陕北，怎么能和石油工业扯上关系呢？

两千年前，历史学家班固的《汉书地理志》中记载"上郡高奴县有洧水，肥可燃。"高奴就是延安。肥就是石油。

那时候，石油还没有今天这般昂贵的身价，伴随着河水，默默流淌，没有人把它当宝贝。就是河边汲水的村姑也会厌嫌地躲避，怕弄脏了花鞋子。那黑乎乎的物质，难闻、难看，几乎无用。顶多用来点点灯，可是烟气太大，一阵子烟熏火燎，人是黑鼻孔，屋是黑墙壁。算不得好灯油。几乎就是废物。

在亿万年的光阴里，它藏身于河水与沙石之间，忍受着白眼与冷落。就像一个不起眼的孩子，看不出将来会有什么大出息。此时，它连个像样的名字也没有。

在寂寞中，他耐心地等待一个人。

一等就是一千年。

1080年，沈括披星戴月颠簸在黄土高原上，他将赴任延安府太守。这年，他50岁，两鬓的头发都白了。那时，延安是一个边城，而沈括的主要工作就是维稳。强敌西夏虎视眈眈，要时刻提防它的入侵。

和很多人一样，沈括是个面目复杂的人。身份很多，文人、官员、科学家。

作为文人的沈括，历来被人诟病，有人说他是"小人"，因为他罗织罪名，整过苏轼。害得后者被发配黄州，政治上栽了一大跟头。为什么这样，我猜想半天，或许自古文人相轻，嫉妒人家的才华？嫉妒是灵魂的癌症。一个人一旦犯了嫉妒病，那就无药可医了。几乎什么事都能做出来。一个文人，文章写不过人家就下手陷害，直到今天，这样的人还不少。文人沈括，应该长着一张凡俗的脸，他是平庸的甚至丑陋的。

沈括还是官员，延安的一把手。工作大概也干了不少，迎来送往，批阅文件。累得七死八活，腰酸背痛眼发花。可惜历史上这样的人太多，别说是他，就是历朝历代的帝王将相、开国元勋，又能记住几个？

官员的沈括，用陕北话说，一扫一簸箕，太多了。而官员最大的特点就是没特点，都是一张大众脸，一颦一笑相互复制。就像大街上那些中年男子，脸上写满了复杂的心事。额头上的每一条纹路都指向一段纠结。你常常会认错人，不是眼力不好，只是他们太相似了。总之，在官员堆里，你无法找到沈括，正如沙漠里无法看见一粒沙子。

真正使人们熟知沈括的，是他的最后一个身份，科学家。这是他含金量最高的一个称谓。也是人们敬重他，记住他的一个原因。事情总是这么奇怪，他的官位、权力没有人能记得，倒是一个业余爱好，使他留名千古。

作为科学家，他是清澈的，也是纯粹的。没有了嫉妒心，也没有了名利心，只有好奇心。

那些延河里的无用之物，一直等待的就是他。

人与人之间有一种神奇的感应叫作缘分，其实，在万物之间也存在着缘分。他和石油之间，就有一种深刻的缘分。当他的足迹到达陕北，一些事情就发生了改变。这种改变一直影响到今天。

我常常猜想，或许是某天，当他读到书里"高奴有洧水，肥可燃。"这句话，心里觉得奇怪，不是人人都讲水火不容吗？怎么书里面说火燃于水上呢？难道传说中的洧水有什么特殊之处？到底是怎么回事？于是，心里装满了好奇，等待有一天来到洧水边亲眼看看。

这份好奇心是可贵的。繁忙的政务之余，他亲自做实验。在《梦溪笔谈》里，详尽地叙述了发现石油，用石油制作石墨的过程，即使今天读起来，我们依然能感觉到那份蓬勃跳动的童心以及发现的喜悦。

而好奇心，使他与众多的官员、文人有了巨大不同。这个不同是珍贵的，我们的历史上从来不缺少官员和文人，但是科学家却是凤毛麟角。在古代，科学是旁门左道，是奇技淫巧。一个人把心思放在科学研究上，无疑是个另类。做另类是需要勇气的，需要强大的内心力量。这样，才敢于去追随自己的内心，做想做的事。很多人忙碌了半辈子，到头来却发现半生奋斗，都不是自己真正想要的。而想做的事，今生似乎没可能了，于是，一声叹息，下辈子吧。

沈括无疑是勇敢的，这份勇敢是拿智慧垫底。他的勇敢与智慧，也给陕北带来了绵泽后世的好运气。

他发现了石油，命名了石油，并预言了石油。他说："此物后必大行于世"，对石油的神奇的预言，今天早已证实。英国科技史专家李约瑟说："《梦溪笔谈》是中国科技史的里程碑"。而陕北进入了《梦溪笔谈》，也就意味着进入了公众的视野，成为被关注的对象。借助一本书的力量，陕北不再是化外之地，不再被遗忘。研究石油，无法绕开"陕北"这两个字。

陕北是个穷地方，焦山渴水，彻骨之穷。濯濯童山，寸草不生。如果当初陕北没有石油，一千年后，毛泽东和他所建立的新政权，究竟能不能存活下去，还是个问题。70年前，陕北生产的煤油，点亮了延安一个土窑洞里的小煤油灯，毛泽东写下了《论持久战》等著作。小小煤油灯照亮了黑夜，也照亮了中国人眼前的迷茫。

到了今天，石油这黑色的液体金子，深刻地影响着世界格局，也改变着陕北人的命运。

　　每一次，当我站在高高的山顶瞭望，看见红色的抽油机永不疲倦地向地母叩首致敬，感觉脚下那大地深处石油的脉动，不由地想到了沈括。感谢沈括，感谢他赋予了这黑色物质一个好听的名字。我再也想不出，还有哪一个名字更贴切、更动听。

　　你听，石油。多么雅致，多么生动，多么铿锵有力。因为他的发现，石油从陕北黄土高原的腹地启程，成为中国石油史上最庄严的一笔。即使隔了一千年，每个陕北人都会向他投去尊敬和感恩的目光。

吕雉的命运

近日闲暇阅读《史记》，深感命运与人的关系似乎在冥冥中便有了某种约定，一个人可以绕很多路，可以有不同的生命呈现，但是一旦某种命运开始启动，结局便是注定了的。

我想说的是吕雉，她是刘邦的发妻，当刘邦还在草莽间混日子，吕雉就跟了他。陕北人说，谁也没有前后眼，年轻的吕雉也不会在当初就预测到以后的发达。也许，他们就是按照一般人的想法活着，"老婆孩子热炕头"了此一生也是不错的。在一个乱世，能活到天年就是福气。

然而，毕竟是在一个乱世，没有谁能按照自己的想法生活，多半是被命运抛弄摆布。有些被卷入泥沼，有些被抛向高空。

吕雉是被抛向了高空，她成了皇后。应该是高兴的事，但这喜悦就像初春天气，温暖里夹杂着重重的寒意，刘邦有了其他女子。也就是说，他的爱情就像蛋糕一样，要分成很多份，哪一个女人也不能完全拥有。最大的那一份当然是戚夫人，吕雉早早就品尝到了被冷落的滋味。在无数黑夜里，那边欢声笑语，这边孤枕难眠。她一次一次地咀嚼孤寂的滋味，耳边萦绕的笙歌默默告诉她，丈夫和别人恩爱缠绵。这件事搁到谁头上也受不了，可是她只能忍。

在中国社会有一种很奇怪的双重法则，同样是感情的迁移，女人就被视为万恶之首，绝对不能宽恕。而男人那简直是再正常不过。《红楼梦》里王熙凤过生日，贾琏和女佣趁机偷情，王熙凤大闹一场，向贾母告状，结果贾母笑呵呵地说了一句：小孩子嘴馋偷吃，有什么了不得的？都是打那样过来的。凤丫头就是爱吃醋。众人哈哈一笑，事情也就过去了。结果是贾琏外甥打灯笼——照旧。而和他偷情的女佣鲍二家的上吊自杀。

作为一个女子，吕雉只能按照游戏规则行事，她知道，会有复仇的一天。吕雉的忍耐终于到了头，刘邦一死，她就开始复仇，专宠多年，并不懂得为自己培植势力的戚夫人可仰仗的只有刘邦，如今他死了，那么她要为那些日日夜夜的专宠偿付代价。吕雉手段之狠毒，心地之阴暗，绝无仅有。曾经遭受的委屈有多少，今天报复的力量就有多大，她挖空心思要让情敌受尽折磨。斩断四肢、剜眼、割耳，塞入酒瓮，丢进厕所，凡是人能想到的阴损招子都想到了。而她的刻毒报复也让自己尝到了苦果：她把戚夫人斩断四肢后淹入酒坛子，弄成一个人不人鬼不鬼得摸样，并叫儿子孝惠帝参观她的"杰作"，结果性情绵软的儿子吓坏了，突然神经错乱，不久便死去。

这一切都似乎在推着这个女人往那条路上走，那就是篡权，后退无路，只能前进。如果不这样，她将死无葬身之地。于是，一步一步地，她靠近皇帝的宝座，成了真正号令天下者。然而，这些还不够，还必须要有后盾，谁最信得过？当然是娘家人，于是吕氏家族迅速膨胀，兄弟们封侯拜将，在刘汉政权中凸显自己的存在，昔日重臣只能在黑暗里咬牙切齿。

很多人都把吕雉比喻为蛇蝎，最毒不过妇人心的佐证。可是翻开其人生的履历，我们会发现，每一步都是有因果的。当戚夫人专宠于刘邦，夜夜恩爱的时候，有谁会想到空房独守的吕雉？当吕雉登上权力的高峰时，四顾无人，孤立无援，她怎么能不大力扶持吕氏党羽？当吕禄、吕媭、吕产等手握大权又无人掣肘怎么会把持得住？不作怪才怪呢，人性中极为丑陋的表演层出不穷。于是，就像多米诺骨牌一样，在因果链上一环套着一环。最后吕氏家族激怒整个刘汉政权，他们成了众矢之的。聪明如吕雉者早就觉察到了危险，可是已经没有什么好办法，只能拼死一搏，按照事情发展的逻辑前进。

下来的事情就毫不奇怪了，在又一轮疯狂杀戮之后，吕氏家族被彻底铲除。而吕雉，这个从普通人走向权力高峰的女子，有谁能想到在她的背后，看不见的命运对人的无情拨弄。

人面桃花

　　崔护睁大眼睛在巨大的皇榜上搜索，一个字、一个字，生怕漏过。榜上，密密麻麻的蝇头小楷仿佛把普天下生徒的名字都写上去了，可是独独找不见"崔护"两个字。在哪里呢？直仰得颈项发痛，眼睛都酸了，心尖上还突突跳动着希望。上上下下、边边角角，多么希望自己眼花了，没看真，那名字突然蹦出来，惊喜横空出世。

　　没有，没有，没有。怎么可能没有？

　　找、找、找！是考官漏写了？是错写了？

　　种种猜疑在心头缭绕，像长安城南的终南山上驱之不散的阴霾。找！他的心里有个声音在执拗地尖叫，可他嗓子发干，身体渐渐地发炀，胳膊和腿有些不听使唤。不愿意承认的事情像朱漆大门一样又把他挡在了门外。他看见心里面的自己在哭着、使劲擂着大门。门铁青着脸纹丝不动。

　　考中的生徒们欣喜若狂，朝为田舍郎，暮登天子堂。半生寒酸，寒窗苦读，今日终于叩开了荣华富贵的大门，焉能不狂？明日帽插宫花，高头大马，游行在宽阔的朱雀大街上，啊！那才是人生最幸福的事情！那些羡慕的眼光从四面八方射向他们，尽情享受成功的自豪吧，哪怕是嫉妒呢。十年寒窗人不知，一举成名天下闻呵。

皇榜前刚才还是乌压压攒动的人头，这会子却冷清得要命。只剩几个和他一样不甘心的，寻寻觅觅巴望能在某个旮旯突然看见自己的名字。许是刚才，文曲星开个小玩笑把名字暂且隐去了而已。

一切是真的。

他又一次名落孙山。

崔护弯腰拾起刚才被挤掉的青布小帽，拍拍灰尘。想起临出门前，母亲在灯下细针密线给他缝制赶考的行头。京城冠盖如云，罗绮遍地，儿子要体体面面的，金榜题名时说不得皇上还要召见哩。

他的身体异常的重，似有千钧分量，他硬是死拽活拽着两条腿回到驿馆。天已经大黑了，早春的天气，阴晴不定，中午还觉得日头照得后背暖意融融，脊背上像一条毛毛虫在撩逗，想着天气暖了，过几天要换夹衣呢，可天一黑就是两样了，冷得衣服里像钻进去无数小针，一下一下扎的痛。他紧了几步赶回住处，真冷！长安是个让人冷透心肠的地方。

驿馆内却是热闹非常，举子们还没有释放掉他们的兴奋，刚才在皇榜前，看到自己的名字高高地悬挂在那里，忽地一下竟觉得天空大放光明，日头比平时大而且亮，热力四射，袄子热得受不住，恨不能脱下来，在长安街上狂歌一曲。不能！从今天起，自己就是皇上的人了，轻狂是要不得的，为官要端方呢。好容易拿捏着身份回到下榻处却是再也掩饰不住狂喜，洪水决堤似的。那无可抑制的喜悦，从眉眼里、从喉咙里、从四肢百骸里纷纷释放出来，且歌且舞、美酒佳肴。打翻了杯盏酒污了罗裙也斜了眼神调笑了艳色，说不尽的荣华富贵，说不尽的温柔风流，从今而后，黄金屋颜如玉千钟粟俱在眼前，此时不乐何时乐？

人家的欢乐在崔护看来却像是一种讽刺，每一声欢呼仿佛都是在嘲笑他：看啊，那个人多可怜呐！

逃吧！长安不是失败者立足的地方！

仲春的长安城郊，已是杨柳堆烟，风柔水秀，可是在这个失魂落魄的人眼里春天是和他不相干的。花为谁明媚？鸟为谁鸣啭？且不去管它，反正横竖和自己无干。说不定和城里的百姓一样，想法子讨好新中的举子老爷哩。今天，金科举子要游行于最繁华的朱雀大街，接受万民的祝福和礼赞。躲开那一场梦寐以求却与他无关的盛事，躲得越远越好！

此刻，他要做的事情只有一件，逃脱悲伤和失意的追捕。出城门时，他转过头深深回望了一眼城门，心想，就把所有的悲伤和失意留在长安城里吧。让我暂且找一处能够呼吸的地方，静静疗治失意的创伤。

可是悲伤和失意竟好似长着腿、长着眼，无论他怎么奋力摆脱，它们还是追逐着他，不肯放手。看见灞河，春水融融泛起的细碎波纹好似老母亲额头的皱纹；看见终南山，苍松翠柏的终南山绿得让人感到寒心和伤悲；就是远处的鸟儿送来的啼鸣也好不凄怆："不如归去！不如归去！"

虽然是京畿城郊，皇城里发生的一切似乎与这个静静的村郭毫无关系。太阳将它的光芒公平而均匀地布撒于每一个角落。终南山像一双绿色的巨手，将这小小的村庄捧在手心。

远远近近的桃花、梨花争相开放，在春风里摇曳，像笑脸迎人。河岸边的柳树仿佛早占卜得春天的玄机，鹅黄嫩绿透露着一丝淡淡的喜悦。矮矮的茅屋，短短的黄泥墙，袅袅上升的炊烟，似乎时间也忘记了行走。不知何处的一声鸡啼，愈发衬托出与世隔绝的安静和悠然。崔护忍不住想，干脆隐居终南远远避开这人间的烦恼。

走了半天的路程，不觉已是晌午时分，太阳升到了半空。渐渐地，他感到太阳的热力，热力穿透衣衫，炙烤着脊背，脊背上已是汗津津的了。他想，这天气，真是怪的慌，要热就热得慌，要冷就冷得慌，多像昨晚看到的那些人的脸啊！

不晓得走了多少路，早已是口内焦躁，舌头微微发僵发苦，双腿发酸发胀。还是先找个地儿歇歇吧，正是春种时令，小小的村落安静里透露着繁忙。农人都在田间地头忙碌，远处的田畴上行走着稀稀落落荷锄担筐的农人，这么好的时令，这么好的天气。做一个农夫多好！怎会有如许无端的烦恼。他几乎能看见五六月里，远近一片金黄的庄稼，一直蔓延到皇城根底下。

路过几户人家，他将袖上前轻轻叩门，半日无应答，倒是惹来几处此起彼伏的犬吠。看来自己就是一个十足的闲人，眼下大好的春光里，人人手上都有一份活计，而自己两手空空，无所事事。十几年寒窗的孤灯黄卷，成了一个肩不能挑手不能提的儒生，学问没做成，这副身板养家糊口也成了问题，百无一用是书生啊！崔护想。

转过小巷，忽见前面一户人家，一树桃花伸过黄泥土墙，仿佛剪下一段天上的霞光，朵朵桃花散发出灼灼光艳似乎将这个小小的院落罩上了一层祥光。那土墙，矮屋，柴扉有了另外一种味道。"笃笃笃"，他叩响柴扉，半天没有应答，该不会又是闭门羹吧？半天焦渴，咽一口唾沫都很困难。他不甘心，又敲门，稍稍加大了力道。门里传来轻盈的脚步声，像是一个女子。还没来得及多想，接着是拨门闩的声音，"吱呀"一声，两扇薄薄的柴门打开。

崔护抬眼一看，不觉得怔住了，一个十六七岁的女子站在面前，身着月白半新不旧的家常短袄蛋青色布裙。见她一头青丝随意挽个倭堕髻儿，黑油油的刘海儿刚齐双眉，衬得皮肤越发如玉似雪般晶莹。眉色如远山之黛，线条完整而优美，流露出小家碧玉的乖巧妩媚。黑白分明的眼睛里一片烟水迷茫，两只青幽幽的瞳仁看着自己，崔护竟觉得有些恍惚，如同漂在茫茫大海一般，感觉那黑得无比纯粹的瞳仁充满神秘的引力，自己几乎要沉没了。女子见一陌生男子，不说话只默然立在那里，一时不知怎么是好。竟也愣在那里。但凭他一身儒生衣冠、清俊面庞便知并不是什么歹人，多一半是城里来乡下踏青的读书人。

他一时想不起来叩门的缘由，那个理由像故意捉弄他似的，不知躲在哪里。他有些局促，脊背上的汗似乎又下来了。脑子里却是忙乱，四下里寻找那个理由。就像从前在书塾里念书，一时找不见要的书就在书箧里乱翻。半晌，他刚刚想起来似的，讷讷开口道："小妹，讨口水喝。"

女子似乎有些吃惊，但并没有表示嗔怪。她轻声道："相公，请稍待片时。"便转身进屋。崔护见小院里有一石凳石桌，便坐下歇息。

不多时，女子挑帘而出，手里执一把粗砂壶，抬眼看他，似乎一愣，又转身进屋去。崔护也有些纳闷，莫非她后悔烧水给自己喝了不成？不多时，她重新挑帘，手上的茶壶却换成了细白瓷的。她的脸上含着一抹动人的浅笑，如清晨最初升起的霞光。她轻轻将茶杯放在石桌上，崔护忙伸手接，不料，无意碰到她的手，慌得险将茶杯打翻。她羞红了脸忙道声慢用。走开。

渴时饮茶胜过甘露，农家粗茶自有味道。不知怎么，刚才充塞着块垒的胸怀竟似云破月来，阴霾散尽。难道失意已随四月天轻柔的风消逝于晴空？当然不会。落第的伤怀岂能一朝尽忘，此刻，朱雀大街上一定是人头攒动吧。有春风得意的人就有黯然伤神的人。他觉得那些伤感又从什么地方发现了他，包抄上来。到底逃不了。他叹口气，无意间抬头看见她立于一树绚烂的桃花下，凝睇于他。四目忽然相对，不知怎么却都有些惊惶，她莞尔一笑低下头。崔护感觉到自己的心被什么重重地击中，听得腔子里"咯噔"响了一下。胸腔里一片澄澈，好似平湖秋月，万顷波涛碧接于天。没有了时间的流逝，也没有难以克化的块垒。有的是一丝淡淡的却是笃定的甜，慢慢弥漫开来，细雨滋润一般，清爽而喜悦的感觉长久地充溢于胸怀。

讨扰人家半天，该起身了。他振振衣襟，拱手向女子道扰，女子的手无意识地拨弄缠绕着发辫，还是依在树下，双目流盼如星光流转，只是竟没再说什么。他也忍不住且行且回顾，远去的时候，他感到她在注视自己的背影，那青幽幽的目光像有重量似的，竟觉得脊背上沉甸甸的。他不敢回头，怕看见她更怕失望。刚刚收了的汗怎么又出来了，热乎乎地。鼻尖上似乎也沁出了汗水，用手一擦，果然。呀，她一定看见自己这副满头满脸汗水殷殷的窘态了，该不会抿着嘴儿暗笑吧。再擦擦，虽然这会儿她已然看不见了。奇怪的是自个儿的五脏六腑也像是被一根细细的线牵着一般渐行渐远，那种牵挂却还在，忍不住回头，村庄已经淹没在重重杨柳翠烟中，那棵桃树隐隐摇曳于温柔的春风里。

他忽然决定不回家了，就住在这长安城里苦读四书五经，他要从普通的生徒变成高中金甲的举子。当然，他还会叩响那扇柴扉的。

光阴流转，又是一年春光正好，崔护再次来到长安城南这个小小村郭，正欲叩响柴扉时，抬头发现门头横着一把锁，锁上锈迹斑斑。方才还氤氲在心头那重逢的喜悦倏然疑雾重重。怎么回事？他还一时想不清楚。

她哪里去了？出远门了还是已经嫁做人妇？他想不下去了。无情的光阴会让很多事情改变啊。良久，他伫立在柴扉前，心里乱纷纷地，那个无名女子温情的微笑，那些盛开的娇艳桃花，一重重映像叠加在一起……

那棵桃树的花枝伸过墙头，在春风里颤颤悠悠，朵朵桃花迎风起舞，落英纷然如雨，地上像铺了一层碎锦。她哪里去了？哪里去了？

潺潺的南河从门前流过，没有回答他的疑问；灼灼的夭桃盛开在春光里，也没有告诉她的行踪；轻风倏然拂过脸庞，像温柔的安慰，那么，她确乎已经不住在这里了……

天色一层一层暗将下来，他似乎从迷思中苏醒，轻叹一声，取出随身带着的笔墨，怀着难以言传的憾恨，在柴扉上写下了三十二个字：

题城南庄

去年今日此门中，

人面桃花相映红。

人面不知何处去，

桃花依旧笑春风。

小红调工作

　　小红是《红楼梦》里一个不太显眼的女子，原名林红玉。因为要避讳林黛玉的名字，只好改名了。本来嘛，一个丫鬟，连性命都是别人的，何况名字？香菱的名字不是任由主子夏金桂改来改去的？借随意给别人改名显示她的存在感和权力感。

　　名字虽然自己做不了主，但是小红实实在在地给自己的人生做了一回主，主动给自己调了工作，还主动寻了一个如意郎君。就是一般的主子姑娘也没这个能耐，在万艳同悲的大观园里是个特殊例子，值得反复品味。

　　初时，她在贾宝玉的怡红院里当差，听着体面，实际上却没什么出展，大约也就是个三等丫鬟。工资挣得不多，干的都是主人眼里看不到的粗活笨活，比如扫院、烧水、喂鸟等等。小红生的漂亮又聪明，自然渴望升职，人往高处走水往低处流，谁不是这样呢？

　　可是，升职实在太困难了。

　　贾宝玉屋子里的丫头婆子大大小小二十几个，上有头牌大丫鬟袭人，已经光荣地升任半个主子——未来的姨娘，虽未明确，但是已然同等待遇，每月二两银子，类似于今天的职场部门主持工作吧。无疑她是怡红院的领班，怡红院大大小小的事务统归她管。二层有晴雯、秋纹等丫头，个个尖嘴利舌，抓尖要强，把贾宝玉团团围住，密不透风，生怕底下的丫头子冒出来，来个鸠占鹊巢。贾府的丫鬟实行的是能上能下制度，说不好哪一天就有人越级升职了。当然她们要严格提防。

有一天，贾宝玉要喝水，偏偏屋子里没人，小红眼尖手快去倒茶，应对大方，举止出众，获得了贾宝玉的关注。没想到，当即遭到秋纹麝月等人的唾骂："呸，不看看自己是个什么东西！"

完了，得罪了上一级肯定没好果子吃，刚刚冒出来头又被死死地按下去。就连一心想重用她的贾宝玉也没办法——大家的情绪总归要考虑的吧。

事实上，不管她工作干得再出色，还是免不了被晴雯等大丫头呵斥、责骂。小红给王熙凤跑腿拿东西，晴雯当面啐一口：大早起雀儿也不喂，茶炉子也不烧，却到处瞎逛！小红争辩：你们还没起来，我就喂过了，今天不轮我当班，有茶没茶不关我的事。大观园的职场生态就是这样，一旦你的存在让上级感到了威胁，那么，你干得再好，别人也会挑三拣四百般不满。说你行你就行，说你不行行也不行，自古皆然。

　　就在那天，大观园里举办了一项游乐活动，给花神饯行。王熙凤也来参加，偏偏起身忘了一件东西，正在四下里寻觅一个妥当的人去拿。

　　命运把机会送到了小红的眼皮下。

　　她出色地完成了任务，一段关于"奶奶"的绕口令式的工作汇报获得了王熙凤的赞赏："好孩子，难为你说得这么齐全，跟我干吧。"

　　就这样，她顺利地调了工作，从怡红院一个小小角色华丽转身为王熙凤的心腹丫鬟。

　　小红的出人头地固然充满了偶然，但是，偶然中也有必然，首先，小红勤劳能干，聪明伶俐，当怡红院的丫头们还在睡梦里，她就早早完成了本职工作，这说明她不是一个懒惰的人，再一个，头脑清楚，口角利索也是素质比较高的一个体现吧。更重要的，她有一颗渴望改变的心。

　　虽然身份下贱，但小红很有想法，她不甘心一辈子混迹于丫头群里，平素言谈举止自然能够流露出来。同类往往不喜欢同类。有想法的薛宝钗就很不喜欢同样有想法的小红，在她眼里，这个小红眼大心空，抓尖要强，一看就不是个本分丫鬟。薛宝钗的眼力固然不错，看人看得准，但是，渴望出人头地本是人之常情，她自己不也是这样嘛。

　　人实在是不可能也没必要讨得所有人的喜欢和赞美。

　　小红和贾芸的爱情令人刮目相看。在男女交往不自由，婚姻不能自主的年代，小红与贾芸的手帕传情，可谓一段精彩的爱情故事。可以说是《红楼梦》里为数不多，硕果仅存的好姻缘。

男女情爱在贾府里不是没有，但是司棋竟为此而送命，金钏小心翼翼地调了一下情，就被逼得跳了井，代价不可谓不高。一般的丫头不敢也不会这么冒险，顶多甘由主子发配，配给某个小厮，生了孩子再继续娘老子的营生，如此而已。

但是，小红不同，巧妙地利用手帕传情使她和贾芸相爱了。无疑贾芸是一个好的结婚对象，虽不富贵也算名门之后，但不甘贫寒，一心寻找机会，为了觅得一点工程，想方设法接近王熙凤就可知他的努力和用心。可以想见，贾芸绝不是高鹗在续作中所塑造的那番不堪的形象，在贾府衰败之后，他一定会有一番不凡作为。

而小红，这个有想法的女子，智慧地改变了怡红院里默默无闻的地位，不失时机地寻找到了综合质量最高的婚姻对象，在壁垒森严，等级分明的贾府里，怎么说也是奇迹。

探春的改革

《红楼梦》里有一场改革，改革的发起人是探春。

王熙凤病了，不能理事。西府上上下下几百号人的吃喝拉撒，日常开销，需要一个总经理。别看府里人多，却都是安享惯了的，数过来数过去，没个可以托付的，最后，探春暂时代替王熙凤行使管理权。

探春虽是庶出地位，但是，精明能干，心里口里都得来。虽诗才不突出，但写一笔好书法，大观园里誊录诗篇，常常是她上手。怎么说也是一位才女。但是，这位才女不仅仅是文艺界的，管理方面的才华也是非常了得。

可是新官一上任，就遭到了挑战。

首先是她的母亲赵姨娘出了一道难题：弟弟赵国基死了，按照贾府旧例要给付一笔丧葬费。但是，根据仆人的级别，这笔费用多少不等。在主子跟前有头有脸的就多一点，比如袭人，母亲死了，贾府给了四十两银子。要是混的一般的，减半。这是一道难题，考验探春办事的能力，一碗水能否端平，平日里那些刁钻狡猾的仆人们纷纷探头探脑，看看这个小姑娘怎么定夺。

赵姨娘自认为至少比袭人强，又是女儿当家，多给一点是应该的，就是旁人也没什么可挑理的。没想到，探春不肯徇私情，按照旧例只给了二十两，气得赵姨娘和女儿闹了一场。

探春是精明的，明白新官上任就要树立权威，"擒贼先擒王"先要从自家人、体面人开始，从难啃的骨头下手，才能服人。否则，找个软柿子捏一捏，徒然让人议论老实人好欺负罢了。她驳了赵姨娘的面子，连王熙凤的心腹平儿也放低身段，亲自伺候她洗脸，贾宝玉的丫头秋纹也感到深深畏惧，不敢前去碰钉子。新官的权威一旦树立，仆人们自然知道不是好惹的，其他人就别自讨没趣了。

最能显示探春管理才华的自然是那场大观园的改革，贾府入不敷出已经是明眼人皆知，就连不食人间烟火的青年女诗人林黛玉也说，进来的少，出去的多，将来怎么样呢？贾宝玉的回答代表了大多数人的心态：不管他，反正短不了咱们的。贾府人人都是这么想。

贾府隐患，很多人一眼洞穿。比如史太君，早就洞察贾府盛行奢靡享乐之风，存在问题严重，只不过她懒得管。这个精致的享乐主义者自思到时候眼一闭，由着他们闹去。

王夫人呢，早就声言：精神不济，也不想操心劳神，只把重担推给王熙凤，自己安于清闲。王熙凤虽然能干，但是，自古能干者免不了得罪人，仆人们对她畏惧兼仇恨，背地里早已是咬牙切齿。因此，王熙凤的心腹平儿早就劝她：别管那么多，干出成绩是大家的，惹下人都是自己的！贾府积重难返，问题成山，大家都装作看不见，遇见问题绕道走。

但是，探春敢啃硬骨头。

贾府最大的问题在于享乐成风，铺排奢靡。进来的少，出去的多，开源节流势在必行。如何开源？如何节流？将是一个大问题。

在这次改革里，探春把大观园的花草树木由公中出钱管理改为承包制，谁管理谁受益，所得产品归个人所有，大大提高了大家的工作热情和责任心。同时，蠲除了叠床架屋的各类支出，姑娘们的脂粉钱，公子们的上学零花钱一律免除，大大节省了开支。平儿口算了一阵，说一年至少四五百银子呢。

应该说探春的改革是成功的。大观园不费一分一毫，管理井井有条，有能力的仆人受益得实惠，没能力的仆人也多少能沾点光。姑娘们也能用上质量信得过的脂粉产品，一时贾府上下俱欢，四角俱全，皆大欢喜。

但是，这场改革也到此为止，王熙凤康复之后，探春这个代理总经理也就卸任了。

探春为什么不能将这场大观园内的改革扩大为整个贾府真正意义上的改革呢？

原因很简单，权力有限。探春是代理，这场改革仅仅局限于小姐少爷们日常用度的调配，根本无法涉及更多人，特别是上层。

而一旦改革触及上层人的利益，便会立即叫停。比如王夫人就不同意精简机构，以前王熙凤曾经建议减少丫头婆子的人数。无奈，高层领导王夫人认为那样不是大户人家的做派。

任何改革，如果上层利益无法触动，那么失败是在所难免的。作为贾府的高级领导层，王夫人为什么不同意精简冗员呢？原因不敢妄猜，但有一条：自己的人一旦减了，就没有了左膀右臂。再说，减下来的冗员总要有个安插处吧。《红楼梦》里很多章回都写到为了给自己的心腹办事，主子们煞费苦心。比如贾琏和王熙凤两个是夫妻，在安插自己人的问题上，交换权利那是分毫不让。

至于说为了让姑娘们得到更为周到的照顾，依我看靠不住，俗话说的；龙多不治水。贾府小姐公子们丫头婆子一大屋子，干活的少，吃饭的多。贾宝玉的怡红院里人数众多，有一回，宝玉晚上要喝茶，专管负责此项工作的丫头请假了，晴雯听见了也装作没听见，因为不是分内工作。甚至有些人不干事还闹是非，迎春的丫头司棋，为了一碗鸡蛋羹和柳厨娘大大地闹了一场，把个厨房砸了一个稀巴烂。连丫头都要人伺候，冗员问题何其突出。

历史从来就是一面镜子，探春的改革虽然不了了之，并没有从根本上挽救贾府，但是，至今仍然有现实性和启发性。

后记

  大约半个月时间的修改整理，这本散文集《从异乡到异乡》的初稿总算是完成了，也算给自己一个交代。这个集子收录了近几年来的一些作品，如今回头细看，好像是看见这几年的人生路。

  还好，文字证明了那些过去的日子真实地存在过。我曾经对过往的岁月陷入迷惘，不知道那些日子究竟是真的，还是仅仅存在于臆想。我那不多的，薄薄几本书好像生命的日记把那些被遗忘的时光都记录了下来。

  我曾长久地想，文学之于我究竟是什么？可能，仅仅是最浅表的意义在于，记录生命的遇见，遇见他者，遇见自己。

  对于这个世界的好奇以及举目眺望，眼花缭乱之后，回过头来，向另一个世界凝视，这个世界就是写作者必将会开辟的内在世界。

在这个内在世界你会惊讶于遇见一个所不认识的自己。内在世界里有一个面目不一样的自己。我想，当你看见自己的时候，也就是看见了别人，看见了一个世界。

于是，看自己，甚至逼视那些极其细微的情绪，一闪而过的碎念。我想看清楚自己究竟是个怎样的人。可是，如今，我还是说不清楚。只能说，遇见自己，但一生也难以抵达。

但我至少知道了那个方向，慢慢地前行。

感谢素未谋面的古耜先生的约稿，作为一个非文化单位的业余写作者，远离文坛而能得到这种支持殊为不易，感谢曹谷溪先生在古稀之年为我写序，多年以来，对年轻一代的殷殷教诲令人难忘。

高安侠

2017 年 4 月 19 日